वामा

(कहानी-संग्रह)

वामा

ए. असफल

वाणी प्रकाशन ग्रुप
भारतीय ज्ञानपीठ
वाणी प्रकाशन : भारतीय ज्ञानपीठ की पुस्तकों के एकमात्र प्रकाशक एवं वितरक

लोकोदय ग्रन्थमाला : ग्रन्थांक 711

सजिल्द पहला संस्करण : 2003
सजिल्द दूसरा संस्करण : 2025

वाणी प्रकाशन : भारतीय ज्ञानपीठ की पुस्तकों के एकमात्र प्रकाशक एवं वितरक

वाणी प्रकाशन
4695, 21-ए, दरियागंज, नयी दिल्ली-110 002
दूरभाष : 011-23273167, 23275710
ईमेल : sales@vaniprakashan.in
www.vaniprakashan.com

ISBN : 978-93-7112-966-4

मूल्य : ₹ 350

वामा

(कहानी-संग्रह)

ए. असफल

VAMA

(Short-Stories)

by A. Asafal

मुद्रक : आर. टेक ऑफसेट प्रिंटर्स, दिल्ली-110 032

कथा-क्रम

प्रत्यर्पण

दृश्य चस्पाँ होकर रह गया है।

वह एकाएक घर से भाग खड़ा हुआ था। लम्बे-लम्बे डग भरता हुआ। एक-दो बिजली के खम्भे निकले और पीछे से दुधमुँहे बेटे की आवाज ने पीछा किया, "पापाऽ पापाऽ पापा...", उसके कदम और भी तेज हो गये। पर आवाज ने पीछा न छोड़ा तो धीमे पड़ गये। पलटकर पत्नी से सख्ती से बोला, जो बेटे को छाती पर धरे दौड़ी चली आ रही थी पीछे, "तुम लोग लौट जाओ, मैं लौटूँगा नहीं!"

नुक्कड़ पर एक रिक्शा उत्तर की ओर भागता दिखा। एक सवार था उसमें। उसने जोर की आवाज दी, "रिक्शाऽऽऽ"। वह उसी में लदकर भाग जाना चाहता था जल्दी से...ताकि पत्नी पीछा न कर पाए! पर रिक्शा नहीं रुका। नुक्कड़ पर अब तक पत्नी भी आ चुकी थी। उसने सोच लिया, एक यात्री वाला रिक्शा ही पकड़ूँगा जिससे यह न चढ़ सके।...और वह रिक्शा भी आ गया। वह दक्षिण की ओर जानेवाला। वह लपककर उस पर बैठ गया। चल पड़ा रिक्शा तो पत्नी पीछे दौड़ पड़ी। बेटा 'पापा-पापा' की रट लगाये था। कुछ दूर चलकर रिक्शाचालक ठहर-सा गया। तो वे माँ-बेटा बिल्कुल करीब आ गये! वह जोर से बोला, "जाओऽ तुम लोग! लौट जाओ..."

रिक्शा आगे बढ़ गया। पत्नी के आँसू नहीं देखे उसने, मुँह फेर लिया। डर था, वह दूसरा रिक्शा पकड़कर पीछा करने लगेगी। एक-दो खम्भे पार करके फिर पलटकर देखा उसने...अब वह ओझल हो गयी थी।

फिर हरेक मोड़ पर पीछे मुड़-मुड़कर देखा, भीड़ में कोई अपना नहीं था। बेटे का स्वर अब सिर्फ अतीत था। पत्नी का चेहरा, जैसे—परछाईं। उसके दिल में सूल-सा उठने लगा।

रिक्शा स्टैण्ड पर आकर रुक गया, "कहाँ जाओगे सा'ब!"

वह चुपचाप उतर पड़ा। उसका हाथ पैण्ट की जेब में गया, फिर रिक्शाचालक की हथेली पर। और फिर वह मायूस-सा पीछे को हटकर खड़ा हो गया। आँखें उसी राह पर लगी थीं।...दूर-दूर तक अब कोई छाया न थी। न कोई पुकार।

'यह तो होना ही था!' उसने खुद को दिलासा दिया। वह पिछले एक-डेढ़ साल से भागने-भागने को है! उसे एक अजीब-सी विरक्ति ने घेर लिया था। न अपने काम में मन लगता, न पत्नी में रुचि पड़ती और न बच्चे के खेल सुहाते!

वह शुरू से ही था भी काफी आत्मकेन्द्रित। उसके न दोस्त थे, न महफिलें! घर में भी माँ-बाप, भाई-बहनों से दिन-दिन भर नहीं बोलता। कोई दस बार बुलाता तो बड़ी मुश्किल से एक बार हाँ-हूँ करता। सब जानते थे कि उसके तईं तो बोल भी मोल बिका करता है। सबने उसे चलती-फिरती मूर्ति की तरह ऐडजस्ट कर लिया था। वे सब ऐसे सम्बन्धी थे जिन पर उसकी चुप्पी का कोई खास असर नहीं पड़ना था...धीरे-धीरे वह घातक प्रकृति उसकी आदत बन गयी। ऐसी आदत कि जिसे अब कोई बदल नहीं सकता!...उसने फिर निगाह दौड़ायी—सड़क पर भीड़ थी और कोई नहीं था! उसने एक निःश्वास छोड़ा। सोचा, 'उसे पछतावा है!'

है—तो...पर यहाँ से निकलते ही दूर हो जाएगा। जगह छूटते ही उसका मोह भी मिट जाता है। वह प्रकृतिस्थ हुआ। एक बस आकर रुकी, सब के साथ वह भी चढ़ लिया। एक सीट पर बैठकर गेट की ओर देखने लगा कि वे लोग आ तो नहीं रहे! बस चल दी। तो उसने फिर एक गहरी साँस ली...अब छोर छूट गया। वह आँखें मूँदकर बैठ गया। सोचा नहीं था कहाँ जाना है। भागना है, बस भागना। रहना नहीं है। रहना नहीं है, क्योंकि डिस्टर्ब नहीं होना है। अपनी एकाग्रता बड़ी प्रिय है उसे! उसके ख्यालों में खलल पड़ता है तो वह पगला जाता है। उसे जनम से ही लगता रहा है कि वह एक ऐसी पतंग है जो हवा के जोर से उड़ तो यहाँ रही है, पर इसकी डोर कहीं और जुड़ी है। वह किसी विप्लव का शिकार होकर अपने मन की डोर से नहीं टूटना चाहता। डोर, जो न जाने ब्रह्माण्ड के किस कोने से जुड़ी है...

बचपन में भी और फिर पढ़ाई के दिनों में भी उसकी एकाग्रता काबिले-तारीफ रही। जो न खेल के प्रति थी न किताबों के प्रति, बल्कि ध्यान के प्रति थी। वह खेल शुरू करते ही न जाने कहाँ खो जाता। और किताब लेकर बैठते ही समाधिस्थ हो जाता। छत पर घण्टों अकेले खड़ा रहता। पैरों में चींटियाँ भर उठतीं तो जागता। घरवाले उसके इलाज की सोचते। पर डॉक्टर्स और अन्त में एक मनोचिकित्सक ने साफ-साफ समझा दिया कि उसका दिमाग एकदम दुरुस्त है। वह जीनियस है।...कभी कुछ कर गुजरेगा। उसमें जबर्दस्त एकाग्रता है!

तब से उसे उसके हाल पर छोड़ दिया गया। बस हवा से बातें कर रही थी। वह खिड़की की जानिब बैठा है। बाहर आसमान और धरती एक-दूसरे पर न्यौछावर हो रहे हैं। यह करिश्मा वह बचपन से देखता आ रहा है। उसने किसी

गीत में सुना था—स्त्री धरती है और पुरुष आसमान। आसमान झुकता जरूर दिखता है, उतरता-सा नजर आता है धरती पर! पर वह हकीकत नहीं है। आसमान धरती में बँधकर नहीं रह सकता। धरती पर उतर भी नहीं सकता। धरती तो खुद ही उसके महाशून्य में भटकती फिर रही है। उसे फिर पत्नी का चेहरा दिख गया। ...बात क्या हुई जो वह इस तरह चला आया। उसे कोई कारण नहीं सूझ रहा। सारे घटना-प्रसंग में उसे उसका कोई दोष नहीं मिल रहा। वह तो जब से मिली है, समर्पित है। चुपचाप सारे काम करती है, खामोश बैठी रहती है। बिल्कुल डिस्टर्ब नहीं करती। उसकी हरेक इच्छा भाँपकर पूरी करती रही है।...और तो भी लगा कि दरअसल, उसका होना और उसके बाद बेटे का हो जाना...उसे एक जाल-सा खिंचता लग रहा था अपने ऊपर। उसकी आत्मा बन्धन में पड़ती जा रही थी। नौकरी के कारण भी वह बहुत बन्धन महसूस करता था। पहले तो एक चैलेंज मानकर नौकरी के लिए बढ़ा था वह। लेकिन जब उपलब्ध हो गयी तो गले में फाँसी-सी पड़ गयी। उसे अपनी दिनचर्या बदलनी पड़ी। फालतू में ही व्यस्त हो गया वह। अकारण! थोड़े-से धन की खातिर। धन जिससे कि जीवन चलता था। सुविधाएँ मिलती थीं। समाज में एक साख बनती थी! और उसी की खातिर मनुष्य का सर्वश्रेष्ठ ईंट-पत्थर, लोहा-लंगड़-कबाड़ पर न्यौछावर हो जाता। उसके सारे टैलेण्ट में यहाँ आकर जंग लग जाता।

...और ऐसे ही दूसरा जाल भी खुद बुन लिया उसने! उसे लगा—सबकी बीवियाँ होती हैं, कुछेक की प्रेमिकाएँ भी। तो शौक-शौक में उसने एक कोशिश कर डाली।...वह उसके सहकर्मी की बहन थी। ताजा-ताजा बी. ए. हुई थी। सहकर्मी का सारा परिवार पहले से ही आकर्षित था उसके प्रति। लड़की भी थी, या नहीं। वह नहीं जानता! पर उसके साथ उसकी मुलाकातें बढ़ रही थीं। उम्र की ऐसी दहलीज पर थे वे दोनों जिसके उस पार मुक्ति और इस पार बन्धन था। शनैः-शनैः बन्धन की ओर खिंच रहे थे। यह खिंचाव वे महसूस तो कर रहे थे पर इससे कतराने के बजाय दिन-प्रतिदिन इसी ओर आते जा रहे थे!

वे छोटी-छोटी मुलाकातें—मन्दिर की, रेस्तराँ की, पार्कों की, पार्टियों की, उन्हें गहरे तक जोड़ती गयीं। उसे लगने लगा कि जो रंग बाहर बिखरे थे और उसे न जाने कब से खींच रहे थे, वे सब भीतर सिमट आये हैं! एक मीठी धुन जो अब तक कहीं दूर बजती रही थी अब उससे मिलन होने पर जलतरंग-सी भीतर ही बज उठती है।...तो जो-जो बाहर था और जिसके ख्याल में खोया रहता था, वह करीब है और प्राप्य है और भीतर आता जा रहा है! वह खुद प्रयासरत हो गया।

अब अक्सर एकान्त में उसे लगता कि उसकी स्वच्छ हथेलियों में किसी कबूतर की तरह घोंसला बना ले और छुप जाए सदा-सर्वदा के लिए। या स्याह बालों में क्षितिज से लौटे थके-हारे पक्षी की तरह सो जाए गहरी नींद। यही है दूसरा

छोर, जिसके लिए भटकता था! उसके पतंग की डोर इसी मासूम के हाथों में है। इसकी आँखों में वह सुरंग है जो इसके दिल तक उतर जाती है।...और दिल में वह खजाना है, जिसे पाना है उसे। वहाँ तृप्ति है। आनन्द है। इस यात्रा का समापन बिन्दु है। अन्तिम सोपान।

किसी को कोई एतराज न था। न इधर, न उधर। लड़का हैण्डसम और स्मार्ट था—और नौकरीपेशा। पान-सिगरेट तक से दूर। लड़की ब्यूटीफुल थी। पढ़ी-लिखी। सीधी-सादी। और किचेन में परफेक्ट! उसकी आँखों में कशिश थी और आवाज में मिठास।...सो उसने बड़ी सहजता से पा लिया उसे। बाकायदा विवाह-संस्कार में बाँधकर धर्मपत्नी बना लिया। अब सम्पूर्णता उसकी मुट्ठी में आ गयी थी। उसके भीतर का जलतरंग निर्बाध बज उठा था।

"अपने उद्गार व्यक्त करो..." उसने हौले से कहा।

लाज उसकी मुस्कराहट बनकर उभर आयी। बड़ी मुश्किल से पलकें उठीं। फिर काँपती-सी धीमी आवाज में एक द्विअर्थी गीत गाने लगी, "मैं तो कब से खड़ी इस पार कि अँखियाँ थक गयीं पन्थ निहार..."

उसे लगा, यही है वह पुकार जो अरसे से आ रही है उस पार से! उसके रोम खड़े हो गये। आगे की पंक्ति पर वह भाव-विह्वल होकर उसके आगोश में गिर पड़ा। जैसे आत्म-मिलन की चिर-प्रतीक्षित घड़ी आ खड़ी थी सन्निकट! और फिर अगले बन्द पर तो उसका ध्यान ही नहीं गया। अब तो उसने तृषित चातक की तरह अपने होठ खोल दिये थे।...उस रुपहली वर्षा में, प्राणों को वेधती साँसों की डोर में सराबोर वह बारिश की एक छोटी-सी बूँद बनकर जनम ले रहा था।

दिन हवा होने लगे और रातें डूबने लगीं। जिन्दगी एक बहती नदी बन गयी जिसमें आसमान के दोनों छोर उतर आये। अब न कोई भटकन थी, न उतावली, न अतृप्ति। अब वह बात-बात में डिस्टर्ब नहीं होता था। अब वह ज्यादा एकान्त नहीं तलाशता था। अब सब कुछ सामान्य-सा लगता था।...लेकिन भीतर-ही-भीतर कोई फोड़ा पक रहा था। एक अजीब-सा तनाव बना रहता। धुआँ, बारिश, तो कभी अन्धकार! रास्तों पर लोग परछाइयों-से भागते दिखते।

इस भेद को उसकी भार्या नहीं जानती थी। वह तो आम बीवियों की तरह उससे चीजों की, घूमने की और सोसाइटी मेनटेन करने की डिमाण्ड करती रहती। और उसे चिढ़ छूटती रहती, पर भीतर-ही-भीतर घुटता रहता।

फिर एक दिन हुआ यह कि लता मंगेशकर को भारतरत्न का खिताब दे दिया गया। उस दिन टी. वी. पर अचानक उसने वही गीत फिर सुना—देखा...और धक् से रह गया। उसकी एक-एक पंक्ति उसके भीतर ऐसी उतरती चली गयी, जिसने आज तक निकलने का नाम नहीं लिया। और उस एक पंक्ति ने तो उसके भीतर तूफान ही मचा दिया, 'मैं नदिया, फिर भी मैं प्यासी!'

जैसे, अपनी प्यास को और भीतर के तृप्ति-कुण्ड को खोज लिया था...और भारी हताश हुआ था कि वह कैसे दोहरे भ्रम का शिकार हो गया! एक पार्थिव शरीर दूसरे पार्थिव शरीर की तृप्ति का साधन कैसे हो सकता है? इस पार्थिव शरीर की तृप्ति भला कैसे सम्भव है? वह दोहरे भ्रम का शिकार हो गया, इस बात का उसे भारी डिप्रेशन था। अब उसका जी उचट गया था। वह बीमार-सा दिखने लगा। वह बीमार-सा रहने लगा। उसकी बीवी बहुत परेशान थी। उसे उस पर दया आती। उसे उसकी नासमझी पर दया आती। फिर धीरे-धीरे यह दया भी आनी बन्द हो गयी। क्योंकि वह फिर से आत्मलीन हो उठा था। इसी दौरान बेटा भी हो गया, पर उसकी रुचि नहीं जागी। बाहर से लगता कि सब कुछ ठीक है, पर भीतर-ही-भीतर बहुत-कुछ खोखला हुआ जा रहा था।

अब दिन काटने को दौड़ते थे और रातें मारने को। उसकी विरक्ति से पत्नी टेंशन में थी। आँखें डबडबायी रहतीं। और पत्नी के इस मनहूस चेहरे से उसे चिढ़ छूटती थी। उसे दफ्तर भी बुरा लगता और घर-बार भी। एकान्त तलाशा करता। कभी नदी किनारे कभी पर्वत के पीछे।...बीवी अपाहिज-सी पीछा करती चली आती तो वह और भी टुन्न हो जाता। इतना असम्पृक्त, इतना अजनबी कि उसकी रुलाई फूट पड़ती।

बहुत दिनों तक कोई रास्ता नहीं सूझा तो एक दिन वह उसके बूढ़े पिता के घर चली गयी और रोते-रोते सारा हाल कह सुनाया। वह बेटे की आदतों से परिचित था। फिर भी बहू की विपत्ति जानकर दुःख में डूब गया। वह एक प्रस्ताव लेकर आयी थी। उसने जोर देकर कहा, "बाबूजी आप चलिए!"

पिता बोले, "बेटी, मैं अशक्त आदमी...अब उसे क्या राह पर लाऊँगा! वह तो शुरू से बर्बाद था। मैं तो उसका ब्याह भी न करता। जानता था, किसी मासूम की हाय मुझी पर पड़ेगी।...लेकिन, होनी बड़ी प्रबल होती है। तुम लोगों ने खुद ही कदम बढ़ाकर मंशा प्रकट की तो...हम लोगों ने भी सोचा कि अब वह बदल रहा है! उसकी भी दुनिया बस जाएगी...हर माँ-बाप यही चाहता है, लेकिन होनी!" पिता ने आँखें पोंछीं। उनका कण्ठ काँप रहा था।

उसने फिर जोर दिया, "लेकिन आप चलिए...मैं अकेली कब तक..." वह रोने लगी। और फिर दो-एक दिन बाद बूढ़ा पिता अपना थोड़ा-सा सामान लेकर उसके घर अड्डा जमाने आ गया।

उसकी त्यौरी चढ़ गयी। उसे बड़ा अनुख लगा। बेटे के होने को तो वह बर्दाश्त कर गया था, लेकिन पिता का जीवन में पुनरागमन उसे खल गया। उसे लगा जैसे अब तो घिर गया पूरी तरह! दो सीढ़ियों के बीच की सीढ़ी बनकर रह गया! पिता तमाम ऊँच-नीच, भला-बुरा, जिम्मेदारी-संसार वगैरह समझाते रहे, जबकि वह सब-कुछ जानता था। पहले से ही जानता था।

और उसे पता था कि जिसने ताजमहल बनवाया और जिसने लालकिला जीता और जिसने धर्मध्वजा फहरायी...वे सब भी भ्रमित थे। स्वप्न में कितना भी उद्योग करो सब व्यर्थ होता है। लेकिन वह अपने उद्गार कभी व्यक्त नहीं करता था। यह उसका व्यक्तिगत मामला था। यहाँ कोई साझेदारी या आदान-प्रदान नहीं चाहता था वह। वह तो खुद ही इस खोज में लगा रहता था कि यह करिश्मा आखिर है—क्या! उसे बड़ा आनन्द मिलता कि जब वह ब्रह्माण्ड की सैर पर होता। कि जब ब्रह्माण्ड उसके भीतर उतरता रहता।...और कोई छू देता तो उसकी समाधि टूट जाती। उसका चित्त अशान्त हो उठता।

अब ऐसे में नौकरी और घर-बार चलाना बड़ा असहज लग रहा था उसे! एक पहाड़-सा रखा था उसकी खोपड़ी पर। इसे उतार फेंकना चाहता था वह। पर दिन-ब-दिन और गहरी गुफा में धँसता जा रहा था। एक अँधेरा उतर रहा था भीतर तक, जिसके हाथ में कोई उजाला न था!

पिता आ गये तो भी वह सुबह का गया शाम को लौटता। कभी-कभी शाम का गया सुबह तक।...वे लोग उसकी अनुपस्थिति को अपने ओरपास उग आये काँटों की तरह महसूस करते और बच्चे की फूल-सी किलकारी से आश्वस्त हो लेते।

पिता बीमार और जर्जर थे। उनसे खुद का भी काम नहीं हो पाता। वह बच्चे को और पिता को सँभालने में लगी रहती। उसका दिन उन्हीं दोनों के लिए उगता और रात उन्हीं के लिए बीत जाती। पिता की धुँधली आँखें अक्सर डबडबायी रहतीं, पर वह अभ्यस्त हो गयी थी। उसने इसी को अपना भाग्य मान लिया था। जैसे कि निभाने का दूसरा नाम औरत है, सो वह थी। और पक्की-पूरी थी। उसे इसी में सुख और सन्तोष मिलता।...अगर उसका आदमी बुरी सोहबत में फँसा होता या नशे में तो वह उसका पीछा भी करती और उन चीजों से बाहर निकाल लाती, चाहे जो कुर्बानी देनी पड़ती। पर वह तो आत्म-साधना में लीन था! वह मजबूर क्या करती। और जिन्दगी भी उसने मनुष्य की पायी थी। किसी कीट-पतंग की पायी होती तो इस हाथ हुए, उस हाथ मर खप गये! पर मनुष्य तो पूरी उम्र जीता है। बड़ी मुश्किल से मरता है—सब सुख-दुःख भोगकर। जब कुछ भी देखने को बाकी नहीं रह जाता उसके हिस्से का, तब मर पाता है।

पिता अब मर रहे थे।

वह सोचता कि पिता ने अपनी बेशकीमती जिन्दगी मेहनत-मेहनत में निकाल दी। हिन्दी-भाषी होते हुए बचपन से ही कड़े अभ्यास के साथ अँग्रेजी सीखी। एक योग्यता हासिल कर कठोर परिश्रम से धन कमाया। और फिर शेष बची चौथाई जिन्दगी तो अधिकांश मकान बनाने में गुजार दी। क्या वे सदा उसमें रह सकेंगे! उसके जेहन में वे ही साँप-सी सरसराती रेखाएँ उभरतीं जो न डँसती हैं, न छोड़ती

हैं—कुण्डली मारकर बैठ जाती हैं।

पिता एक दिन सचमुच मर गये। वह घर पर नहीं था। जब तक लौटा, उनकी राख ठण्डी हो चुकी थी। कुटुम्बियों और रिश्तेदारों के सम्मुख बड़ी शर्मिन्दगी उठानी पड़ी उसे। फिर वह और भी अबोला हो गया। और पिता के मर जाने से उसे झटका भी लगा कि अब तक तो वह सुनता ही आया था कि मनुष्य मरता है...हर कोई एक-न-एक दिन मर जाता है। पर अब तो यह मरना उसने जान भी लिया था! अब उसे यकीन हो गया कि वह भी बचेगा नहीं, एक दिन जरूर मर जाएगा। और यह उसका फूल-सा बेटा भी किसी दिन मर जाएगा। पत्नी भी, जो अभी इतनी जवान और सुन्दर दिखती है, धीरे-धीरे सूखकर काँटा हो जाएगी, जैसे पिता हो गये...और एक दिन मर जाएगी। मरने का एक जबर्दस्त अहसास घर कर गया उसके भीतर। उसे सारा संघर्ष फिजूल और बेमानी लग उठा। अब मृत्यु उसके अनुभव में उतर आयी थी। वह सुनिश्चित है और जीवन अनिश्चित! ...सो वह छटपटा उठा था भाग निकलने के लिए।

अचानक बस रुक गयी तो भीतर गरमी लगने लगी। उसकी आँख खुल गयी। बस खाली थी, कुछेक औरतें बैठी रह गयी थीं। वजह जानने के लिए वह नीचे उतर आया। उसकी बस जाम में फँसी थी। पीछे भी कई वाहन आकर लग गये थे और आगे तो न जाने कब से लगे ही थे! माजरा क्या है, जानने की उसे कोई जल्दी नहीं। सड़क पर वाहनों और मनुष्यों की गहमा-गहमी थी। वह वापस बस में आ बैठा।...खेतों में फसलें खड़ी थीं। सामने सूरज डूब रहा था। उसने निराशा से सोचा, कि फसलें उगती हैं, न उगता है सूरज मेरे कहे, ज्यादा-से-ज्यादा बन्द गलियारों में ले जाता हूँ खुद को...और बाँचता हूँ अपना दुर्भाग्य! और ख्याल से ज्योंही बाहर आया तो हठात् चौंक पड़ा। नीचे पत्नी चली आ रही थी! अस्त-व्यस्त घरेलू सूट में...सीने से बेटे को चिपकाये! सूनी आँखें और बिखरे बाल! वह धक् से रह गया।

वह बेहाल होकर पीछा कर रही है...वर्ष परछाइयों की तरह लौट आये उसके जेहन में! वे शुरुआती दिन एकबारगी आँखों के भीतर ठहरकर रह गये। अंग-अंग शिथिल पड़ गया तो पलकों के नीचे महसूस किया उसे उसने एक पवित्र प्रार्थना की तरह।

अगले क्षण वह बस के भीतर थी। और उसी की तरफ बढ़ रही थी...फिर नजदीक आकर आहिस्ता से बेटे को सीने से हटाकर उसकी ओर बढ़ा दिया तो वह इनकार नहीं कर सका। उसे लगा, यह भी यहीं बैठ रही है। भीतर कुछ बजने लगा। लेकिन यह पहली बार हुआ कि उसका अन्दाजा सही नहीं निकला। वह पलटकर जाती हुई बोली, "अपनी अमानत सँभालना..."

वह भौंचक्का रह गया।

...फिर जब वह खिड़की के नीचे से गुजरी तो उसके चेहरे की सख्ती देखकर तो वह और भी भौचक्का रह गया।

जाम खुल जाने से सड़क पर भगदड़-सी मच गयी थी। यात्री अपने वाहनों की ओर भाग रहे थे और वाहन मंजिल की ओर। बेटा उसकी गोद में रह गया था, पत्नी अदृश्य हो गयी थी। यह तो उसने सोचा भी नहीं था कि स्त्री भी एक स्वतन्त्र व्यक्ति है...और वह भी कभी कोई निर्णय ले सकती है।...अब उसे बस के इंजन की तरह अपने भीतर भी बड़े जोर की धड़धड़ाहट होती महसूस हो रही थी।

प्रेम

कमरे में लौटकर वह बिस्तर पर गिर गया।

दिल की हालत अच्छी नहीं थी।

ऐसा क्या था, जो छूट गया! वह समझ नहीं पाया। थोड़ी देर में आँखें मुँद गयीं। फिर वही चित्र उभर आया। वही दयनीय, कातर चेहरा। आँखों के नीचे गड्ढे। हड्डियाँ उभरी हुईं। गाल पिचके हुए।

दिल में एक तूफान-सा उठा। छाती पर बँधे हाथों में से एक खुलकर बगल के बिस्तर पर गिर गया, जो अब ख़ाली था! वह अपनी रुलाई नहीं रोक पाया।

यह अजीब कैफियत थी। ऐसा तो कभी हुआ नहीं था। वह इस लड़की को प्रेम भी करता है! जो अब यहाँ इस वक्त नहीं है! क्या यही प्रेम है? वह इसे कब से खोज रहा था...

...और उसने जो किताबों में पढ़ा था और फिल्मों में देखा था और जीवन में किया था! वह क्या था? उसमें तो आवेग और धड़कन और कसमें और वादे भी थे। बदलियों का छा जाना, बिजलियों का कौंध उठना और बरसना भी था। कि उसमें तो जमीनों में बीजों का पड़ना और अंकुरण भी था। और हरदम बिछड़ जाने का डर और बिछड़ जाने पर सदमा भी था...पर यहाँ तो उस प्रेम का एक भी लक्षण नहीं है! न देहादि का आकर्षण न कोई भावावेग। क्या चाहत और कामना रहित भी कोई लगाव प्रेम हो सकता है? वह सचमुच हतप्रभ है।

उसकी आँखों से और नाक से बराबर पानी गिर रहा है। अब तक वह इसी विशुद्ध प्रेम की तलाश में तो भटक रहा था।...जो न स्त्रियों में मिला था न आध्यात्मिक पुस्तकों, प्रवचनों, मन्दिरों और ईश्वरीय ध्यान में। हाय! यह मिला तो कहाँ मिला? कितना निकट! जैसे खुद में ही समाया हुआ।

वह उठकर बैठ गया। चैतन्य-सा। जैसे किसी ने चीख मारकर जगा दिया हो! खयाल आया कि अरसे से शिकार है इसका...पर न इसकी गन्ध महसूस कर पा रहा था, न छुअन, न दर्शन। जैसे हृदय-कपाट बन्द था। यह उसे अब तक दिख नहीं पा रहा था। मानो पारदर्शी था! कि इसके पार और सब राई-रत्ती दिख

रहा है। जो सिर्फ मरीचिका थी! और यह वास्तविक अदृश्य था। वह सोचने लगा कि कैसे कण-से-कण जुड़ते चले गये और एक लोथड़ा बन गया। फिर उसमें चेतना आयी। फिर वह ऐसे ही विकसित हुआ जैसे किसी डाई में कोई औजार ढलता है। फिर वह प्रकट हुआ और उसमें जान आ गयी। अब उसके पास शब्द, रूप, रस, गन्ध, स्पर्श आदि सब कुछ था। और उसका नाम मुन्नी था।

मगर इस मुन्नी को बचपन में वह अपना खिलौना समझता रहा। तब उसे खबर ही नहीं थी कि यह साँवले चेहरे की लड़की, जो उसकी सगी बहन है—उसके प्रेम की पात्र हो सकती है! प्रेम करने के लिए तो वह मोहल्ले में हम-उम्र लड़कियों को तलाशा करता था।...

उसका बाप अस्पताल में कम्पाउण्डर था। इस नाते वह कई बार अस्पताल जाता और वहाँ की गोरी-चिट्टी नर्सों पर मन-ही-मन रीझा करता। वह सोचा करता कि ये प्रेम के लिए ही बनी हैं। तब प्रेम से उसका तात्पर्य प्रमुखतः सम्भोग से था। उसकी नजर में वे इस नौकरी में प्रेम बाँटने के लिए ही आती हैं! उन दिनों में वह कभी भी यह नहीं सोच पाया कि वे किसी की बहन-बेटियाँ भी हैं।...

उसकी बहन दिखने में जैसी बदशक्ल थी, वैसी ही पढ़ने में आलसिन भी थी। इसलिए माँ-बाप को उसकी शादी की चिन्ता लग गयी। यों भी वह उनके बुढ़ापे की औलाद थी।

...आज उसे एक-एक बात याद आ रही है...कि कैसे वह अपनी मस्ती में मस्त रहा। न तो मुन्नी की पढ़ाई पर ध्यान दिया न पिता द्वारा उसके लिए देख लिये गये घर-बार को देखने की जहमत उठायी।...यह सब वह तब करता जबकि बहन को उसने अपनी जिम्मेदारी माना होता! उसे कभी चाहा होता!

वह फिर लेट गया।

उसे क्या खबर थी कि बहन-भाई के बीच ही शाश्वत प्रेम का अंश मौजूद होता है! वे एक से मगर विपरीत सूचनाओंवाले कणों से निर्मित होते हैं। इसलिए दैहिक आकर्षण से मुक्त विशुद्ध प्रेम के पात्र होते हैं। पर इस पुकार को वे खुद ही नहीं सुन पाते। क्योंकि काम की प्रधानता के कारण अहंकार का, तेरे-मेरे का भाव हावी हो जाता है उन पर!...

बहन की शादी के उपरान्त पिता चल बसे और माँ चारपाई से लग गयी। उस पर गृहस्थी का बोझ बढ़ गया।

शादी माने खुशी! पर बहन की जिन्दगी में यह खुशी कब आकर चली गयी वह जान नहीं पायी। वह एक गरीब परिवार था। रोजी-रोटी की बड़ी चख-चख थी वहाँ। शादी के बाद एक अनिवार्य-सी शर्त जनसंख्या में वृद्धि की होती है, सो वहाँ भी हुई। तीन-चार साल के भीतर बहन की दो सन्तानें हो गयीं। फिर एक हादसे में बहन का पति मर गया तो उस पर मुसीबत का पहाड़ टूट पड़ा।

उसने बहुत कोशिश की कि ससुराल में गुजारा हो जाए, पर हुआ नहीं। हारकर वह मायके की देहरी की भिखारिन बन गयी। रोते-रोते भरी जवानी में ही उसकी आँखों के नीचे गड्ढे पड़ गये थे और चेहरा पहले से भी ज्यादा बदरंग हो गया था।

भाभी अव्वल तो उसे रखने को तैयार नहीं थी और राजी-कुराजी रखती भी तो उसकी सन्तानों से उसे सख्त चिढ़ थी। उनकी चेंचें-पेंपें में उसके घर की शान्ति को आग लग रही थी। इसलिए उसने मियाँ जी पर दबाव डाला कि बहन जी को रखना ही है तो अलग कमरा दिला के रखो।...इस बाहरी औरत की इतनी चली कि वह अपने पुश्तैनी घर में अपनी बहन को न रख सका।

वह फिर उठकर बैठ गया। वाकई उसे अपनी बहन से जरा-सी भी मोहब्बत होती तो वह उसे उसी घर में रखता, जिसे उसके पिता ने अपनी गाढ़ी कमाई से बनवाया था! मुहब्बत की छोड़िए—अगर वह जरा-सा भी न्यायप्रिय होता तो भी बहन को उसका हक दिलाकर मानता, भले बीवी से पंगा लेना पड़ता।...पर उसे तो अपने आराम में खलल लगता था। उसके भीतर तो बहुत तेरा-मेरा था। उसे अपनी सन्तानों की हरकतें भली और आवाजें मीठी लगती थीं और भांजों की बोलियों से सिर-दर्द होता था। खाने-पीने, चलने-फिरने में छाती पर साँप-सा लोटता था।

...सो उसने उसे अपने पास रखने का एहसान जताते हुए किराये पर कमरा दिला दिया और एक 'रेडीमेड कलेक्शन शॉप' में सेल्सगर्ल बनवा दिया। इसी में अपने कर्तव्य की इतिश्री समझ ली। और दोनों कानों में तेल डालकर सो गया।

मगर इनसान की यह खासियत तो देखो कि विपत्ति में उसकी हिम्मत और बुद्धि कैसी खुल जाती है।...

बहन अब पहले जैसी निकम्मी, आलसी, डरपोक और मन्दबुद्धि नहीं रही थी। उसने आँसू खोकर अपना साहस खोज लिया था। जीवन-संग्राम में पति उसे अकेला जरूर छोड़ गया था, पर इस युद्ध को लड़ने के लिए वह अपने पीछे दो बेटे भी छोड़कर गया था, जिनकी खातिर बहन को पीठ नहीं दिखानी थी। वह दिन-भर नौकरी में खपती, गृहस्थी में और रातों-रात पढ़ाई में। कि उसने फिर से जीवन की नयी शुरुआत की थी। पहले आठवाँ, फिर दसवाँ। फिर नौकरी की तलाश में अर्जियाँ दे उठी।...

और एक दिन भगवान ने उसकी सुन ली। उसे डाक से एक आदेश मिल गया था, जिसमें लिखा था कि 'आपका चयन महिला स्वास्थ्य कार्यकर्ता प्रशिक्षण हेतु कर लिया गया है...पत्र जारी होने के दिनांक से 10 दिन के भीतर नियत प्रशिक्षण केन्द्र पर अपने मूल प्रमाण-पत्रों सहित उपस्थित होवें!'

पत्र पाकर वह दौड़ी-दौड़ी आयी थी उसके पास। खुशी से उसके हाथ काँप रहे थे और आँखें भर आयी थीं। भाभी ने सुना तो बोली, "क्या करोगी माया जोड़

के...अच्छी-भली नौकरी है यहाँ! कल को बच्चे सहारा दे उठेंगे।..."

उसके होठ काँपे कुछ कहने के लिए। साँवला चेहरा पसीने से तर था। पर कह न पायी। लेकिन जाने कैसे उसके दिल की बात पहली बार उसने सुन ली। वह गम्भीरता से बोला, "इसमें फ्यूचर है।"

"फ्यूचर तो तब देखें—जब पीछे पुँछल्ले न हों। ये चली जाएँगी वहाँ हजार मील दूर...बच्चे किस पे रहेंगे?" पत्नी ने कड़वा सच उगला।

उसने सिर खुजलाया। सोचा। और रास्ता सुझाया, "बड़े को ससुराल छुड़वा देंगे...और ऐसा करेंगे—छोटे को न होगा तो हमीं रख लेंगे!"

पत्नी कटकर रह गयी। फिर समझाइश बतौर बोली, "वहाँ परदेस में कहाँ वन-वन भटकोगी! तीन प्राणी तीन ठौर हो जाएँगे। कैसे जी धीर धरेगा अकेले? अधपर भगोगी छोड़-छाड़ के...जिगर के टुकड़े हैं आखिर।"

"अठारह महीने की ही तो बात है, भाभी!" वह सामान्यतः कह गयी, फिर रोने लगी।

उसे एक धक्का-सा लगा। जैसे, बहनोई अभी मरा हो।...अब जैसे उसकी आँखें खुल रही थीं। अब जैसे करुणा उमग रही थी भीतर से। अब जैसे बहन पर प्यार उमड़ रहा था उसका। पर आदतन कठोर बना रहा। बड़ा है। बड़े छोटों के आगे भावुक नहीं होते। फालतू में ही बोला, "वैसे, यह नौकरी अच्छी तो नहीं है, मुन्नी! लोग अच्छी नजर से नहीं देखते...और फिर जरूरी नहीं कि ट्रेनिंग के बाद आसानी से पोस्टिंग मिल ही जाए...और फिर क्या पता कहाँ जगह मिले?"

"वह सब देखी जाएगी।" बहन दृढ़ थी। उसने आँसू पोंछ लिये। होठ तब भी काँपते रहे। पर इसके बाद वह एकदम खामोश पड़ गयी।

फिर एक लम्बी यात्रा के दौरान भी उसकी खामोशी टूटी नहीं। वह नीचे की बर्थ पर थी और वह ऊपर। उसने कई बार आहट लेने की कोशिश की कि वह जाग रही है या सो रही है...उसके जेहन में क्या घूम रहा है—अतीत या भविष्य! उसे पति की याद आ रही है, बच्चों की याद आ रही है या अकेलेपन का डर सता रहा है? कुछ अन्दाजा नहीं लग रहा। दिन के वक्त भी जब वो खिड़की की जानिब बैठी रही, सूनी-सूनी आँखों से ताकती रही थी भागते-चलते पहाड़ों, पेड़ों, मैदानों, खेतों, बस्तियों, जंगलों, नदी-नालों को। उगते-डूबते सूरज, चाँद, सितारों को।...तब भी कुछ अन्दाजा नहीं लगा। लगा ही नहीं कि उसके चेहरे पर कोई खुशी का बादल भी है!

क्या हो गया है, इसे? कैसी हो गयी है, यह! पहले कितनी चंचल, जिज्ञासु और पेटू थी। फिर कैसी रोने-कलपने वाली बन गयी थी।...अब कितनी अन्तर्मुखी। अब तो चाय भी मुश्किल से लेती है। कहाँ मर गयी इसकी भूख-प्यास! कैसी पंजर हो गयी है सूखकर...। उसने गौर से उसकी सूखी-सी छातियाँ देखीं और दुबले

हाथ। तो एक धक्का-सा लगा कि 'मुझे अब तक ये सब क्यों नहीं दिखा!'

वह फिर भावुक होने लगा। आँखें जलने लगी थीं, पर नींद सिरे से गायब थी। उसे लग रहा था कि उसने बहन से प्रेम न करके उसका और अपना दोनों का ही बड़ा अहित किया है। अगर उसने उसे चाहा होता तो अब तक उस पर जरूर ध्यान दिया होता। उसकी जिन्दगी इस तरह तबाह न हुई होती। वह अपने अकेलेपन में, बेसहारा कितनी रोयी होगी! कितना सुखाया होगा उसने खुद को। एक बड़े भाई के होते हुए भी वह अनाथों-सी जिन्दगी काट के कितनी विडम्बनाओं की शिकार हुई होगी।...वह रुआँसा हो उठा।

...यह कैफियत तभी से शुरू हुई है, जबसे उसने उसके साथ चलना शुरू किया है। कोई जब किसी के साथ चलना शुरू कर देता है, तभी उसके अन्तःकरण तक जा पाता है। तभी उसकी थाह ले सकता है।

ओह! इस आदमी के भीतर भी कितने गहरे समन्दर हैं! ऊपर से देखने पर सब कुछ कितना शान्त दिखता है।...उसे ताज्जुब है कि माँ-जाई बहन को उसने इतने हल्के से लिया? और प्रेमिकाओं के पीछे कैसा पागल हुआ फिरा! एक यही तो था कि उनसे एक शारीरिक आदान-प्रदान होना था। क्या वही प्रेम होता है? और अगर वही प्रेम होता है तो उसमें जी भर क्यों नहीं गया उसका। क्यों 'राहे उल्फत में एक ऐसा भी मकाम आया कि उनको पा के भी किसी शै की कमी पायी।...' क्यों उम्र की ढलान पर आसमानी शक्तियों की खोज की उसके जेहन ने? और 'वहाँ भी यदि कोई पूर्ति थी, आत्मा भर गयी थी तो आज इस नाचीज-सी लड़की के लिए उसके दिल में इतनी चाहत क्यों बढ़ गयी है?'

वह सिर थामकर बैठ गया।

इन प्रश्नों का न कोई अन्त है, न समाधान।

उसे अब सो जाना चाहिए। रोते-रोते वह भी सो गयी होगी। जिगर के टुकड़ों को छोड़कर आयी है इतनी दूर। आठ घण्टे नहीं कट रहे तो अठारह महीने कैसे कटेंगे, राम! मनुष्य ने ऐसे कौन-से पाप किये थे जो तूने उसे इतनी ममता दे डाली!

आज वह दृश्य उसकी आँखों से नहीं हट रहा जिसे पहले उसने निहायत बचकाने ढंग से लिया था। ...कि जब वह फोन पर मिली मृत्यु की सूचना के बावजूद स्थितिप्रज्ञ-सा पहुँच गया था बहन की ससुराल। और उसे हीक फाड़कर रोता और पछाड़ें खाता देखकर भी दहला नहीं था।

...और तब भी उसका रोयाँ नहीं काँपा जब उसकी बहन आठ दिन तक लगातार पछाड़ें खा-खाकर अपने पेट का गर्भ गिरा बैठी थी।...ऐसी अमानुषिक निमर्मता जो ब्रह्म को प्राप्त है, क्या उसमें होनी चाहिए थी!

नहीं, वह इतना कठोर तो नहीं है। बस यह देख लेता है कि शोक योग्य

क्या है, क्या नहीं। जो अपना है, सो शोक योग्य, जो नहीं है—सो अखबार की खबर।...

वह काँप गया। अपने बारे में यह सोचकर काँप-सा गया।

उसे रह-रहकर अपनी बहन पछाड़ खाती हुई दिख रही है। एक मासूम लड़की, जो उसकी अपनी सगी बहन है, कब से जिबह हो रही है...और वह अपनी धुन में जिये चला जा रहा है! अपने बीवी-बच्चों और नाते-रिश्तेदारों में और यार-दोस्तों में मसरूफियत बनाये हुए है। इतना बिजी दिखता रहा है जैसे यह भी कोई बिजनेस हो। उसे एक क्षण भी फालतू नहीं मिला है जिसे बहन पर कुरबान कर सके।

वाह! खूब जीवन-पद्धति अपनायी है उसने। क्या कहने...वह हँसने को हुआ। पर हँस नहीं सका। उसे लगा कि 'कोई भी अकेला होकर हँस नहीं सकता। बहन कब से नहीं हँसी होगी?' वह सोचने लगा। उसे उस पर दया आने लगी। उसे खुद पर दया आने लगी, जो अब तक इतनी चूतियापन्थी में फँसा रहा! वे ही रोज के दोस्त। वे ही काम। वे ही औपचारिकताएँ...जो लगभग व्यर्थ-सी हैं, उन्हें कितनी शिद्दत से निभाता रहा। रोजमर्रा के कामों में कितना वक्त जाया करता रहा। पहले संस्थाओं में घुसकर वक्त तबाह किया, फिर गुरुओं और धार्मिक समूहों के झमेलों में फँसकर। इन सबसे किसी मनुष्य का भला तो अब तक हुआ नहीं, शायद! अपने अहं की तुष्टि होती रही हो, ये अलग बात है।...माना कि ये शगल जिन्दगी के लिए जरूरी हैं, पर इन्हें लत की तरह पाल लेना और मूल तत्त्व की अनदेखी कर देना कितना घातक है।...कोई इस बारे में कभी क्यों नहीं सोच पाता। यह समाज कैसा होता जा रहा है। किस ओर जा रहा है। हमारी प्राचीन जीवन-पद्धति ऐसी औपचारिक और शुष्क तो नहीं थी!

वह ऐसे ही खयालों में उलझ-थककर थोड़ा-सा सो गया।

सुबह दरवाजे की नॉक से उसकी नींद टूटी।

आसपास नलों की आहट और कदमों की चापें सुन पड़ीं। उसने सिटकनी उतार दी। लॉज का लड़का चाय लिये खड़ा था। उसने रास्ता दिया आने के लिए। मुस्कराकर उसे बैठ जाने के लिए कह दिया और बाथरूम में चला गया। वहाँ पेशाब करते हुए लड़के के चेहरे में बड़ा अपनत्व दिख रहा था उसे। यह भी पहली बार हुआ कि कोई पराया लड़का अपना लगा था!

वह लौटकर आया तो लड़का खड़ा होने लगा।

"बैठे रहो यार!" उसने बड़े प्यार से कहा। हालाँकि लड़का कुछ खास नहीं, दुबला-पतला-सा छोकरा था, पिचके गालवाला।

"पढ़ते होगे!" उसके चेहरे पर मुस्कान लौट आयी थी।

"नहीं। दसवीं फेल।" लड़का मायूसी से बोला।

"अरे! किसी ने समझाया नहीं, शुरू में मेहनत कर लेने से अच्छी लाइन

मिल जाती है।...'' उसे निराशा हुई।

''पहले समझ नहीं आया, जी...'' वह हकला गया, ''अब पता चल रहा है—पैसा कितनी मेहनत से आता है!''

''हिम्मत रखो।'' उसने दिलासा दिया।

लड़का चला गया, फिर भी उस पर छाया रहा।

वह बड़ा प्रफुल्लित महसूस कर रहा था खुद को। किसी से मीठा बोलकर जैसे खुद भी भीतर तक मीठा हो गया हो! अब उसे कण-कण में प्रेम के दर्शन हो रहे थे। बेसाख्ता हरेक से मीठा बोलने को जी चाह रहा था उसका।

कल जब यहाँ आया था वह पहली बार, तभी से एक अपनत्व-सा महसूस कर रहा है। सब-कुछ घर जैसा लग रहा है उसे। बाजार...सड़कों-गलियों में चलते-फिरते, काम में मसरूफ लोग। हरेक पर जैसे नजर ठहर जाती। हरेक चेहरा जाना-पहचाना-सा लगता। सारा संसार प्रेममय नजर आ रहा है। बहन के प्यार ने कैसा जादू कर दिया उस पर, कि उसकी खीझ, चिड़चिड़ाहट, तनाव और अफरा-तफरी सब कुछ मिट-से गये हैं। अब उसे कोई जल्दी नहीं है। अब उसे कहीं भागने की नहीं पड़ रही। अब वक्त की नाथ खुल गयी है, जैसे! ताज्जुब कि उसने कलाई घड़ी पर नजर ही नहीं डाली।...कहाँ हर मिनट का हिसाब रखता था!

कल जब भरती कराने गया था उसे, तो वार्डन ने एक लिस्ट पकड़ा दी थी। और मेडिकल रिपोर्ट का 'वरबली ऑर्डर'। वह खुशी से जिला अस्पताल की ओर मुड़ गया। वहाँ गैलरी में, वार्डों में—सब दूर उसे नर्सें ही नर्सें दिखीं। गोरी-चिट्टी, हँसमुख और साफ-शफ्फाक! पर किसी के प्रति वासना नहीं जगी। वे सब उसे सेवा-भाव में जुटी देवियाँ लगीं।...अपने भीतर के इस अनोखे परिवर्तन को वह बड़े कौतुक से देख रहा था। और एक अजीब-सी प्रफुल्लता से भरकर हल्का हुआ जा रहा था। कि कैसे वह अचानक एक चोखा मनुष्य बन गया है। उसके भीतर का शैतान कहाँ मर गया, जिसकी नजरों में अब तक वासना के सिवा और कुछ था ही नहीं।...वह बड़े स्नेह से ताक रहा था अपनी उस सपाट चेहरेवाली साँवली बहन को, कि जिसने अपने सान्निध्य से तपाकर उसे कुन्दन-सा खरा कर दिया था!

फिर वह उसके साथ बाजार निकल गया। रास्ते में सूखी मिर्चों की मण्डी मिली। वहाँ भस उड़ रही थी। उसे धूल तक से एलर्जी है। पर नाक पर रूमाल लगाकर आक्छीं-आक्छीं करता खामोशी से चलता रहा। चेहरे पर झुँझलाहट और नाक पर गुस्सा आकर नहीं बैठा। आगे बैलगाड़ियों के पहियों से बँधे जुगाली करते बैल उसे अच्छे लगे। और अच्छे लगे वे घोड़े तो ताँगा स्टैण्ड पर अपने सिरों से लटके झोलों में मुँह डाले मजे में दाना खाने में बेतरह मशगूल थे!

वह जैसे एक नयी दुनिया में आ गया था। या दुनिया तो वही थी, उसके

हृदय की आँखें खुल गयी थीं! वह बड़े उत्साह में लिस्ट पढ़-पढ़कर एक-एक सामान खरीद उठा। कि उसे यूनीफॉर्म दिलाते और स्टेशनरी दिलाते बराबर यह अहसास होता रहा कि वह अपनी बिटिया को स्कूल भेजने की तैयारी कर रहा है। कि उसे 'लेडीज जनरल कलेक्शन' में घुसते ही लग उठा कि अब वह पहली बार अपनी बहन की विदा की तैयारी कर रहा है। और इन छोटी-छोटी खरीदारियों में कितनी प्रफुल्लता है...कितना सुख है। वह कितनी नेमतों से वंचित था! यह मौका न आता तो अब भी वंचित रह जाता।

वे दिन भर उत्साह से भाग-दौड़ करते और खुशी से सामान उठाये-उठाये फिरते रहे थे बाजारों में। मनुष्य की इस अनोखी हसरत का भी तब पहली बार पता चल रहा था उसे। ...मनुष्य सचमुच अद्‌भुत है। वह कितनी-कितनी ख्वाहिशों का पिटारा है! छोटी-छोटी बातों में कितनी बड़ी-बड़ी खुशियाँ छिपी हैं! इस नन्ही-सी जिन्दगी के कितने रसूख हैं। इसका ताना-बाना कितना विचित्र है।....उसका दिल भर आया था।

तैयारी हो चुकी थी। अब बहन की जाने की बारी थी। और सचमुच वार्डन को उसे सौंपते हुए उसका गला भर आया था।

"मैडम! इस परदेस में हमारा यहाँ और कोई नहीं..."आवाज रुक गयी।

"हम हैं तो!" वार्डन ने दिलासा दिया।

"आप ही हो इसके माँ-बाप, भाई-बहन..." उसकी आँखें चू पड़ीं।

बहन का चेहरा आँसुओं से तर था।

"तुम रोओ नहीं मुन्नी," उसने अपनी रुलाई को बमुश्किल रोका, "दोनों बच्चे अपने पास रखूँगा...तुम्हारी तरह..." फिर गला रुक गया।

"अरे-अरे" वार्डन ने हस्तक्षेप किया, "आप ही जी कच्चा करेंगे तो वह लड़की जात...यहाँ तो कितनी लड़कियाँ अपने दुधमुँहे बच्चे छोड़े पड़ी हैं!"

"मेरी बहन ने बहुत दुःख उठाये हैं..." उसने आँसू पोंछे मगर रोते हुए कहा।

"अच्छा! तो तुम दोनों पहले जी भरकर रो लो...!" लगा, वार्डन जैसे चिढ़ गयी। तो उसने सँभलकर कहा, "अपना टेलीफोन नम्बर दे दीजिए, कभी-कभी इससे बात कर लिया करेंगे।"

"ठीक है—बाबा, लिख लो...डवल फाइव ट्रिपल थ्री" फिर बहन से मुखातिब हुई, "चिट्‌ठी लिखा करना। उसमें सब दिल की बात आ जाती है। अरी! रोती क्यों हो? वह तो भाग था तुम्हारा, जो हो गया। लाइफ बन जाएगी। किसी पे बोझ बनके तो नहीं रहोगी।..."

...और वह जबरन मुँह फेरकर चला आया। वार्डन ने बड़े पते की बात कही थी। न जाने कितने अनुभवों से गुजरकर इस सहज सत्य तक पहुँची होगी वह पक्के रंगवाली भारी-भरकम शरीर की केरलियन महिला। रूखा चेहरा और कौवे

से बोल मगर हृदय कितना ममतालू! उसकी काँव-काँव में भी अजब-सी मिठास है। उसकी आँखों में कितना अपनत्व है! वह सचमुच एक महिमामयी माँ के पास छोड़कर आया है अपनी फूल-सी बहन को।...

हाँ! बहन आज उसे पूजा के फूल सरीखी ही कोमल, हृदयस्पर्शी और सुवासित लग रही है। जिसे अब तक अपनी आँखों पर पड़े भ्रम के परदे की ओट से वह देख नहीं पाया था। उसकी प्राणों तक उतर आनेवाली पवित्र गन्ध और कोमल छुअन को महसूस नहीं कर पाया था।

फिर वह हॉस्टल से वक्त रहते लौटकर भी अपनी ट्रेन नहीं पकड़ सका। लॉज में आकर अपने बेड पर रोता रहा। जैसे एक बाप अपने कलेजे के टुकड़े को डोली में बिठा के घर-भीतर घुसकर अँधेरे कोने में घुटनों में सिर देकर हिचकियाँ भर-भरकर बेपनाह रोता रहा हो।...

वह उठकर फ्रेश हुआ और जाने से पहले एक बार फिर बहन से मिलने चल दिया। रास्ते में क्या-क्या मिला, उसे पता नहीं चला। वह जैसे अपनी आत्मा को लिये उड़ा चला जा रहा था, किसी परमात्मा से मिलाने।...यही प्रेम है, उसने गहराई से महसूस किया। अब उसे कोई गलतफहमी नहीं थी। अब न कोई उत्तेजना थी न भावावेश। अब तो एक निश्छल पुकार थी।...उसे जैसे खुमारी लग गयी थी और वह निर्बाध बहा चला जा रहा था! सो अपनी धुन में वह कब आ खड़ा हुआ हॉस्टल के चैनल गेट पर, उसे पता नहीं चला।...कि वहाँ प्रांगण में दर्जनों लड़कियाँ सफेद चुन्नी-सलवार, हरी कुर्ती में अपनी बाँहों में आसमान उठाये खड़ी थीं। एक सामूहिक प्रार्थना चल रही थी। उनके चेहरों पर नवोदित सूर्य-सा एक संकल्प और उत्साह चमक रहा था।

अब वह किस-किस से मिले...वे सभी तो उसे अपनी बहन और बेटी-सी दिख रही थीं!

तब बहुत देर असमंजस में खड़ा रहकर वह मुड़ लिया।

उसे यकीन हो गया था कि बहन अब न निराश्रित है, न आश्रिता। वह इस धरती पर अपने मजबूत कदमों से खड़ी है। और अपनी बाँहों पर उसने समूचा आसमान उठा रखा है।...

अब उसे बेफिक्र होकर लौट जाना चाहिए।

मुलाकात

कोकड़ाबाड़ी तक का सफर बस और ट्रेन का रहा। लगभग पाँच दिन और छह रातों की इस यात्रा में स्वाभाविक थकान तो हुई ही, हाजमा भी सामान्य न रह सका। पर अब यहाँ से पहाड़ी जंगलों की यात्रा शुरू होनेवाली है। समूचा एक दिन और भरीपूरी एक रात विश्राम के लिए मिली हुई! मार्गदर्शक ने संकेत दिया कि आखिरी बार जी भरकर सो लें और खा-पी लें...फिर तो हफ्ते-भर बाद यहीं लौटने पर ये सुख नसीब होंगे! सो उसने यह उचित सलाह किसी आज्ञाकारी बच्चे की तरह शिरोधार्य कर ली।

जिला मुख्यालय से इस डाकबँगले तक भी उसे फॉरेस्ट विभाग की एक जीप से पहुँचाया गया था। सड़क कच्ची और बरसात का मौसम होने की वजह से बसें इन दिनों प्रायः न के बराबर ही चलती हैं। स्वास्थ्य विभाग, वन विभाग और पुलिस विभाग के वाहन ही कभी-कभार देखे जा सकते हैं। डाकबँगला भी वन विभाग का है और यहाँ नियुक्त चौकीदार भी। उसी ने टूटी-फूटी हिन्दी में बताया कि अफसर लोग कभी-कभार आते हैं तो उसे खाना-वगैरह पकाना होता है। झाड़पोंछ तो नियमित करता है लेकिन सोता जाकर गाँव में है, अपने घर में। यहाँ बड़ा डर है, जानवरों का भी और विद्रोहियों का भी...वह सिंगलसूट डाकबँगले के अहाते के आगे बने छोटे-से रसोईघर में जल्दी-जल्दी भोजन पकाने में लगा था। चूँकि उसे बताया गया था, अतिथि निरामिष है, इसलिए वह दालभात पका रहा था। चूल्हे से उठता धुआँ मौसम भारी होने की वजह से ऊपर नहीं उठ पा रहा था। रात के नौ-साढ़े नौ बज चुके थे। चौकीदार, जिसका चेहरा काला और रूखा था, भय से बेहद दयनीय और घृणास्पद लग रहा था। उसके पीले भद्दे दाँत और गन्दे नाखून देखकर किसी को भी मितली आ सकती थी। पर उसने इन बातों की परवाह किये बिना रसोई घर से लौटकर दालान में टहलना शुरू कर दिया। कमरे में एक मोटी मोमबत्ती बेहद स्थिर लौ के साथ तिल-तिल जल रही थी, जिसका प्रकाश खुले दरवाजे और खिड़कियों से दालान तक फैला हुआ था। फिलहाल बारिश पूरी तरह थमी हुई...और हवा साँस रोके खड़ी थी मानो!

रात के खाने से निबटकर जब उसने बिस्तर पकड़ लिया तो चौकीदार बर्तन समेट ले गया। अब वह खुद को ढीला छोड़कर उन्मुक्त भाव से सो जाना चाहती थी। तभी चौकीदार ने पुनः दरवाजा खड़काया। वह कुनमुनाकर उठी, पूछा, "अब क्या है?"

उसने खीसें निपोर दीं, "साब, हमें छुट्टी दे देते।..."

इस पर उसने दो क्षण परेशान होकर सोचा कि ये कैसा देसी आदमी है! जो अपने इलाके में इस कदर भयभीत है। बस्ती यहाँ से मील-भर के फासले पर है कम-से-कम! रात में इस धुर जंगल में उसकी तो चीखपुकार भी नहीं पहुँचेगी गाँव तक। लेकिन, 'उस पर कौन हमला करेगा?...और जंगली जानवर यह दरवाजा तोड़ने से रहे!' यह ख्याल आते ही वह पूरी तरह आश्वस्त हो गयी। उसने सहज मुस्कराकर अजनबी से शुभरात्रि कहा और भीतर से सिटकनी चढ़ा ली।

रात गहराने लगी थी। यों आज दिन में भी इस बेड पर भरपूर आराम फरमाया है उसने। पर रात में जितनी सुखद नींद आती है उतनी दिन में नहीं। शुरू-शुरू में तो उसकी इस बेफ्रिकी और निर्भय रवैये पर सब हैरत में पड़े रहते थे, किन्तु धीरे-धीरे साथियों को उसके मिजाज की आदत हो गयी। यही वज़ह थी कि जब उसने टिक्कू से अपनी मुलाकात का प्रस्ताव रखा तो ब्यूरोप्रमुख ने न नहीं कहा। वे जानते थे कि मिसेज एक्स एक बहादुर और खोजी रिपोर्टर है। विगत तीन वर्षों से उसने अपनी समाचार पत्रिका को कई सनसनीखेज रिपोर्टें दी हैं। किन्तु यह कोई नहीं जानता था कि एक्स के दिल में टिक्कू और उनके दल के प्रति अपार श्रद्धा है! उनकी गतिविधियों को सदा ही उसने एक जरूरी परिवर्तन की कड़ी माना है।...एक देशभक्त और एक पैगम्बर के प्रति जैसा आदर और मान होना चाहिए एक इनसान के दिल में, बिल्कुल वही दर्जा एक्स ने टिक्कू को दे रखा था चुपचाप। वह उनकी गतिविधियों की हमेशा टोह में रही आयी है। बल्कि अब तो उसकी यह बलवती इच्छा हो उठी है कि वह इसी दल में शामिल होकर बाकायदा सकारात्मक भूमिका निभाए।...फिलहाल कोई निर्णय तो नहीं लिया है, पर टिक्कू से मिलने, उनकी कारगुजारियों को अपनी आँख से देखने का एक सुनहरा अवसर तो पा ही लिया है उसने! और मजे की बात यह कि यह खबर किसी सरकारी महकमे को नहीं हो पायी है कि वह कहाँ और किस मकसद से जा रही है...।

एक्स सुहाने सपनों में डूबकर मीठी नींद ले उठी। रात अपनी गति से बीतने लगी थी।

कोकड़ाबाड़ी के बाद ऐसा घना जंगल शुरू होता है जो दिन में भी रात का आभास दे। न रास्ते हैं और न पगडण्डियाँ ही। पहाड़ों की तलहटियों में

इक्का-दुक्का गाँव। वे पूरी की पूरी बस्तियाँ नैसर्गिक जीवन जीने को अभिशप्त हैं। हालाँकि यहाँ के लोगों को मताधिकार प्राप्त है और वे एक संसदीय लोकतन्त्र के अभिन्न अंग भी हैं! पर इन लोगों ने रेल नहीं देखी अभी तक। मोटर नहीं देखी। रेडियो-टी.वी. तो दूर की बात, बिजली की रोशनी तक से अपरिचित हैं ये लोग। और ये मनुष्य हैं कि जानवर! कभी-कभी शक होता है, क्योंकि ये जंगली खाद्यान्नों, चमड़े और वृक्षों की छाल के वस्त्रों से ही गुजर कर रहे हैं अब तक।...

सुबह जब एक्स ने आँखें खोलीं तब सूरज की रोशनी खिड़कियों की जालियों से छनकर आ रही थी कमरे में। उठकर उसने दरवाजा खोला और बाहर निकल आयी। सामने का पहाड़ नीली लौ के साथ जल रहा था। दूर क्षितिज के कोनों तक उसका धुआँ भी फैला था शायद! फिर वह और आगे बढ़ आयी और चारों तरफ घूम-घूमकर देखा। सभी ओर वही दृश्य।...इन पहाड़ों की छातियों में बॉक्साइड भरा पड़ा है। भीतर ही भीतर पिघलता है। और बारिश पड़ते ही दावानल की तरह फूटकर धुएँ और लौ की शक्ल में ऊपर की ओर उठने लगता है, गोया!

पीछे से आकर चौकीदार ने नमस्ते की और कहा, ''पानी गरम कर दिया साब! चाय भी तैयार है।'' उसने मुस्कराकर उसे देखा, कृतज्ञता का भाव दर्शाया और इशारतन कहा कि चलो, आती हूँ।

फिर लौटकर वह फ्रेश हुई। नहायी-धोयी तब तक नाश्ता तैयार हो चुका था। उसका मार्गदर्शक भी आ पहुँचा था। एक्स ने उसे कमरे में सोफे पर बिठाया और पूछा, ''तुम्हें मुझे कहाँ तक पहुँचाना है?''

''पहाड़ के पार चाँचड़ा तक। उधर आगे का रास्ता फिर हमें नहीं पता, सो वहीं तक।'' उसने शालीनता से कहा।

''अच्छा! नाश्ता लोगे?'' उसने दुलारकर पूछा।

''नहीं, आप लें!'' उसने सहजता से कहा और पुनः बरामदे में निकल गया।

एक्स ने इत्मीनान से नाश्ता किया जिसमें सूजी का हलवा, पोहा, केले और दूध था। उसे लगा, अभाव और विपन्नता कोकड़ाबाड़ी में है, डाकबँगले में नहीं। जैसे कि दिल्ली में स्लिम और कनॉटप्लेस। व्हीआईपीज कालाहाँडी भी जाएँ तो मिनरल वाटर ही पाएँ, जबकि ये पशुमानव गंगा में भी गन्दा नाला पिएँ! तकदीर और ईश्वर से जूझते ये भोले-भाले लोग!

बरसात के कारण आसमान और पेड़ एकदम धुल गये थे। हरेक चीज बहुत उजली दिखाई दे रही थी। पेड़ों पर हरित और पीतवर्णी पत्ते अद्भुत कान्ति में बेलौस दमक रहे थे। पहाड़ी नाले बार-बार मिल रहे थे जो उसका सफर रुकावट

से भर देते। सुविधा के लिए साड़ी की बजाय उसने फ्रॉकसूट पहन रखा था। बीच-बीच में हल्की-फुल्की बूँदा-बाँदी भी हो जाती। मार्गदर्शक ने उसे पत्तों की छतरी दे रखी थी, जिसे वह धूप में और पानी से बचने के लिए लगातार अपने सिर पर रखे हुए चल रही थी। कुल मिलाकर यह यात्रा एक्स के लिए एक ऐसा विराट् अनुभव कि जिसके बिना उसकी जिन्दगी फकत एक औरत की जिन्दगी बनकर रह जाती। ...बचपन से ही उसके मन में इतना गहरा असन्तोष था इस बाबत कि वह महज एक लड़की है। कि वह एक ऐसा वर्ग है जो सिर्फ शासित होने को बाध्य है! रिपोर्टर होकर भी वह दुनिया-भर के शोषित और प्रताड़ित लोगों की अमानवीय जिन्दगी को सिर्फ अपने कैमरे में कैद कर सकती है, उनकी दुर्दशा का बयान भर कर सकती है, पर किसी भी तरह के परिवर्तन के लिए कोई व्यावहारिक भूमिका नहीं निभा सकती! और इन्हीं सब बातों को लेकर उसे अपने-आप से कोफ्त होने लगी थी। घर बसाना, बच्चे पैदा करना और सन्तुष्ट हो रहना उसे घृणा से भर देता। प्यार और सेक्स उसके लिए हगने-मूतने की तरह बेस्वाद और अरुचिकर हो गया था। दुर्भाग्य से वह ऐसे दौर में पैदा हुई थी कि जब समूचा समाज ही स्वार्थी, लम्पट और चाण्डाल बन चुका था। ऐसे में दया-ममता, प्रेम-स्नेह, करुणा जैसे आह्लादित कर देनेवाले भाव और मानवीय समता विषयक मूल्यों का कोई स्थान ही नहीं रह गया। भ्रामक विश्वास, भ्रामक विचारधाराएँ ठगी के साम्राज्य में लोकतन्त्र और समाजवाद का ढिंढोरा पीट रही थीं। एक्स हूड़ चुकी थी अपने युग के हरेक शख्स से, संस्था से, परम्परा से। और चाह रही थी कि कोई चिनगारी फूटे जो इस बारूद के ढेर को उड़ा दे।

मार्गदर्शक के पीछे-पीछे वह अविरल गति से आगे बढ़ी जा रही थी। पहाड़ पीछे छूट गया था और सामने फिर एक पहाड़ किसी नवोदित सूर्य-सा उग पड़ा दीख उठा था। तभी एक और शख्स मिला जिसने एक्स के आगे-आगे चल रहे मार्गदर्शक से अपनी भाषा के दो-चार जुमलों में कोई बातचीत की। एक्स ठिठकी खड़ी रही इस प्रसंग में। क्षण-भर बाद उसके परिचित व्यक्ति ने पलटकर कहा, "मैडम! यहाँ से अब आपको इनके साथ जाना होगा। पास ही गाँव है। रात से पहले आप वहाँ पहुँच जाएँ। जंगल में रात का सफर नहीं करना, जानवरों का खतरा होता है। कल सवेरे फिर चल पड़िएगा इनके साथ। मुझे आज्ञा दें!"

उसने मुस्कराकर नये का अभिवादन किया और पुराने को आत्मीय विदा दी, उससे हाथ मिलाकर उसका शुक्रिया अदा किया। और फिर से चल पड़ी। अब उसे अपनी मंजिल बहुत करीब जान पड़ रही थी।

...कुछ ही देर में वे चुपचाप चलते हुए निर्दिष्ट गाँव में आ पहुँचे। वहाँ एक्स को एक साफ-सुथरे घर में ठहरा दिया गया था। घर की दीवारें लकड़ी

और बाँस की खपच्चियों की बनी थीं, जिन पर चिकनी मिट्टी का सुन्दर बेलबूटेदार लेप था। ऊपर खपरैल थी। फर्श मिट्टी और गोबर के मिश्रण से इतना चिकना लिपा हुआ था कि टाइल्स जड़ित होने का भ्रम देता। यह सब देख एक्स की आत्मा एकदम प्रसन्न और गद्गद हो उठी। सारी थकान फुर्र से उड़ गयी उसकी। थोड़ी ही देर में कुछ पुरुष, कुछ औरतें और कुछ बच्चे बारी-बारी से देखने आये उसे और आपस में कौतूहलपूर्वक बतिया-बतियाकर लौट गये। एक्स उनकी भाषा से अपरिचित थी, पर ये लोग उसके द्वारा बोले गये जुमलों को थोड़ा-बहुत समझ लेते। उन सबके रंग एकदम पक्के थे और पुरुष वस्त्र के नाम पर सिर्फ कमर पर चमड़ा या पेड़ की छाल लपेटे थे। औरतों की भी यही दशा थी और बच्चे तो एकदम नंगधड़ंग थे। कुपोषण के शिकार, कुरूप और दयनीय।...वह दुःखी थी कि किशोरियाँ महज एक चिन्दी-सी लगाये घूम रही थीं। जबकि इसी देश में फाइव स्टार और क्लब संस्कृति बेलौस फूल-फल रही है। ओह! उसने अपना सिर थाम लिया। मशाल की पीली रोशनी में उसकी मनोदशा से अनभिज्ञ मेजबानों ने समझा कि अतिथि थकान से चूर है। भूख से व्याकुल है...पत्ते पर भात परोस दिया गया। कोई सब्जी भी थी जंगली कन्द-मूलों की। पर उससे कुछ भी नहीं खाया गया। सोने का बहाना कर खाट पर लेटी रही। कमरे में बाँस के सुन्दर-सुन्दर धनुष टँगे थे।

उसने गौर से देखा कि बाँस की ही प्रत्यंचा और बाण भी, जिसके मुहाने पर लोहे का फलक। लकड़ी के ब्रैकेटों पर कुछ और भी हथियार, पत्थरों के...उसे समझ में आ गया कि यह मेहमान घर है। एक छोटा-मोटा म्यूजियम भी शायद। लकड़ी के कुछ खिलौने-गाड़ी, हल-बक्खर आदि।...दीवारों पर सुन्दर चित्रकारी। ...यही सब निरखते और न जाने क्या-क्या ऊटपटाँग सोचते-सोचते बड़ी मुश्किल से नींद आयी उसे।

सुबह अक्सर देर से उठने की आदत है, सो यहाँ भी न छूटी। कि वह जब तक जागी, अधिकांश ग्रामीण आखेट को निकल चुके थे। दिशा-मैदान के लिए जब वह गाँव से होकर गुजरी तो पाया कि ज्यादातर मकान माँद और झोंपड़ा टाइप हैं। मार्गदर्शक ने बताया कि मेहमान-घर तो गाँव की साँझा सम्पत्ति है। यहाँ तक कि उसी में इनके खाद्यान्न का भण्डार भी रहता है। चावल तो मेहमानों के वास्ते पकाया जाता है। खेती के नाम पर वर्ष में सिर्फ एक बार जमीन के एक टुकड़े को घेरकर उसका खरपतवार जलाकर उसी राख में जंगली दाना बिखेर देते हैं ये लोग। बरसात के बाद पक जाने पर सामूहिक रूप से गा-बजाकर फसल ले लेते हैं और अनाज को मेहमान-घर में बने मिट्टी के ड्रमों में भर लेते हैं। फिर जरूरत मुताबिक साल-भर उसी से अपना गुजर-बसर करते हैं। तेल महुए से निकालते हैं, जंगली मिर्च भी स्वतः उगती है। सब्जी में कन्द-मूल और

बाँस प्रायः आसानी से मिल जाता है। पर नमक के लिए मोहताज रहते हैं बेचारे।

उनके रहन-सहन और रीति-रिवाजों और सामाजिक जीवन के बारे में मार्गदर्शक काफी विस्तृत ब्यौरा देता रहा था, किन्तु एक्स अब कुछ और न सुन पा रही थी। उसे ताज्जुब और दुःख हो रहा था कि विश्व-गुरु और स्वर्ण-खग के दम्भ से ग्रसित एक समृद्ध राष्ट्र की भीतरी पर्त यह है! और अपने ही सड़ते हुए अंग की तकलीफ, चिन्ता तो दूर, किसी को यह भी भय नहीं है कि यह मवादयुक्त फोड़ा इस निचले अंग को गला देगा तो क्या समूचा स्तम्भ भहरा कर बैठ नहीं जाएगा।...

टिक्कू से मिलने की उसकी ललक अब विरह में तब्दील हो आयी थी। वह आनन-फानन तैयार होकर तेजी से फिर अपने मार्गदर्शक के पीछे हो ली।

रास्ता अब और भी ज्यादा दुरूह होता जा रहा था। वृक्षों के अलावा कहीं कुछ भी दिखाई न देता था। ज्यादातर शाल वृक्ष ही थे। इन पेड़ों की चोटियाँ और पत्ते एक-दूसरे से इस कदर मिलते हैं कि कोई साँस, कोई छिद्र तक नहीं दीखता। और इस प्रकार उनकी अनन्त कतारें चली गयी हैं। हवा के झोंकों से उनमें लहरें एक-दूसरे से टकरा रही हैं। नीचे घना अँधेरा है। दोपहर के समय में भी भुकभुका- सा! डर लगता है।...एक्स सोचती कि उनके भीतर कभी आदमी नहीं जाते। किस झाड़ी की ओट से किस क्षण कोई जानवर मायावी मुद्रा में प्रकट होकर दबोच ले, कहा नहीं जा सकता। जुलाई का अन्तिम सप्ताह होने की वजह से बरसात अपने यौवन पर थी। हालाँकि फिलहाल बारिश नहीं हो रही, तब भी आसमान बादलों से पूरी तरह लदा हुआ। सूरज की रोशनी थोड़ी-बहुत उन्हें भेदकर आ भी पाती तो पेड़ नहीं आने देते। एक्स इसी झुटपुटे में अपने मार्गदर्शक के कदमों के निशानों पर सरपट बढ़ी जा रही थी। घड़ी के अभाव में दिन के पहरों का अन्दाजा लगाना कतई मुश्किल था। जंगल साँय-साँय बोलकर दिल में बेवजह दहशत घोल रहा था। और ऐसे में सिर्फ चलना ही सूझ रहा था उन दोनों को। बातचीत का न तो कोई मुद्दा था और न चलने की रौ में उसकी कोई जरूरत ही महसूस हो पा रही थी।

दोपहर लगभग ढल चुकी थी और अब वे थकान से चूर हो आये थे। एक्स गिर पड़ना चाह रही थी वहीं कहीं। तभी जंगल का मुहाना दीख पड़ा एकाएक। उसने राहत की साँस ली। सामने एक उफनता बरसाती नाला था। बस उसी के कगार पर वह बिना एक शब्द बोले ढह गयी। फिर पसरकर लम्बी-लम्बी साँसें छोड़ते हुए सुस्ताने लगी। इतने में कुछ राहत मिली तो उसने नजर उठाकर देखा, कुछ ग्रामीण नाले में जाल डाले हुए टकटकी बाँधे बैठे हैं।...वे शायद मछलियाँ पकड़ रहे थे या मेढक, कहना मुश्किल था। पर वे लगभग नंगधड़ंग लोग, फकत एक लँगोटी-सी लगाये कितने निरीह लग रहे थे! उनकी

आँखें कितनी मासूम और विवश-सी थीं! उन चेहरों पर चालाकी, क्रूरता जैसा कोई भाव न था। बल्कि वे इतने सपाट थे, जैसे काली शिला में उकेरी गयी भावहीन मूर्तियाँ। उनमें से एक-दो के कन्धों पर धनुष भी टँगा था। दीन-दुनिया की खबर से कोसों दूर वे वन्य जगत के साक्षात् वन्यपशु समान ही कतई निस्पृह थे। उन्हें न बुश की कारगुजारियों का पता था, न सद्दाम हुसैन की दादागीरी का। गोर्वाच्योफ अपनी उदार नादानी में क्या कर बैठे, यह उनके इल्म से बाहर था। और तो और उन्हें यह भी नहीं पता चल सका होगा कि बाबर कौन था और आडवाणी कौन है? किसने कैसा-कैसा इतिहास रचा! उनके मुल्क में धर्म और कौम के झगड़े में धरती कैसे बँटी। और कब-कब खून की होली खेली गयी। किसने किसके वध की शपथ ली और किसका प्रतिशोध किससे भुनाया गया, कितनी लूटपाट हुई...।

"आप बहुत थक गयीं?" मार्गदर्शक ने बेधक कह दिया।

"नहीं तो!" चौंक गयी एक्स। फिर सहज होकर बोली, "हाँ, इस कदर चलने की आदत नहीं है न!"

"बस करीब ही रैन बसेरा है!" उसने शिष्टता से कहा।

"इस नाले के पार?..." एक्स ने उँगली उठायी।

"जी मगर," वह नाले के बहाव के विपरीत दिशा की ओर इंगित कर बोला, "नाला हम वहाँ आगे से क्रॉस करेंगे। यहाँ पाट ज्यादा चौड़ा है। और गहराई भी!" फिर कुछ झिझकता-सा बोला, "अगर आप कन्धे पर सवार हो सकें तो उनमें से कोई एक यहाँ भी क्रॉस करा सकता है।"

"नहीं!" एक्स खड़ी हो गयी, "आगे किनारे-किनारे चलने में हर्ज ही क्या है? जहाँ उथला होगा, उस पार हो लेंगे!"

"और क्या!" उसने सहमति में सिर हिलाया और आगे हो लिया।

कुछ दूर चलने के बाद उन्होंने पाया कि नाले पर एक वृक्ष के मोटे तने का सेतु बना हुआ है। एक्स के जी में आया कि कहे, "यहाँ से पार कर लें।" फिर दूसरे क्षण उसे डर-सा लगा कि अगर बैलेन्स बिगड़ गया तो छपाक् से पानी में जा गिरेगी।...वह खामोश उसके पीछे चलती गयी। अब तक धीरे-धीरे पानी भी बरस उठा था। पत्तों की छतरी से बाल तो बचा लिये उसने भीगने से, पर कपड़े बौछार के वेग से निचुड़ उठे थे। किनारे का रास्ता ऊँचा-नीचा और गीला हो जाने की वजह से काफी कष्टदायी हो गया था। एक-एक पग काफी सँभालकर और जी-जान लगाकर रखना पड़ रहा था। सूरज अब सचमुच छिप गया था और शाम घिर आयी थी। अब जबकि उन्हें भागने की पड़ी थी तो गति जैसे विराम पा गयी थी। वह रोने को हो आयी, बोली, "हम यहीं क्रॉस नहीं कर सकते! डूब जाएँगे—क्या?"

युवक परेशान-सा हुआ। फिर माथे पर बल डालकर कुछ तेजी से सोचने लगा और तत्क्षण बोला, "ठहरिए, पहले मैं थाह ले लूँ!" कहकर वह नाले में उतरने लग.।

एक्स को डर लगा, कहीं ऐसा न हो कि यह बह जाए! तब उसका क्या होगा...इस जंगल में तो जीवन-भर भटकते रहने पर भी कभी रास्ता नहीं पा पाएगी वह! और वह काँपते हलक से चीख पड़ी, "ठहरो, मैं भी आती हूँ..."

उसकी अधीर आवाज सुन वह एक पल को ठिठका, पीछे पलटकर देखा, एक्स तेजी से उतर रही थी।...वह सँभलकर खड़ा हो गया। एक्स लगभग फिसलती हुई उसके करीब आ गयी। फिर दोनों ने एक-दूसरे की कमर में हाथ डाले और पैर जमा-जमाकर बहाव की दिशा में धार को तिरछा काट उठे। पाट सँकरा था, पर गहराई यहाँ भी कम न थी। और चौड़ाई कम होने की वजह से बहाव इतना तेज था कि उनके पैर बुरी तरह उखड़ रहे थे। पानी काफी तेज़ी से बरस उठा था। नाला उनके कन्धों को छूने लगा। और जब एकाएक आसमान में बिजली कड़की तो एक्स को मौत बहुत नजदीक लगने लगी। किन्तु उसे अगले ही क्षण इस ख्याल ने धर दबोचा कि उसने जिन्दगी का रहस्य जान लिया है। दुनिया की वास्तविकता को नंगी आँखों देख लिया है। जीवन का मकसद और इससे ज्यादा होना भी क्या है! उस जैसे तमाम लोग तो इस रहस्य तक भी नहीं पहुँच पाते ...उसे राहत मिली।

"घबराइए नहीं," युवक धैर्य बँधाता हुआ बोला, "मुझे तैरना आता है। धार इतनी तेज है कि हम बह भी गये तो डूबेंगे नहीं!"

एक्स ने कोई जवाब नहीं दिया। हिम्मत और ताकत से धीरे-धीरे आगे बढ़ती गयी। पार करने के लिए दूरी ज्यादा न थी, पर बहाव ने उन्हें लगभग फर्लांग-भर आगे खदेड़ दिया था। और जब वे गिरते-पड़ते किसी भाँति उस पार पहुँचे तब तक अँधेरा फैल गया था। यह बात अलग कि लड़के की अभ्यस्त आँखें उस अन्धकार में भी अपनी मंजिल तलाश सकती थीं। एक्स ने बैग से टॉर्च निकाल ली। अब वे नाले का किनारा छोड़ सीधे रेड़हा की दिशा में चल पड़े।

एक्स आज सचमुच बहुत थक गयी थी। उत्साह अपनी जगह बरकरार था, किन्तु ज्यादा भीग जाने की वजह से उसे हल्का ज्वर चढ़ आया था। गाँव के मेहमानघर में उसे टिकाकर लड़का अपने गन्तव्य की ओर चला गया। यहाँ से उसे एक नया मार्गदर्शक मिलना था। मेहमानघर में उसे देखने इस गाँव के भी बच्चे-औरतें और पुरुष काफी तादाद में आये। पर आज वह बुरी तरह पस्त पड़ी थी।...कपड़े भी भीग चुके थे। बदलने के लिए यहाँ तो कुछ मिलने से रहा। हाँ—उसे सेंकने की पूरी व्यवस्था कर दी गयी थी। ईंधन की तो कमी न

थी यहाँ! यही तो एकमात्र सम्पत्ति है इन बेजुबान या कि बेआवाज लोगों की। और जिस पर भी अब तथाकथित सरकार और उसके ठेकेदार का कब्जा है। सिंकाई से उसे काफी राहत मिल गयी। एक बेहद कड़ुवा-कसैला काढ़ा भी पिलाया गया उसे। एक्स उसी नशे में आँखें मूँदे पड़ी थी। वस्त्रहीन औरतें उसके करीब ही एकदम गुमसुम बैठी थीं। मानो अजन्ता-एलौरा के भित्तिचित्र हों, या कि खजुराहो के मन्दिरों पर उत्कीर्ण निर्वस्त्र नारियाँ। न लज्जा का उन्हें कोई भान और न इन्हें।

लज्जा! स्त्री का आभूषण। स्त्री का मान!...कितना शोर होता है पूजा भट्ट के न्यूड शॉट्स पर...कोई मॉडल जरा-सा उघाड़ दिखाए पोस्टरों में, स्क्रीन पर खुद को तो सारा इण्टेलेक्चुअल क्लास कैसी हायतौबा मचाता है। नारी-अस्मिता के खतरे से दहशतजदा सारी पढ़ी-लिखी मादाएँ कैसी उफन पड़ती हैं एकदम! और यहाँ, इन्हें जरा भी होश नहीं! जरा भी गुमान नहीं कि हम स्त्री हैं, हम नंगे हैं! लज्जा, स्त्री का गहना हमने जाना नहीं। हम निर्लज्ज, बेहया हैं क्या? सीता और सावित्री के देश में, उनकी गौरवशाली परम्परा के वाहक हम नहीं हैं क्या...? और अगर नहीं हैं, तब भी क्या हम इसी देश के बाशिन्दे हैं? इसी राष्ट्र के नागरिक हैं? क्यों हममें जागृति नहीं, चेतना नहीं, हमें लज्जा का बोध नहीं, अपनी परम्परा का ज्ञान नहीं...प्रगति की सीढ़ियाँ चढ़ने का, आगे बढ़ने का कोई अरमान नहीं दिलों में, कोरे पशु हैं। वन्य-पशु। और किसी को फिक्र ही नहीं हमारी, हमें साथ ले चलने की...तो फिर कैसा देश, किसका देश!

ज्वर के ताप में एक्स तमाम ऊलजलूल सोचती जा रही थी। काले चेहरे आग के उजाले में शैतानों-से दमक रहे थे। उसे झुरझुरी हो आयी। आँखें मूँद लीं उसने। रात में फिर बारिश नहीं हुई। कमरे की ऊष्मा से उसके गीले कपड़े फिर से सूख गये। सुबह के उजाले में रात की घटनाएँ दुःख-स्वप्न-सी धीरे-धीरे घुल गयीं। एक्स ने फिर से तरोताजा और स्वस्थ महसूस किया खुद को। उसका नया मार्गदर्शक समय से आ गया। फ्रेश होकर उपलब्ध बेस्वाद आहार किया उसने और झटपट मार्गदर्शक के साथ गन्तव्य की ओर चल दी। उसे उम्मीद थी, और अन्दाजा भी, कि आज ठिकाने पर जा लगेगी।

टिक्कू से मिलने की सनक सवार नहीं हो गयी थी उसे, बल्कि वह अपनी एकरस जिन्दगी से ऊब चुकी थी। वही-वही इण्टरव्यू, वही कॉकटेल, बमों के धमाके, दंगे...अविश्वास प्रस्ताव, निरस्त्रीकरण, जनप्रतिनिधियों की खरीद-फरोख्त, घोटाले ...सब वही बासा कचड़ा। एक हमाम में सब के सब नंगे। और बाहर निकलकर कोई पीतवस्त्रधारी, कोई श्वेतवस्त्रधारी तो कोई बकरादाढ़ी। किसी एक का भी मदीना इनसान के दिल में नहीं। और इन्हीं के कन्धों पर रखकर बन्दूक चलाते रातों-रात मृत श्रम के खजाने भरते कम्पनी समूह, तस्कर समूह, लठैत

समूह। जनजीवन का प्रतिबिम्ब दिखानेवाले, उसका लेखा-जोखा प्रस्तुत करने का ढोंग रचानेवाले मीडियाकार, फिल्मकार जो उसी की भावनाओं, कुचेष्टाओं को उभारकर सरेआम परोस दे रहे थे। एक्स की बेचैनी के इतने प्रबल कारण थे कि गोरख की तरह आत्महत्या कर सकती थी। किन्तु वह सफदर की मौत मरना चाहती थी! उसे कुछ भी अच्छा नहीं लगता था। अगर वह कुछ करने की सोचती तो अपने सामने कूड़े का एक पहाड़ पाती, जिसकी सफाई इस शर्त पर नामुमकिन थी कि पहाड़ साबुत बचा रहे। एक पूरा महासमुद्र विषाक्त हो चुका था, जिसको टुकड़ों में बाँटकर स्वच्छ कर पाना विधाता के भी वश में न रहा था। उसे बरबस ही प्रलय का ख्याल आता। और इसी मुद्दे पर दुनियाभर के विद्रोही चीतों के प्रति उसका दिल सहानुभूति से भर उठता।

"मेम, आप अपने रिसाले का सरक्युलेशन बढ़ाना चाहती हैं!"

वह चौंकी। किसी मार्गदर्शक ने पहली बार पहल की थी। उसने क्षण-भर उसके चेहरे की ओर देखा। घाघ नहीं! चेहरा तो वही था, एक अनुशासित सैनिक-सा सख्त, भावहीन और चौकस! पर ये व्यंग्य वचन इसके मुँह से कैसे फूट पड़े...

जंगल के मध्य घास-फूस के एक खुले चौपालनुमा घर में वे बारिश से बचने के लिए तनिक ठहर गये थे। कोई जवाब नहीं दिया एक्स ने। जिज्ञासु नजरों से देखती रही उस पर्णकुटी को, बँगले को। घोटुल। उसे सहसा ही याद हो आया। सुन रखा था उसने, वन्यजातियों के किशोर एक विशेष अवसर पर गाँव से बाहर—बुजुर्गों, बच्चों की नजरों से दूर यहाँ जंगल में निकल आते हैं।...रात-रात-भर निर्बाध रूप से मस्ती में झूमना-नाचना, गाना, अपने जोड़े बनाना और उन्मुक्त भाव से आत्मा पर बिना कोई बन्धन, भय, दबाव महसूस किये इन्हीं पर्णकुटीरों में एक सहज उल्लासमयी प्रक्रिया के तहत हमबिस्तर होना।... समूचे अभावों और कष्टों को नकारकर कैसा आनन्दमय जीवन बिताते हैं ये लोग! काश! समग्र दुनिया प्रकृति के इतने ही करीब रही होती। न कोई आविष्कार हुआ होता और न मुद्रा का प्रचलन। विनिमय के माध्यम की जरूरत ही क्या थी।...समूची धरती पर सभी का समान हक होता। एक साझा चूल्हा होता तो कोई तनाव न होता सकल जगत् में।

"मेम! आप हमें बहुत लकी, खुशहाल समझ रही होंगी..."

मार्गदर्शक ने फिर व्यवधान पहुँचाया। उसकी विचार-शृंखला जड़ से उखड़ गयी इस बार। हौले से मुस्करायी और बोली, "चलो, ऐसी बूँदाबाँदी तो चलती ही रहेगी।"

वे फिर से आगे बढ़ लिये। लंका और पौड़ी दो गाँव और लाँघने थे उन्हें। एक्स अब कुछ सोच नहीं पा रही थी। जंगल खत्म होने को था। सामने पहाड़

दीख उठा था। धूप काफी चमकदार थी, पर आसमान सब तरफ नीला नजर आ रहा था।

शिखरजी और गिरनारजी की चढ़ाइयों के बारे में उसने सुन रखा था, किन्तु यहाँ प्रत्यक्ष अनुभव हो रहा था चढ़ाई का। इन पहाड़ों पर न तो किसी पैगम्बर के चरण हैं, न मूर्तियाँ। फिर भी पहाड़ की चढ़ाई का जुनून ही कुछ अलग किस्म का होता है। ऐसा महसूस होता है कि पहाड़ नीचे को धकेल रहा है, इसलिए आप अपनी समूची प्राणशक्ति जुटाकर उसका प्रतिरोध कर रहे हैं, और इसी कशमकश में, प्रकृति और मनुष्य के बीच छिड़े नितान्त नैसर्गिक युग में प्राण-पण से भिड़े हैं। आगे बढ़ता आपका एक-एक कदम आपके भीतर अतीव साहस का संचार करता जा रहा है। भीतर प्राणों तक विजय का तुमुलघोष गूँज उठा है। यही लक्ष्य है—आपकी लड़ाई, सीधे-सीधे प्रकृति से है और आप उस पर फतह पाने का बीड़ा उठाये हुए हैं। कदमों और साँसों की जुगलबन्दी से एक रिद्म बरकरार हो गयी है। पहाड़ हारता जा रहा है। उसकी छाती पर मनुष्य के चरण आगे और आगे बढ़े जा रहे हैं। फिर कितने घण्टे बीते हैं, कुछ पता नहीं! सूर्य तिरछा होकर नमन कर उठा है, अपनी रौ में आपने यह भी नहीं जाना कि धरती की विराट आकर्षण शक्ति मनुष्य के चरण जकड़ नहीं सकी है, वह चोटी पर पहुँच गया है।

आनन्दविभोर एक्स धम्म से गिर पड़ी है।

"थक गयीं, मेम!" युवक ने हड़बड़ी में पूछा है।

नहीं रे!—वह बेआवाज बोली, अभी मत दौड़! विजय का डंका बजा लेने दे! नहीं चाहती कि मेरे और प्रकृति के बीच इन एकाकार क्षणों में कोई और आये! देखता नहीं, नीचे चारों ओर विशाल महासागर पसरा है! जहाँ तक भी नजर जाती है, नीले गहरे जल के सिवा कुछ दिखाई नहीं देता।...इस अतल जल-जगत में डुबकियाँ लगाने दे अभी।

...और ऊपर भी तो आसमान कितना नीला और शुभ्र है! बादल कहाँ चले गये! हम कितनी ऊँचाई पर आ गये हैं—रे!

"मेम! नीचे भी तो आसमान ही है...देखो, ये महाशून्य कैसे समुद्र का भ्रम देता है। यही तो दृष्टि का छल है। और यथार्थ है इस शून्य के नीचे का काला जंगल! उसमें बसी वनवासियों की बस्तियाँ। भूख और अभाव! मिट्टी की हाँड़ी में राँधना और पत्तों पर जीमना। और वे स्वर्ण-कौर भी दो जून उपलब्ध नहीं। मेम! आपको ताज्जुब होगा, यहाँ नमक तक के लिए हत्या हो जाती है!"

"क्या?" वह चौंक गयी। उसका प्रश्न अपने ही कानों में घण्टा-ध्वनि-सा बज उठा।

"हाँ—मेम, जैसे सभ्य दुनिया में बलात्कार आम बात है, सेक्स-सम्बन्धों

को लेकर हत्या! हत्या राजनीतिक और आर्थिक सम्बन्धों को लेकर चौंकाती नहीं है, वैसे ही रोजमर्रा की उन चीजों को लेकर जो आपके लिए दो कौड़ी की भी नहीं, यहाँ हत्याएँ हो जाती हैं।''

एक्स विस्फारित नेत्रों से उसे ताक रही थी। उसका नैसर्गिक आनन्द पानी के बुलबुले की भाँति फूटकर अस्तित्वहीन हो चुका था। युवक ने बताया कि तिलदेहना का एक ग्रामीण एक बार शहर गया। लोगों ने भिखारी समझ उस पर कोई ध्यान न दिया होगा। बेरोक-टोक घूमता रहा। फिर वहीं रात में फुटपाथ पर उसे एक नमक का कट्टा पड़ा मिल गया। उसने इधर-उधर ताका कि कोई देख न ले, और बड़ी सफाई से नीचे झुककर एक ही झटके में कट्टा ले उड़ा। मीलों थमा नहीं, मानो नायाब कोहिनूर हाथ लग गया हो...गाँव आकर अपने झोंपड़े में वह कट्टा जतन से छिपाकर रख लिया चेलैया ने। अब उसके मजे थे। शिकार लाये, भूने और नमक से लगा-लगाकर खाये!

घनीभूत कौतूहल में एक्स की आँखें खासी चमक रही थीं। युवक कहते-कहते थम गया तो उससे सब्र न हुआ, हड़बड़ी में बोली, ''फिर क्या हुआ?''

''बताता हूँ!'' युवक ने हटकनेवाले अन्दाज में कहा, ''लेकिन अब ज्यादा देर रुके रहना ठीक नहीं है।...आप सुस्ता चुकी हों तो हम आगे बढ़ें!''

एक्स उसका मन्तव्य भाँपकर उठ खड़ी हुई। पहाड़ पर चलना अब ज्यादा सुकून न दे रहा था। उसके प्राण तिलदेहना के नमक-चोर में अटके थे। पहाड़ की देह से नीला धुआँ-सा उठ रहा था। अगर वह किस्सा न आया होता तो वह कैलाश-पर्वत की कल्पना कर अभिभूत हो सकती थी। चलते-चलते थोड़ी देर में ही उन्होंने पहाड़ से उतरना शुरू कर दिया। अब पहाड़ फिर उन्हें नीचे की ओर धकेल रहा था। एक्स ने महसूस किया कि शिखर पर आप ज्यादा देर टिक नहीं सकते।...जब प्रकृति का ही यह नियम है तो संस्थाओं द्वारा निर्मित शिखरों पर भी कोई एक हमेशा कैसे टिक सकता है। वहाँ तो गला काट प्रतिद्वन्द्विता है! मनुष्य ही मनुष्य को खड्ड में धकेल फेंकने के कुचक्रों में आपादमस्तक प्रतिक्षण संलग्न है।

''फिर यह हुआ मेम,'' अचानक युवक ने बोलना शुरू किया, ''उसके पड़ोसी के पेट में उसकी इस सम्पन्नता से दर्द होने लगा। और चूँकि पड़ोसी कमजोर पड़ता था इसलिए खुद तो हाथ मारने से रहा, पर चेलैया के यहाँ कट्टा-भर नमक होने की बात उसने नाडिया को बता दी। नाडिया उन दिनों तिलदेहना में जोरावर माना जाता था। सो उसने मौका लगाकर एक दिन, जबकि चेलैया सपरिवार शिकार पर गया हुआ था, कट्टा हथिया लिया। लौटकर चेलैया ने हंगामा जरूर खड़ा किया, पर कोई सुराग न लगा। बेचारा रह गया पाँव पटककर। पड़ोसी

अब खूब खुश था। उसे तसल्ली हो गयी कि अब चेलैया भी अलोना शिकार भकोसेगा।...''

''अरे—वाह यह भी खूब रही!'' एक्स मुस्करायी। पल-भर को दम लेने को रुकी वह। लुढ़कने से रोकने के लिए अपने-आपसे जो जद्दोजहद करनी पड़ी थी उसे, उससे बुरी तरह थककर चूर हो गयी थी एक्स। विराम की गरज से ही उसने अपने मार्गदर्शक से पूछा, ''तुमने वह दृष्टान्त सुना है, जिसमें एक आदमी ने अपने पड़ोसी के अहित के लिए अपनी आँख फुड़वा ली थी?''

''नहीं—मेम!'' युवक ने उसे सुस्ताते हुए देखा तो वहीं बैठ गया। बोला, ''सुनाइए, न!''

एक्स ने अपने बाल पीछे की ओर खींचकर रबड़ बैण्ड में बाँधे और कहने लगी, ''कहा जाता है, किसी जमाने में, किसी गाँव में एक आदमी बहुत गरीब था। कभी-कभी तो उसे पाँच-पाँच, सात-सात दिनों तक लंघन कर जाने पड़ते। ...तो अपनी दुर्दशा से तंग आकर एक दिन उसने सपरिवार आत्महत्या का प्रबन्ध कर लिया, कि तभी ईश्वर साक्षात् प्रकट हुआ और बोला, 'तुम्हारी परीक्षा की घड़ियाँ खत्म हुईं, मैं प्रसन्न हूँ, अब वरदान माँग लो!' ''

एक्स चहककर बता रही थी और मार्गदर्शक उसे दत्तचित्त हो सुन रहा था। वह आगे बोली, ''पर जनम का भूखा-नंगा आदमी क्या माँगता, अन्न-जल के सिवा! बोला, 'भगवन! दो जून खाना और पानी के लिए एक कुआँ! बस, इतना ही उपकार कर दीजिए।' ईश्वर ने तथास्तु की मुद्रा में 'यस' किया और अन्तर्धान हो लिये। गरीब बेचारा देखता क्या है कि क्षण-भर में ही छत्तीस प्रकार के व्यंजनों के थाल आ धरे उसके आगे। वह खुशी से फूला नहीं समाया, फाँसी का फन्दा गले से निकाल दौड़ा-दौड़ा आया बाहर अपनी सम्पन्नता की खबर पड़ोसी को सुनाने। पर बाहर आते ही उसे जैसे लकवा मार गया। उसके दरवाजे पर एक कुआँ और पड़ोसी के दरवाजे पर दो! फिर जैसे-तैसे उसने पड़ोस की झोंपड़ी में झाँककर देखा तो पाया कि वहाँ तो भोजन के थालों के अम्बार लगे हैं...उसके यहाँ तो चाँदी के थाल, और पड़ोसी के घर स्वर्ण के।...''

एक्स सुनाते-सुनाते हँसी से लोटपोट हुई जा रही थी। खुद को बमुश्किल संयत कर आगे बोली, ''गरीब ने सोचा, ईश्वर बड़ा धोखेबाज है! और वह दुःख से विगलित होकर फिर से फाँसी का फन्दा अपने गले में फँसाने लगा। ईश्वर वहीं-कहीं छिपा खड़ा था, पुनः प्रकट होकर बोला, 'आत्मन्! अब क्या कष्ट है?' ''

''अब ही तो असली कष्ट है प्रभू!'' गरीब ने गुहार की, ''भोजन मेरे तप से मिला और कुआँ भी...और आपने दे दिया पड़ोसी को! वह भी मुझसे दुगुना?''

ईश्वर उसकी विकलता पर तनिक मुस्कराया और मसीहाई अन्दाज में बोला, ''वत्स! यही मेरा धर्म है। मैं सभी को समान दृष्टि से देखता हूँ। तुम खाओ-पियो

और वह भूखा-प्यासा मरे, यह अन्याय मुझसे नहीं देखा जाता!''

''तो उसे मुझसे दुगुना दोगे?'' गरीब चिढ़कर बोला।

''अवश्य!'' ईश्वर ने हठी स्वर में कहा।

''फिर ऐसा करो प्रभु कि मुझ सहित मेरे पूरे परिवार की एक-एक आँख फोड़ डालो।''

ईश्वर ने तथास्तु कहा और चला गया।

''जानते हो, फिर क्या हुआ?'' एक्स ने युवक की ओर मुखातिब अपनी आँखें नचाते हुए पूछा।

''हाँ! मेम, एकाएक आँखों की रोशनी खो देने के हादसे से उपजी घबराहट में जब पड़ोसी परिवार हड़बड़ाकर बाहर भागा तो उन्हीं कुओं में गिरकर मर गया जो ईश्वर ने उसके लिए खुदवाये थे!''

एक्स युवक की बात पर सन्न रह गयी। उसका निष्कर्ष कटाक्षपूर्ण था।

''लेकिन, मेरी कहानी फकत वैयक्तिक रंजिश की नहीं है, बल्कि अभाव से उपजी अमानवीय त्रासदी की है! चेलैया को जब पता चला कि उसका नमक नाडिया ने चुराया है तो उसके सिर पर खून सवार हो गया। और उसने पेड़ पर चढ़े नाडिया को अपने तीर का निशाना बना लिया।''

एक्स गुमसुम-सी उठ खड़ी हुई और चुपचाप अपने मार्गदर्शक के पीछे-पीछे चल पड़ी। कल की तरह आज फिर झुटपुटा फैल चला था। जंगल में घुसते ही उन्हें नीम अँधेरा नजर आने लगा।

''जल्दी-जल्दी कदम बढ़ा लीजिए,'' मार्गदर्शक ने आहिस्ता से कहा, ''वैसे पौड़ी अब नजदीक ही है।''

एक्स उस शख्स से अब और भी बातें करना चाहती थी। क्योंकि—अब मुद्दा भी स्पष्ट था और विषय भी। पर अब उसने अपने होठ सी लिये थे।...ये टिक्कूदल के प्रशिक्षित जवान हैं। हरदम चौकस और तैयार रहनेवाले। पॉलिटिक्स भी जानते हैं और मोर्चाबन्दी भी। महज सरकारी उच्चायुक्त या जर्नल नहीं। इनमें दोनों के गुण विद्यमान होते हैं एक साथ। फर्ज इनके लिए मोक्ष है, रोजी-रोटी नहीं। और एक्स चुपचाप चलती रही।

वह रात पौड़ी में बिताकर इस निष्कर्ष पर पहुँच गयी थी कि टिक्कूदल का हेडक्वार्टर अब ज्यादा दूर नहीं है। कोकड़ाबाड़ी में तो खैर इसकी भनक तक न थी और चाँचड़ा पहुँचकर भी उसे यह आभास नहीं हो पाया था कि इस क्षेत्र में कोई विद्रोही दल भी है, उसकी क्रान्तिकारी गतिविधियाँ हैं! पर उस शाम बरसाती नाले को फाँदकर जब वह रेड्हा पहुँची और ज्वर से ग्रस्त थी तो कुछ-कुछ भनक मिल उठी थी कि सुगबुगाहट है जंगल में।...सरकार कोरा ढिंढोरा नहीं पीट रही, बल्कि उसे अपने पैर उखड़ते जान पड़ने लगे हैं। शिकार के बहाने

प्रशिक्षण चलता है बाकायदा। प्रौढ़ शिक्षा की कक्षाओं में भी वही पाठ पढ़ाया जाता है। कई रात तक मीटिंगें चलती हैं। रात-रात भर भाग-दौड़ जारी रहती है कार्यकर्ताओं की।...

वह हैरत में थी कि निपट पाषाणयुगीन सपाट चेहरेवाले ये स्याह काले लोग इतने प्रवीण कैसे हो गये? वह कौन-सी आग धधक रही है इनके भीतर जिसकी ऊर्जा से ये निःशुल्क फौज में तब्दील हो आये हैं।...

पर उसे इन सब रहस्यों को उजागर करनेवाला अब तक कोई नहीं मिला था। अपनी इसी उधेड़बुन में उसने एक दिन का अथक सफर और तय कर लिया। रात को उसे लंका में ठहराया गया, जो गाँव होते हुए भी छावनी की शक्ल में नजर आ रहा था। एक्स अब अपनी जिज्ञासा के मुताबिक कोई सुराग पा सकती थी। इसी चालाकी में उसने रात में खाने के बाद गाँव के दौरे की बात कही। किन्तु उसके नये मार्गदर्शक ने यह कहकर उसकी आशाओं पर तुषारापात कर दिया कि रात में हमले की सम्भावना है। आप मेहमान हैं, हमारी जिम्मेदारी है कि सुरक्षित रखें आपको। बेहतर होगा आप टॉयलेट वगैरह के लिए भी अतिथि-गृह से बाहर कदम न रखें।

एक्स उसकी चेतावनी सुनकर एकदम सिहर गयी। उसे घृणा होने लगी सरकार से कि जो विकास का पहिया तो नहीं घुमा सकी इस कालेवन में, इसके बनिस्बत दमनचक्र चलाने में कितनी सक्षम है! अब तक की रपटें बताती हैं कि रातों-रात सुदूर घने जंगली गाँवों में हेलीकाप्टर से गश्तीदल भेज-भेजकर छापा-युद्ध में पुलिस ने कितना खून बहाया है! निर्दोष भोली वनजातियों को सोते-सोते मशीनगनों से भून डाला है। पर ये आतंक और दमन टिक्कू को कितने दिन रोक लेगा? दुनिया का इतिहास गवाह है कि बन्दूक के बल पर प्रभुत्व ज्यादा दिन तक कायम नहीं रहता। अगर ज्यादा आग लगी तो यह भी सम्भव है कि यह क्षेत्र मरने-मारने पर उतारू होकर एक पृथक् राष्ट्र का हठ ठान बैठे! तब क्या होगा...बेचैनी में उसे रात-भर नींद नहीं आयी। दूर कहीं जंगल में हिंसक पशुओं के स्वर गूँजते रहे। कुछेक गोलीबारी जैसी गड़गड़ाहट भी सुनी उसने। और हर बार सहम-सहमकर रह गयी एक्स।

सुबह मार्गदर्शक ने बताया कि आज की यात्रा स्थगित रखने को कहा गया है। आप यहीं विश्राम करें और किसी बाहरी व्यक्ति से मिलने-जुलने में सतर्कता बरतें!

एक्स एकदम स्तब्ध रह गयी। क्या वह फँस गयी है यहाँ आकर! पल-भर को उसकी रूह काँप गयी। फिर उसने खुद को दिलासा दिया कि अब डरना कैसा? वह तो खुद अपने प्राणों का मोह त्यागकर आयी है इधर। बल्कि इस इच्छा के साथ कि अगर टिक्कू की अनुमति मिल जाए तो यहीं रह जाएगी।

इसी धरती को अपनी कर्मभूमि बना लेगी। महुए के तेल, जंगली मसाले और सब्जियों को पचाने की कूबत आ गयी है उसमें। साल-दो-साल तक उसके कपड़े साथ दे ही देंगे, बल्कि एहतियात से बरतेगी तो दसियों साल चल जाएँगे। नहीं तो फिर जैसा देश वैसा भेस! उसे कतई लाज नहीं लगेगी उघारे वदन रहने में। और जब इनके बीच, इनके लिए काम ही करना है, समूची स्वयंसेवी भावना और शोषणविहीन न्यायपूर्ण समाज की स्थापना की प्रतिबद्धता के साथ, तो फिर इन्हीं के बर्तन में खाना है, इन्हीं झोंपड़ों में रहना है, जो भी ये पहनते-लपेटते हैं आधा-अधूरा, वही तो पहनना है! इसमें गिला कैसी?...इस तरह मन-ही-मन वह खुद को तैयार करती जा रही थी किसी भी भावी परिस्थिति से जूझने के लिए। एक नये जीवन के लिए। घर याद तो आ रहा था, पर अब उसका मोह त्याग रही थी एक्स। वैसे भी घर में कोई विशेष रुचि नहीं थी उसे। शुरू से ही एक विद्रोह-सा पनपता रहा अन्तस में।...पिता ने बहुत चाहा कि वह मेडिकल में जाए। उसके मार्क्स अच्छे थे। उसमें प्रतिभा भी थी। पूरी सम्भावना थी उसके सेलेक्शन की। किन्तु उसकी कुछ ऐसी धारणा बन चुकी थी कि वह कहीं भी बँधकर रह नहीं पाएगी।...तब हर बात से असन्तुष्ट रहनेवाली जन्म की जिद्दी एक्स ने साइन्स छोड़कर युनिवर्सिटी में पत्रकारिता में डिग्री ले ली। फिर उसके बाद उसने कभी पीछे मुड़कर नहीं देखा। खबरें खोजने में, और लाखों खतरे उठाकर उन्हें छपाने में उसके अहं की तुष्टि होने लगी थी। इसी रवैये के चलते उसने अपना अलग घर नहीं बसाया। वह इतनी कठोर या कि हृदयहीन रही आयी है कि भावुकता की कातरता ने उसकी ओर कभी रुख ही नहीं किया। अब उसका मौका भी नहीं है। वह अपना लक्ष्य पा गयी है।

...यही सब सोचते-विचारते कतई निर्द्वन्द्व एक्स ऊँघ गयी। थोड़ी देर में ही उसे मनोनुकूल सपने आने लगे। फलस्वरूप उसका चेहरा बहुत प्रसन्न और सन्तुष्ट नजर आने लगा।

धीरे-धीरे शाम होने लगी तो गाँव में पुनः चहल-पहल शुरू हो गयी। लोग जंगलों से घर लौट रहे थे और बाहर भी अलावों पर कई लोग अपने छोटे-छोटे शिकार भून रहे थे। ऊपर से सब-कुछ सहज और स्वाभाविक लग रहा था, किन्तु भीतर-ही-भीतर जैसे कोई काली छाया डोल रही थी। कुल मिलाकर एक मातमी माहौल था, कोई किसी से हँस-बोल नहीं रहा था उस दिन।

एक्स अभी सपनों में ही खोयी थी कि किसी ने जोर-जोर से बात कर उसे जगा दिया। मशाल की रोशनी में उसने एक-दो पल हड़बड़ाकर सिरहाने खड़े उस शख्स को देखा और दिमाग पर तनिक जोर डाला तो वह उसे तुरन्त पहचान गयी, वह उसका नया मार्गदर्शक था जिसने कल उसकी यात्रा स्थगित होने का सन्देश सुनाया था। और वह कोई प्रश्न करती, इससे पहले ही वह

बोल पड़ा, ''बीबीजी, आप चलने के लिए तैयार हो लें, वक्त कम है।''

''इस वक्त!'' वह फिर से हड़बड़ा गयी, ''क्या वक्त हुआ होगा?'' पानी में भीगकर उसकी साड़ी खराब हो चुकी थी।

''आधी रात है,'' उसने अविचल कहा, ''यहाँ से जत्थे के साथ चलना है हमें। ऐसा आदेश है कि सुबह से पहले हेडक्वार्टर पहुँचा दिया जाए आपको।''

''मैं तैयार हूँ,'' वह एकदम खड़ी हो गयी, ''जत्था कहाँ है?''

''सीवान पर हमारी प्रतीक्षा कर रहा है।'' मार्गदर्शक ने कहा और आगे हो लिया। एक्स आलस झटककर उसके पीछे लग ली।

गाँव छोड़ते ही उन्हें मशालों का एक झुण्ड-सा लगा मिला। इस दस्ते में लगभग बीस-पच्चीस लोग रहे होंगे। एक्स एकदम रोमांचित थी, जैसे किसी उत्सव में शरीक होने जा रही हो! लोग बुझे-बुझे-से थे। उनके हाथों में हथियार चमक रहे थे। उसे जरा भी दहशत न हुई। उस गोल में उनके मिलते ही कूच बोल दिया गया। आसमान ज्यादातर साफ था। कहीं-कहीं छोटे-मोटे बादलों की टुकड़ियाँ नजर आ रही थीं, जो हवा के वेग से काफी तेजी से पूर्व की ओर दौड़ रही थीं। कृष्णपक्ष होने की वजह से चाँद अभी हाल में ही उजागर हुआ था। सो भी जब-तब उसे ये बदलियाँ ढँक लेतीं तो अँधेरा काफी सघन हो उठता। रास्ता पथरीला और सूखा था, पर हवा में ठण्ड थी। एक्स ऊष्मा की फिराक में एक मशाल वाले हाथ से चिपककर चल उठी। अब टिक्कू से उसकी मुलाकात एकदम सुनिश्चित और शीघ्र होनेवाली थी। ऐसा नहीं कि वह पूरी तरह सहमत थी! टिक्कूदल की गतिविधियों को लेकर उसके मन में तमाम असन्तोष था। वह पूछना चाहती थी कि आखिर वे लोग संसदीय लोकतन्त्र का विरोध क्यों कर रहे हैं। मतदान न करने के लिए मुनादी करवा देते हैं और बारूदी सुरंगें बिछाकर क्षेत्र में आनेवाले चुनावी दलों को, पुलिस बल को काफी तादाद में मौत के घाट उतार देते हैं। अपने साथियों को छुड़वाने के लिए दस्युगिरोहों की तरह वीआईपीज को किडनैप कर लेते हैं। कभी-कभी तो कानून इस कदर हाथ में ले लेते हैं कि शहरों में घुसकर तस्करों, ठेकेदारों और दलालों को चुन-चुनकर मार डालते हैं। समूचा समाज उनके खौफ से थर-थर काँपता है। ये आतंककारी गतिविधियाँ क्या मनुष्यता के नाम पर कलंक नहीं हैं!

वह पूछना चाहती है, जानना चाहती है कि आखिर उनका लक्ष्य क्या है, नीति और सिद्धान्त क्या हैं? उनके पास रचनात्मक कार्यक्रम क्या हैं, और उनकी प्लानिंग क्या है! वे क्रान्ति को परिवर्तन के रूप में, सिर्फ सत्ता-परिवर्तन के रूप में ले रहे हैं अथवा उसके इस भ्रामक अर्थ से हटकर व्यवस्था के आमूलचूल परिवर्तन के रूप में क्रान्ति की धारणा है उनकी! समाज को किस साँचे में ढालना चाहते हैं वे?

...विचार-शृंखला उसके साथ ही तेजी से सरपट दौड़ी जा रही थी। आगे के लोग बीच-बीच में हाँका देते चल रहे थे। इससे जानवरों के आक्रमण का खतरा टल जाता था। यूँ भी इतने बड़े मशाल गोल पर इक्का-दुक्का जानवर तो बेचारा हमला करेगा क्या। और जानवर, मनुष्य के खिलाफ संगठित होने से रहे। यदि यही जागृति और चेतना उनमें घर कर गयी होती तो आज मनुष्यों की भाँति जानवरों का भी राज्य होता। वे जातियाँ मनुष्य के प्रकोप से आज नष्टप्रायः और अतिअल्प संख्या में न रह गयी होतीं।

एक्स पूरी तरह असहमत भी नहीं थी। और इधर का जनजीवन देखकर तो उसका रहा-सहा विरोध भी काफी कमजोर पड़ गया है। इन लोगों की प्रतिबद्धता और अनुशासन देखकर वह बहुत प्रभावित हुई है। कि जिन्होंने इन जातियों के उत्थान के लिए अपना जीवन होम दिया है, कौन हैं ये लोग? कहाँ से आये? यह धर्मयुद्ध छेड़ने की प्रेरणा क्या इन्हें सचमुच ईश्वर से मिली है? अपनी जान हथेली पर धरकर न तो ये कुरसी पा रहे हैं, न माया! कितने अभावों में कितना संघर्ष कर रहे हैं...किस लोकेषणा के लालच में? उसकी सभ्य दुनिया में ऐसे लोग क्यों नहीं होते...वहाँ तो ठेकेदारों, दलालों और मशीनरी के रास्ते सारा बजट चौपट हो जाता है। प्राकृतिक आपदाओं के लिए जुटायी गयी सहायता राशि तक हजम हो जाती है। हर तरफ झूठ और अन्याय का कारोबार। उसे यकीनन उस दुनिया से घृणा हो आयी है। कितने ही दिनों से कहीं भाग जाने को जी चाह रहा था। उसकी एक सहेली है लतिका। उसका स्वभाव भी एक्स से काफी मिलता-जुलता है। वह भी इस स्वार्थी और पापी दुनिया से घोर नफरत करती है। पर इसका त्राण उसने तीर्थाटन में खोज लिया है।...एक्स सोचती है कि वह भी एक तरह की 'ऐबनॉरमिलिटी' है। आँखें बन्द कर लेने से काल की गति नहीं रुक जाती। खुद को 'विद्ड्रा' कर लेना तो पलायन के सिवा और कुछ नहीं। ऐसी कायरता से तो मर जाना अच्छा है। खुद के साथ वैराग्य से बड़ा कोई छल और क्या होगा! यथार्थ जगत् में अयथार्थ की कामना में जीना, जीवन-भर मुक्ति तलाशना, सामान्य से सत्य से अनभिज्ञ की मुक्ति तो मृत्यु है! जिस क्षण चाहो, वरण कर लो। पूरी तरह आपकी मुट्ठियों में कैद।...पर मृत्यु से ही तो असली भय है। उसी से बचना चाहते हैं हम। तभी तो इतने ढोंग-आडम्बर रच रखे हैं। वह सब जान गयी है। किसी झाँसे में नहीं आनेवाली अब। बचपन में जरूर धार्मिक थी और देशभक्त भी। उन गीतों को सुनते और गाते तब रो पड़ती थी एक्स। लेकिन अब सारा मुलम्मा उतर चुका है। ये वाहियात बन्धन व्यर्थ ही लाद रखे हैं मनुष्य ने अपनी आत्मा पर। असल गुलामी तो यही है कि आप तमाम खानों में कैद हैं। सत्ता, धनलोलुप स्वार्थियों ने अखण्ड राष्ट्रवाद के क्रूर चक्र में जकड़ रखा है निरीह जातियों को। और अब उन्हें उनकी

धरती के अधिकार से भी वंचित कर देना चाहते हैं। कहना न होगा कि चालाक और दुष्ट लोगों ने ही सदा इस धरती पर राज्य किया है। सारी ऊर्जा सोख ली है। समूची सम्पदा का दोहन कर बेआवाज, भले प्राणियों को घोर अभावग्रस्त बना दिया है। तब फिर वे क्यों न उठ खड़े हों तुम्हारे सड़े-गले सिस्टम को जड़ से उखाड़ फेंकने।...विदेशियों, वहशियों-सा बर्ताव कब तक सहन करें वे! कब तक प्रताड़ित-शोषित और पशुतुल्य बने रहें वे।...

"बीबीजी, अब आप यहीं-कहीं फ्रेश हो लीजिए। हम हेडक्वार्टर के नजदीक आ गये हैं।" हठात् मार्गदर्शक ने कहा।

वे रुक गये थे। जत्था नाले के किनारे दिशा-मैदान के लिए इधर-उधर बिखर गया था। हाजत की इच्छा नहीं थी इसलिए वह दम साधने-भर को वहीं बैठ गयी। आसमान में बादलों के साथ इक्का-दुक्का तारे भी नजर आ रहे थे। रात का आखिरी पहर रहा होगा! आकाश मध्यरात्रि-सा चमकदार नहीं रहा था, बल्कि मैला नजर आ रहा था। बैठे-बैठे उसे नींद के तेज झोंके आने लगे। कुछ-कुछ सरदी-सी महसूस हो रही थी। थोड़ी ही देर में मार्गदर्शक ने लौटकर फिर से चलने का आग्रह किया। उठते हुए एक्स ने इस बार दबी जुबान से पूछा, "हमें रात में चलने को क्यों कहा गया था?"

सुनकर पहले तो उसने कोई तवज्जो नहीं दी, चुपचाप चलता रहा। फिर डूबती-सी आवाज में बोला, "कल रात में मिलिट्री ने हवाई हमला कर दिया था। हेडक्वार्टर पर हुई बमबारी में कमाण्डर सहित उन्नीस जवान शहीद हो गये हैं..."

"क्या...टिक्कू भी?" एक्स के अन्दर से एक घुटी-सी चीख निकली।

"हाँ—बीबीजी?" युवक ने बमुश्किल कहा, "आज उन्हें कब्र दी जा रही है।"

अब इसके आगे क्या है!

एक्स की आँखों में धरती-आसमान एक-साथ घूम रहे हैं। इस हादसे के लिए कतई तैयार नहीं थी वह। लटपटायी-सी दस-पाँच कदम और चली और फिर शोक में विह्वल होकर एक तने से टिक गयी। आँखों में बरबस ही उमड़ आये आँसुओं को पोंछ पाना जैसे उसके वश में नहीं रह गया था। युवक उसकी हालत देखकर दुःखी और गुमसुम-सा खड़ा रह गया। कुछेक मिनट ऐसे ही गुजर गये। तब उसने ढाढस बँधाते हुए कहा, "आप धीरज धरिएगा बीबीसाब! लड़ाई का अन्त नहीं है यह। हम सब टिक्कूसाब हैं। यहाँ का बच्चा-बच्चा टिक्कूसाब होगा। हर जन्मा-अजन्मा प्राणी टिक्कूसाब होगा।...जब तक ये धरती अन्याय-अत्याचार से मुक्त नहीं हो जाएगी, ये लड़ाई यों ही चलती रहेगी दिन-रात! आप आँसू न बहाइए। चलकर बहादुरों की कब्रों को मिट्टी दीजिए।"

एक्स ने आँखें उठायीं। अश्रु अब भी झिलमिला रहे थे। किसी अनाम

मोह का परदा पड़ा था उसके मानस-पटल पर। हृदय किसी पवित्र भावुकता में विकल-सा बैठा जा रहा था। कि उसकी सिसकती साँसें थमने का नाम नहीं ले रही थीं।

इसी बात की तो औरत ठहरी एक्स।

औरत, जिसका दिल अपार करुणा, ममता और दया की खान हुआ करता है।...लेकिन धीरे-धीरे उसने अपने-आपको समझाया, संयत किया थोड़ा-बहुत। पूर्व में सूर्योदय होने को था। समूचा क्षितिज और धरती मानो पुनरुदित हो रही थी उसकी आँखों के आगे। और हठात् एक्स फिर चल पड़ी, हृदय में शोक और मन में किसी दृढ़ निश्चय का भाव लिये! जंगल उसकी पग-ध्वनि से भर उठा था।

माँ

कौशल्या के आँगन में काले घने बादल घिर आये।

वह भयभीत-सी लपक-झपककर नये पौधों का एक-एक गमला पाकड़ के नीचे रखती है, "हाय! कहीं मूसलाधार बारिश से उखड़ न जाएँ..."

पत्तों पर बूँदों का संगीत बजता है। उल्लसित कौशल्या बाँहें खोलकर आसमान भर लेना चाहती है। हरित तृणों पर बूँदों की सरगोशियाँ कान लगाकर सुनती हैं।

उसी क्षण बादल मीठी गर्जना करते हैं। कहीं बिजली कौंधती है और कहीं कोयल कुहकती है।

कछवारी में नये-नये जौआ (फलों का शिशु रूप) फूट चले हैं। कितने दिन से तो बादल ने आँख नहीं खोली। किसने रुला दिया इन्हें इतना? धरती हरी मखमली चुनरिया ओढ़े किसकी बाट जोह रही है...भीगकर कौशल्या आश्रम में लौट आयी, अस्फुट स्वर में गुनगुनाती-सी–'घिर आयी बदरिया घनश्याम न आये...'

छाती को कोई भीतर से खोखला कर रहा है। एक हूक-सी उठी रहती है लगातार...और छातियों में दूध का आना तो बन्द नहीं होता।...आश्रम के बाहर फिजाँ में फिर कुछ आवाजें हैं।...वह घुटनों में सिर देकर तख्त पर लुढ़क गयी है।

"बुआ!" सुरेन्द्र का स्वर करीब आता है।

कौशल्या टस से मस नहीं होती।

"बुआ, नदी पार से आदमी आया है।"

वह बेमन उठकर गिलसिया में दूध निकालती है। सुरेन्द्र को पकड़ा देती है। चेहरे से वात्सल्य झरता है।

सुरेन्द्र को उसी ने पाला है।

माँ छः महीने का छोड़कर चल बसी थी। साल-भर का होते-होते 'बू' कहने लगा था सुरेन्द्र उसे, फिर यह 'बू' और बच्चों की देखा-देखी बुआ में तब्दील हो आया था। लेकिन बराबर अहसास होता कि रगों में खून नहीं, बुआ का अनमोल दूध दौड़ रहा है...।

सुरेन्द्र गिलसिया का दूध आदमी की बोतल में डालकर उसका निप्पल चढ़ा देता है।

"बुआ!"

वह देखती है एकटक।

"प्रसव में ही चल बसी है माँ। पीलिया हो गया था उसे। यह आदमी एकदम गऊ (सीधा-सादा) है। रोज ले जाया करेगा।" सुरेन्द्र की आँखों में याचना है।

"ठीक है।" वह न नहीं कर पाती।

आदमी पैर छूकर जाने लगता है।

उसका हृदय भरा-भरा-सा है। छातियों में दूध का आना बन्द नहीं होता।

कोटरा वाले वैद्यजी भी शहद में या माँ के दूध में अनुपान समझा कर देते हैं हरेक मरीज को दवा। शहद के लिए डाँग में भटकना पड़ता है...और पता नहीं, शहद में दवा चाटने से आराम मिले ही। गाँव-भर को भरोसा है कौशल्या के दूध पर। दवा से बड़ी होती है दुआ। विरला ही कोई बचा होगा, जिसने उसके दूध में वैद्यजी की दवा न ली हो।

"दूध क्यों आता है छातियों में, किसके लिए।"—यह उसके सिवा कोई नहीं जानता।

कैसे जाने! माँ नहीं रही। मौसी भी तो नहीं रही। कितने बरस बीत गये! उसने कोई गिनती नहीं रखी।

सुरेन्द्र गया नहीं है। पानी थम गया है। मोर बोल रहे हैं। करील पर लिपटी बेल से सुरेन्द्र वनकरेले तोड़ रहा है। उसका मन नहीं करता गाँव में जाने को। किसी-न-किसी बहाने आश्रम पर ही बना रहता है। नौकरी छोड़ आया। बुआ के आस-पास भटकता है जी। शादी नहीं की। मजा नहीं आता दुनियादारी में। बुआ के आस-पास सारा ब्रह्माण्ड है।

पर बुआ का मन नहीं खुलता। दुनिया का सारा रहस्य उसी के भीतर है।

आश्रम गाँव से फर्लांग-भर की दूरी पर है। बीच में एक नाला पड़ता है। बरसाती नाला। उस पर हमेशा किसी-न-किसी पेड़ के तने का पुल बना रहता है।

तीन-चार साल का था, तभी से, सुरेन्द्र की नींद खुलती थी घर में और पाँव चलना शुरू कर देते अनायास, तब आँख खुलती आश्रम में आकर। दिन यहीं गुजरता बुआ के साथ। रुई के गोले से नन्हे खरगोश फुदकते-फुदकते झाड़ियों में छिप जाते और वह साँस साधे बैठा रहता...तभी अंगूर की बेल में गिलहरियाँ दिख जातीं, वह उन्हीं के पीछे पड़ जाता। बुआ की वर्जना कोई असर नहीं करती। पर जब वे आकर कान उमेठतीं—"क्या कर रहे हो यह।"

"..."

"बोलो!"

"अंगूल..."

"तो!" उनका चेहरा तमतमाता।

फिर दद्दा आकर ले जाते रात-भर के लिए। बुआ रहने नहीं देती थीं, "जाओ अब अपने घर..."

"जाओऽऽ!"

उसे लगता बहुत बेरहम हैं बुआ। पर दिन-भर उनके आगे-पीछे डोलता। कभी वे गुलाब से बतियातीं, कभी रातरानी से...चमक चाँदनी और मेहँदी तो कतारों में खड़ी रहती, जैसे स्कूल में प्रार्थना के लिए बच्चे!

उससे बड़ी उम्र के लोग बताते हैं कि पहले जंगली पेड़-पौधे तो थे, पर आश्रम नहीं था यहाँ। बुआ के एक काका साधु हो गये तो गाँव छोड़कर इस सप्तवटी में रहने लगे। इस बेहड़ में उन्हीं की देन है यह आश्रम। वैसे, अब तो तमाम बेहड़ किसानों ने तोड़ लिया है। ऊपर नदी पर बाँध बँध जाने से बाढ़ भी नहीं आती। आसपास इक्के-दुक्के खेत-घर भी उग आये दीखते हैं।

"सुरेन्द्र!"

कौशल्या ने पाठ के बाद रामायण बाँधकर रख दी। वह पास में आ खड़ा हुआ।

"अब जाय नहीं रहे तुम?" वे खीझीं।

वह चुपचाप खड़ा रहा। फिर धीरे-से बोला, "तुम्हें अकेले में अच्छा लगता है—बुआ?"

"हओ! जाउ तुम ऽ!" वे चिल्लायीं।

"ठीक है, जाय रहे हैं, पर आज पकाओगी क्या?"

"अपने हाड़ऽऽ!" वे चीखीं।

"ठीक है, हमें का खाने!" वह भी चढ़-सा बैठा, "तुम तो खाइवे को दौर रहीं हो! हम तो हरे दाल को (कच्चा) कदुआ (काशीफल) धरि आये हैं। करोंधा और हरी मिच्चें (मिर्चें) अलग छुकि जाइंगी..."

"ठीक है, भकोसो (खाओ) जाय!"

"जाय तो रहे हैं..."

वह लौट पड़ा।

कौशल्या की आँखें भर आयीं। सूरज ढल गया था। घटाटोप बादल दोनों हाथ जल्दी-जल्दी रात को धरती पर उतरने लगे। झींगुर, मेढक और दूसरे बरसाती कीट-पतंग सुर-साधना में व्यस्त हो चले थे। कहीं-कहीं बिजली चमक रही है।

उसे हल्की-सी खाँसी आती है। बाल अभी तक नहीं सूखे। सोने से पहले लपेट लेगी। अभी तो ठाकुरजी की पोशाकें ठीक करनी हैं। चिमनी की लौ थोड़ी

बढ़ाकर फिर घटा ली उसने। धुआँ भरता है।

उस साल काका नहीं रहे थे। अकेली हो गयी थी वह। अस्सी का साल। पहली बार उमड़ी थी नदी इतनी। नाले ने उफनकर गाँव से काट दिया आश्रम को। फिर भी जान हथेली पर धरकर सिद्धार्थ और बारेलाल एक डोंगी लेकर आये थे आश्रम तक।

वह गयी नहीं अन्ततः।

सिर पटककर लौट गये थे वे।

सैलाब रोशनी की तरह चहुँ ओर पसरा था। तिल धरने को ठौर नहीं।

''तो प्राण दे के रहोगी अब!'' हैरान सिद्धार्थ जाते-जाते चीखा था।

''हओ!'' हठी कौशल्या ने आँखें निकालीं, ''तुमाई दया नहीं चहिए!''

''मोंह जिन लगे...(बहस मत कर)'' बारेलाल ने सिद्धार्थ को हटका।

और दोनों पैर छूकर लौट गये। फिर दोनों की आँखें बरस उठी थीं। पानी में भँवर पड़ रहे थे।

यह किस्सा बच्चे-बच्चे को पता है...सुरेन्द्र को भी। बुआ इतनी अपटेकिन (जिद्दी) क्यों हैं! उसका मन आश्रम में ही धरा है।

जगतपाल मास्साब की टीन में रामायण बँच रही है, 'घन घमण्ड नभ गरजत घोरा...' वह उसाँस भरकर करवट बदलता है। देर तक उसे नींद नहीं आती। पानी फिर से झमाझम बरस उठा है... 'काऊ बिरछ तन भींजत हुइहैं, राम-लखन दोऊ भाई!' सुरेन्द्र के घट में बुआ का वास है।

चालीस साल से लगातार बुआ के आँचल का दूध नहीं सूखा। कोई दैवी शक्ति है! एक कुँवारी लड़की के आँचल में इस तरह दूध का आना कोई मामूली बात है! आश्रम पर दूर-दूर से लोग आते हैं। एक बार डी. एम. साहब भी आये थे। गाँव से आश्रम तक पैदल ही जाना पड़ा था उन्हें। श्रद्धापूरित उल्लसित मन से उस पदयात्रा को तीर्थयात्रा माना था उन्होंने। लेकिन साथ आये सरकारी फोटोग्राफर ने जब फ्लैश चमकाया तो एकदम उखड़ गयी थीं बुआ, ''ये क्यों किया तुमने, बोलो!''

फोटोग्राफर का हलक सूख गया। डी. एम. साहब क्या कहते?

चढ़ती ठण्ड के गुनगुने दिन थे। काला गुलाब, पीला गुलाब, सफेद गुलाब और गुलाबी गुलाब सब एक साथ महक रहे थे। एकटक निहारते रहे वे उन पौधों को। एक भौंरा बार-बार अपना गीत गा रहा था। खामोशी में अनोखी सदाएँ निकल रही थीं। उन अस्फुट स्वरों में डी. एम. साहब और फोटोग्राफर की क्षमा-याचना घुली-मिली थी। बुआ का तनाव भी घुल गया। सब लोग सरपते के मूढ़ों पर बैठे थे।

अन्तराल ने कुछ हौसला अफजाई की तो डी. एम. ने प्यून की तरह

घिघियाकर कहा, "माँ जी! आज्ञा हो तो सड़क बनवा दें आश्रम तक..."

"काए!" तपाक से बुआ ने उनकी आँखों में आँखें डाल दीं, "जासें रोज-रोज मोटरों का धमैया (शोर) मचे..."

गोया फिर एक लम्बी खामोशी विराजमान हो गयी।

और खामोशी में अलौकिक आनन्द की अनुभूति। कहीं से उड़कर बुआ के खिचड़ी बालों पर हरसिंगार के दो फूल आ बैठे। डी. एम. और उनका अमला सुरेन्द्र के हाथ की बनायी बुआ के आश्रम की चाय अमृत की तरह पानकर, बुआ के पाँव पड़कर भरे हृदय से लौट गये। गाँव में उस दिन उन्हें किसी ने कोई अरजी नहीं दी। वे याचक थे। बुआ के याचक। और गाँव मीठे घमण्ड से भरा था।

बाद में नर्सरी से पौधे लेने गया सुरेन्द्र तो मन हुआ कि डी. एम. से मिल ले। शायद, अपने श्रद्धेय की तारीफ का कायल मन ही उसे खींच ले गया हो!

पुर्जे पर लिखा, 'सुरेन्द्र-कौशल्या आश्रम' देख डी. एम. ने उसे फौरन बुला लिया। उन्हें लगा, जैसे, आश्रम खुद चलकर आ गया है।

"कैसी हैं माँ जी?"

"वैसी ही जिद्दिन! किसी को पास नहीं टिकने देतीं।"

"नहीं—उनका मन तो गिरी की तरह कोमल है, थाह नहीं ले सकता कोई..."

सुरेन्द्र हैरत में! एक आई. ए. एस. अफसर भावुक है। भक्ति से कि ममता से! आगे बहुत मुश्किल से बोल पा रहा था वह, "नारियल ऊपर से सख्त दीखता है, इस पंचभूत-जन्य के रहते मोह-माया और सांसारिकता छोड़ पाना बहुत दुष्कर होता है। विरले ही कछुए-सा खोल बना पाते हैं!"

सुरेन्द्र गद्गद था। मिलना सार्थक हो गया।

"तुम्हारी एज्युकेशन क्या है?"

"बी. ए. कर लिया था।"

"नौकरी करोगे?"

"लग तो गयी थी," सुरेन्द्र ने नतशिर कहा, "छोड़ दी। आश्रम छोड़ते नहीं बनता साहब!" और फिर जब गर्दन उठायी उसने तो पाया कि डी. एम. की आँखों में प्रशंसा थी उसके लिए।

लौटकर उसने बुआ को बताया सारा किस्सा। पर उन्हें कोई फर्क नहीं पड़ा। बदस्तूर अपनी कछवारी में जुटी रहीं।

जगतपाल मास्साब की टीन में बँचती रामायण बन्द हो रही थी...'कथा बिसरजन होत है, सुनहु वीर हनुमान।' सुरेन्द्र ने एक जबरन जमुहाई ली। फिजाँ में सन्नाटे का संगीत गूँज रहा था। आकाश बादलों से मढ़ा है।

कौशल्या ने करवट बदली। कोई शिशु सपने में दूध के लिए कलप रहा था और दूध फिर उमड़ पड़ा उसकी छातियों से। आँचल चिपचिपा उठा था। छाती में हौल मची थी।...कि विराट् में बच्चों की तरह फफक रही थी एक अधेड़ स्त्री।

सुरेन्द्र अलस्सुबह ही आश्रम के लिए दूध लेकर आ गया। पेड़ों की फुनगियों से होकर उषा की लाली शनैः-शनैः धरती पर उतर रही है। चिड़ियाँ चहक रही हैं। हरियाली झूम रही है। प्रकृति बरबस ही प्राणों को खींचे ले रही है। अनायास ही आत्मविस्मृत सुरेन्द्र ने किसी पौधे से कुछेक पत्तियाँ तोड़ ली हैं।

''काएऽ? जिऽ काऽ करऽ रहेऽ?'' हठात् बुआ खाने को दौड़ीं! वे पीछे से आ गयी थीं। वह सहसा डर गया। कुछ समझ ही न पाया कि क्या अन्याय कर बैठा है?

''का हे गओ?'' उसने बच्चे की-सी सरलता से पूछा।

''पत्ती काए तोड़ी...'' बुआ बौखला रही थीं।

''वैसे ई!'' उसने सकपकाकर कहा।

''पेड़ सूखि नईं जाएँगे?''

''कैसे?''

''ऐसे,'' बुआ ने तमककर हाथ बढ़ाया, फिर रह गयीं। तनतनाकर बोलीं, ''हम तुम्हाए नाक-कान खेंचि लेंइ, तैसें...''

फिर सख्त स्वर में ही समझायशी मुद्रा में बोलीं, ''जे हाथ-पाँउ हैं इनके। खाना-पानी, हवा-घाम काहे से लेहैं जे?''

''बुआ, आज सन्तान सातें हैं?'' उसने बात बदल दी।

''हओ।'' वे नरम पड़ गयीं।

उसने कहा, ''हम केला और आम के पत्ता लएँ आय रहे हैं।''

''ना! हमें पौधन को नास नईं कराने। तुम पे और कछू काम करिवे कों नईं है? केला काटें लिआइ रहे साब!'' उन्होंने दाँत पीसे, ''हम तुमें काटि-पेंड़ि देंइ तौ!''

गाँव हैरत में है कि वह सन्तान सातें मनाती हैं। कुँवारियों के लिए नहीं, सुहागिनों और सन्तानशुदा स्त्रियों के लिए होता है यह व्रत। वे ही अपनी सन्तान की खैर-कुशल और बढ़ोतरी के लिए मनाती हैं इसे!

लेकिन कौशल्या भी आम माँओं की तरह सन्तान सप्तमी पूरे अरमान, शिद्दत और हौंस से मनाती है। जब पहली बार उसने यह व्रत रखा था तो चाँदी की दो चूड़ियाँ बनवायी थीं। एक उसी मौके पर पण्डित जी को दान कर दी और दूसरी खुद पहन ली। वह चूड़ी आज भी उसकी कलाई में पड़ी है। हर साल सन्तान सप्तमी पर एक-दो रत्ती चाँदी चढ़वा लेती है उस पर। वह चूड़ी अब खूब मोटी और भारी

हो गयी है।

इस दिन पूरी तल्लीनता के साथ विधिपूर्वक पूजा करती है कौशल्या। रोकते-रोकते सुरेन्द्र दूध-दही-घी-शहद और शक्कर मिलाकर पंचामृत बना देता है। स्वतः झड़ गये फूलों को धागे में पिरोकर माला। मिट्टी के छोटे से कोरे घड़े को साँतियों से सजाकर कलश...और कलावा, श्रीफल, पान और दीपक चौकी पर सजा देता है।

कौशल्या गिनती के चौदह पुए सेंकती है। सात बड़े और सात छोटे। सात भोग के लिए और सात जीमने के लिए। भोग के लिए बड़े और अपने लिए छोटे।

इस दिन एक-एक निवाला मुश्किल से निगल पाती है वह।

पूजा के बाद भोग के पुए गाय को खिला देता है सुरेन्द्र।

"बुआ! सात पुए ही क्यों बनाये जाते हैं?" उसने बेकार ही छेड़ दिया।

"तिहाओ मोंह," वह चिढ़ गयी, "इन्द्रधनुष देखो है कबहूँ?"

"लेओ! रोजुई देखत हैं!"

"कित्ते रंग होत हैं बामें (उसमें)?"

"सात," कहकर रुका फिर बाल सुलभ चपलता से बोला, "अच्छा, समझि गये! तई तें सात पुआ बनाये जात हैं!"

"भरिकु (खाक) समझि गये! सात तो दिखत हैं—रंग होत हैं अकूत..."

थोड़ी देर को चुप्पी बैठ गयी।

फिर उद्दण्ड सुरेन्द्र बोला, "अच्छा बुआ, जि बताओ, तुम सन्तान-सातें काए मनाउती हो?"

"काएऽ? काए न मनाएँ!" अबकी बार गुस्से से कौशल्या का चेहरा लाल पड़ गया।

"मतलब, सन्तान के लिए रखा जाता है, न! यह व्रत?" घबराकर सुरेन्द्र बचाव में खड़ी बोली बोल गया।

"तौऽ? सन्तान नईं हैं हमाएँऽ? फिर तुम को हौऽऽ? औरु जि दुनिया को है..." वह रोनी हो आयी।

सुरेन्द्र सहम गया। ख्वामख्वाह क्लेश मचा दिया उसने दिन-के-दिन...बुआ जीमने बैठनेवाली थीं। आज व्रत था। वह अपराधी की तरह सिर झुकाकर आश्रम से बाहर निकल आया।

गेंदे उसकी छाती छूने लगे।

धरती पर असूझ अँधेरा छाया था।

बस, अब वह चला जाएगा हवा के साथ बहता हुआ। बुआ के पास इससे ज्यादा ठहरना सम्भव नहीं हुआ कभी।

कुदरत ने भी कितने करिश्मे रच रखे हैं धरती के लिए? चमकदार दिन

और काली रातें। रात माने एक दुरुस्त शाख। अगली उड़ान के लिए बसेरेवाली शाख। ये न हो तो कोई कहाँ टिके! हठात् सोते-सोते सपना देखा कौशल्या ने कि हाथ में धरती की गेंद लिये आसमान में सूरज की ओर उड़ी चली जाती है ...और सहसा गेंद पर पेड़-पौधे उग आये हैं। फिर समुद्र में आग लग गयी है और भूचाल आया हुआ है। फिर उसी के पंख जल उठे हैं और वह लगातार गिर रही है...बहुत ज़ोर से!

"ओऽ माँ! बऽचाऽओऽ!"

"मौसीऽऽऽ!"

"ओऽ माँ!"

पसीने से तर-ब-तर है कौशल्या। छातियों में फिर से बेशुमार दूध उमड़ पड़ा है। आँचल चिपचिपा हो चला है उसका। सीने में हौल मची है। कहीं दूर टिट्टुइया टिटिया रही है। आँख नहीं लग रही है अब। कोई बीमार कुत्ता रह-रहकर रो रहा है। उठकर बैठ जाती है कौशल्या। आसमान भारी है।

कितने साल बीत गये? कुछ हिसाब नहीं रहा। कल की बात लगती है। मोरी पर बैठी है। कुवाँर की घाम। जी उमथा रहा है। उबकाई और उबकाइयाँ...कुछ नहीं सूझता। आँखों के आगे आसमान घूम रहा है। 'ओऽ माँ!'

और धीरे-धीरे फिर से नींद का शिकंजा कसता चला जा रहा है। एक मनहूस रात गहराती जा रही है।

ऐसा कुछ दिनों से अक्सर होने लगा था। तब चढ़ती उम्र थी उसकी। अम्मा का शक यकीन में बदलता जा रहा था। बाप रे! उन दिनों उनकी जुबान तो जैसे बिच्छू का डंक बन गयी थी। बात-बात में साँड-सी भड़क उठतीं। रोज एक नया काढ़ा बनाकर देतीं। कोसतीं उसे और करम ठोंकतीं अपना।

कौशल्या हर जहर आँखें मूँदकर पी लेती। प्याले के तेज़ाब में रह-रहकर एक नीलकण्ठ फड़फड़ाता...और सारी अँतड़ियाँ इकट्ठी हो जातीं। एक जानलेवा दर्द, जो एक जान लेने के सिवा सातों करम कर देता। पर नीलकण्ठ बाहर न निकलता।

अन्ततः हारकर अम्मा एक दिन हवा को भी बताये बगैर उसे बहुत दूर एक अजनबी मौसी के यहाँ छोड़ आयीं।

नींद में ही गहरी साँस भरकर कौशल्या सोती रही बदस्तूर। सुबह सुरेन्द्र नहीं आया।

मौसी के बाल जल्दी पक गये थे।

सन-से सफेद बाल जिन पर अधखुला कैप। झक सफेद साड़ी-ब्लाउज। होठों से मेल खाते सुन्दर दाँत और चमकदार आँखें। छोटी-सी खूबसूरत नाक और गेहुआँ वर्ण! मीठी खनकती आवाज, मनुहार की भाषा...कौशल्या भूल गयी अपनी यातना।

औरत भीतर-भीतर गढ़ती है। वह गढ़ रही थी कुछ अनूठा।

"इस गढ़न में ही दर्द के सिंगार का सुख छिपा है," मौसी स्नेह से सिर पर हाथ फेरतीं, "मेरी बच्ची! ये हाड़-मांस का पुतला जातियों के ढूह में भस्म हो जाता है। अफसोस न कर, स्त्री के प्रारब्ध को कौन बदल सकता है।"

पर कौशल्या का मन आप्त था। जैसे, वह कोई बहुत बड़ा यज्ञ कर रही थी। अश्वमेध यज्ञ! एक विशिष्ट भाव-बोध से सजा रहता चेहरा। मौसी ने बनावटी बिछुए, टिकुली और चूड़ियों से सजा रखा था उसे। कभी-कभी माँग में सिन्दूर की हल्की टिपकी धर देतीं तो गुड़हल की शाख पर एक सुर्ख जवाकुसुम झूमर की तरह झूल उठता। बचपन में गुड़ियों के लिए कपड़ा बनाना सीखे थे। वही हुनर काम आया। मौसी काम पर निकल जातीं और वह छोटे-छोटे झबले, लँगोटियाँ, कनटोपियाँ सीया करती। सुई-धागे में कैसा जादू छिपा है। निराकार को साकार कर देनेवाला जादू! वह चपल हो उठती। मानो गूँगे ने गुड़ खा लिया हो...सपाट भीत पर जैसे कोई आड़ी-तिरछी लकीरें खींच एक चित्र-सा उकेर गया था, और वह कूँची लेकर रंग भरने बैठ गयी है। मन की आँखें देख रही हैं—चित्र चलने-फिरने लगा है।

चिल्ला जाड़े जाते-जाते पेड़ों को नंगा कर गये थे। लेकिन कोई कहाँ हार मानता है। नव-सृजन करके ही तो मृत्यु को ललकारता है हर कोई! इस लोक का सारा खेल ही इसमें समाया रहता है। पेड़ों पर नयी कोंपलें सज गयी हैं...चौदहवीं का चाँद वाकई बड़ा खूबसूरत होता है। उसकी कान्ति से आकाश नीलम-सा झिलमिलाता है। धरती की हरेक चीज कितनी खूबसूरत दिखती है इसकी दूध-सी उजली और गोरी चाँदनी में। लेकिन अम्मा ने वह चाँद उसकी झोली से एक झटके से छीन लिया है...

चलते वक्त रोते-रोते उसकी माँग पोंछ दी थी मौसी ने। माँ ने चूड़ी और बिछुए रात में ही निकाल लिये थे। मौसी के पास ही छूट गयी थी उसकी धरोहर! यज्ञ का घोड़ा किसी ने पाताल के पेट में छुपा दिया था। पर छातियों का दूध कोई माँ-जाया आज तक नहीं सोख पाया...

नदी पार का आदमी घिघियाया-सा खड़ा था उसके आगे। बेसुध-सी कौशल्या भीतर गयी और गिलसिया भर लायी।

"माँ-जी! ये आहार नहीं, अमृत है। इसमें आपके तप का बल है। यह दवा नहीं दुआ है..." भक्ति-भाव से भावुक आदमी गद्गद होकर कुछ और भी कहना चाहता है, पर हटक देती है वह, "ठीक है, तुम्हाओ काम भएँ चहिएँ। आज न आउते तुम तौ! जानत नईं ते, कन्धैया आठें है?"

आदमी पैर छूकर कुछ दूर उल्टे पाँव चलकर मुड़ जाता है।

"सुरेन्द्र क्यों नहीं आया। कितना काम पड़ा है सिर पर? ठाकुर जी का

सिंहासन सजाने में ही दिन खप जाएगा। आश्रम बुहारना, पानी खींचना कुएँ से, कचरियाँ निकालना कछवारी से...कुछ तो पककर फूट चली हैं। किसी के मुँह में पड़ जाएँ तो ठीक रहे। आज तो बादल खुला है। लौकी और तोरई भी खूब फरी है अबकी। रोज डलिया भर जाती है। लोग प्रसाद बतौर ले जाते हैं। पर कौन तोड़े? सुरेन्द्र नहीं आया आज...''

काका के जमाने में उसे रत्ती-भर भी फिक्र न होती थी। वे कभी थकते भी तो न थे। हर समय किसी-न-किसी काम में हाथ डाले रखते। वे न गेरुआ वस्त्र पहनते और न कण्ठी-माला फेरते। ठाकुर जी खुद उनकी थाली में आ विराजते, वहीं भोग लग जाता। फिर भी सारा गाँव उन्हें 'साधू' कहता। एकदम साफ दिल और साफ पेट के धवल पुरुष थे काका। न माया-मोह व्यापा और न गृहस्थी के जाल में फँसे कभी। लड़ाई-झगड़ों और पंच-पंचायतों से कोसों दूर रहे सदा। जिन दिनों कौशल्या लौटकर आयी थी मौसी के घर से, उन दिनों बहुत उदास जरूर दिखने लगे थे वे। अक्सर उसका पीला चेहरा देखकर उनका कलेजा मुँह को आने लगता। मौका पाकर अस्फुट से स्वर में कहते, ''बेटा, दर्शन-स्नेह और त्याग-समर्पण में होता है सच्चा प्रेम। अपने भीतर के राम को जगाओ, उसी से नेह लगाओ, यह जग तो छल है, प्रपंच और उपद्रव के सिवा और कुछ नहीं है यहाँ।''

कौशल्या तब उनकी बातों का अर्थ नहीं खोज पाती। शान्ति जरूर मिलती उसे, एक सहारा-सा बँधता। और वह दिन-दिन भर बनी रहती आश्रम पर। शाम को अम्मा आकर जबरन खींच ले जातीं गाँव-घर की तरफ।

अम्मा ऊपर से कठोर जरूर दिखतीं, पर सोते-सोते कई बार उनके आसपास होने का अहसास होता उसे। एक काँपता हाथ उसके चेहरे को टटोलता और कोई सुबक उठता। कौशल्या सपने में किसी अथाह सागर में डूबती-उतराती गोते खाती-खाती पाताल तक जा पहुँचती और एक-एक कण खंगाल उठती। जैसे, बहुत कुछ कीमती खो गया हो, जैसे—साक्षात् प्राण! और वह बेहद व्याकुल, विक्षिप्त होकर ढूँढ़ रही हो उसे! शरीर पसीने से तर-ब-तर हो उठता। उसकी हिचकी बँध जाती। आँचल से दूध के सोते फूट पड़ते। आँसुओं की झड़ी लग जाती। छाती फटती नहीं, सातों करम हो जाते।

''ऐसा दुःख, ऐसा असहनीय दण्ड ईश्वर भी देने का हक नहीं रखता जिसने खुद सिरजा है जीव को...फिर कौन करता है यह अन्याय!'' अम्मा फफक उठतीं।

एक कुँवारी लड़की के आँचल में इस तरह दूध का आ उमगना दैवी-चमत्कार मान लिया था गाँव ने। बात पंख लगाकर उड़ने लगी। लोगों के हृदय में श्रद्धा के अंकुर फूट चले। तंग आकर अम्मा ने काका से कह दिया, ''जाइ सँभारो अब तुम्हीं। शादी-ब्याह की नईं रही। जनम अकारथ हे गओ रड़िया को...''

''का हे रओ है बुआ?'' सुरेन्द्र ने उसे गुमसुम बैठा पाया तो अनायास पूछ बैठा।

''है रहे हैं तुम्हारे हाड़!'' उसने चौंककर आँखें तरेरीं, ''अब सबेरो भओ है तिहाओ?''

''गैया ब्याइ गयी ती, बई (उसी) में उज्झि (उलझ) गये।'' उसने हैरान स्वर में सफाई दी।

कौशल्या की आँखें चमक उठीं, ''बच्छा कि बछिया!''

''बच्छा।''

''ठीक है?''

''हओ, गैया ने जेर नईं डारी अबे (अभी)। चाटा-चूटी में टेम खेंचि लओ।''

''तौ! चाटेगी नईं?'' वह मानो भड़क गयीं, ''को नईं चाटत! बिलैया नईं चाटत कि कुतिया नईं चाटत कि घुड़ियाँ नईं चाटतीं...भेड़ें नईं चाटें तो झिल्ली में ई मरि जाए बच्चा...आदमी सो निठुर कोऊ नईं है!''

कहते-कहते उसकी आँखें डबडबा आयीं। सुरेन्द्र हक्का-बक्का। फिर कोमल स्वर में बोली कौशल्या, जैसे आकाश में कोई गीत गूँजा, ''पसु अपने बच्चन कों चाटि कें मालिश करत हैं, सफाई करत हैं। जीभ से सरीर में प्राण फूँकत हैं। नईं तो बच्चा न ठाड़े (खड़े) हो पाँइ न पेशाब करि पाएँ।''

सुरेन्द्र को लगा कि वह कहीं खो गयी है।–बुआ के भीतर कितनी ममता है! वह रोमांचित था...

''सागर के जल जितनी...नईं, उससे भी जादा! धरती पर जित्ती हवा फैली है, उत्ती? नईं, हवा से भी जादा...फिर आकाश में जित्ते तारे हैं उत्ती?...नहीं–और जादा।''

''कित्ती?'' मानो घबड़ा उठा सुरेन्द्र।

कौशल्या भीतर चली गयी थी, वह पत्थर की बेंच पर आ बैठा। माथा धरती की तरह घूम रहा था...''शून्य के विराट् जित्ती।''

सहसा वह अपनी खोज पर चकित और हर्षित होकर भीतर जा पहुँचा, ''बुआ ...बुआ!''

कौशल्या ने पलटकर देखा–वह ठाकुर जी का सिंहासन सजा रही थी, ''अब तुम बाहिर के काम निबटाइ लेउ!'' उसे मानो उलझन हुई।

सुरेन्द्र भूल गया कि क्या कहने आया था। हड़बड़ी में एक नयी बात ले बैठा, ''बुआ जंगल को ठेका हे गओ है।''

''कैसो?''

''कटिवे को।''

उसके चेहरे पर वितृष्णा आ बैठी, ''औरु का...जंगलु तो कटेगोई जातें थोरेंई

(जातियाँ नहीं) कटेंगी!''

सुरेन्द्र समझा नहीं। लौट गया। कौशल्या उदास मन गाने लगी, ''झमकि झुकि आयी बदरिया कारी...झूऽ लाऽ झूले नन्दकिसोर...'' कि मूर्तियों को माँजते हाथ सहसा लड्डूगोपाल पर अटककर रह गये। आँखें मूँदे अपनी उँगलियों से एक-एक अंग स्पर्श किया उसने...तो छाती में हौल मच गयी। और बेसुध-सी लड्डूगोपाल को लिये ही तख़्त पर लुढ़क गयी कौशल्या।

छातियों में फिर दूध भर उठा। आँचल चिपचिपाने लगा उसका।

आज जन्माष्टमी है। अब उसके जी को कौन समझाए...!

दूसरे छोर पर

अगस्त के आखिरी सप्ताह में थम गयी थी बरसात।

अक्सर रातों में नींद खुल जाया करती। चाँदनी रातें खुशगवार लगतीं। कमरे से निकलकर लॉन में टहलती। नीले आसमान के नीचे सारी इमारतें उनींदी-सी पड़ी मिलतीं।

हाँ—यहीं तो! ग्रन्थालय के सामने मिला था वह पहली दफा। धौरी नीली-सी आँखें और धूसर सुनहरे-से बाल। अनिवासी भारतीय। शोध के सिलसिले में आया था संस्थान में। 'भूमिगत जल में जैविक प्रदूषण।'

वह कोई पर्यावरणविद् तो थी नहीं। सामान्यतः जर्नलिज़्म में डिप्लोमा कर रही थी। सो उसने एकाएक मना कर दिया कि—नहीं, वह क्या दे सकेगी इण्टरव्यू! और वह अकबकाया-सा, 'खैर—माफ कीजिए' कहकर आगे बढ़ गया था।

अजीब दास्ताँ है ये! उसने गर्दन झटकी। बार-बार वही खयालात आखिर क्यूँ लपेट लेते हैं...

पेड़ सोये पड़े थे।

युनिवर्सिटी के आगे की सड़क खामोश थी। कोई पदचाप—कोई हार्न नहीं।

यहीं कैण्टीन में एक बार हौले से अभिवादन कर फिर कहा था उसने, "ये प्रश्नावली, असल में पाँच जर्नलिस्टों का इण्टरव्यू करना है मुझे!"

उसने आँखें झपकाकर गर्दन हिलायी, "लड़कियों का न!"

उसने समझा स्वीकृति मिल गयी। झट से प्रश्नावली थमा दी।

वह कुछ नहीं बोली। घूँट-घूँट पीती रही चाय और उठ गयी।

आसमान में कुछेक सितारे चमक रहे थे।

फिर अक्सर यूँ होता कि अक्सर यूँ ही मिल जाता। उसके मन में यहाँ से लौट जाने की पीड़ा कुलबुलाती। अवसर की वजह से मोहताज था वह।...नहीं तो यहीं बस जाता।

मेरी खातिर न! वह गम्भीरता से नहीं लेती। पर गले में कुछ अटक-सा जाता। और कुछ कहते नहीं बनता की अजीब कशमकश में खामोशी से उसके अल्फाज

सुनती...

"मेरी जड़ें यहाँ हैं, इस मिट्टी में। मैं यहीं फल-फूल सकता हूँ। यहाँ की धरती, यहाँ का सूरज, यहाँ की नदियाँ, यहाँ के पहाड़...उनसे झरते झरने, यहाँ के पेड़—उन पर गातीं चिड़ियाँ, यहाँ की चाँदनी रातें, मन्द-मन्थर झूमती-फुदकती सी जिन्दगी।"

"और भूमिगत जल! जिसमें जैविक प्रदूषण!" वह सहसा रस में विष घोलती।

"नहीं! हाँ! यही नहीं...चिन्ता के विषय और भी हैं," वह सहम जाता, "प्रदूषण, आतंकवाद, युद्ध जैसी विभीषिकाओं से तो सारा विश्व ग्रसित है, पर बेरोजगारी, जनसंख्या विस्फोट और खासकर योग्यता के अनुरूप अवसर न मिल पाना आत्म-अपमान नहीं लगता तुम्हें?"

वह निरुत्तर होती। प्यार की भावुकता के साथ-साथ उसकी समझदारी की भी कायल होती। वसन्त अपने यौवन का चरम छूते-छूते पतझर में बदल जाता। फूल खिलते, एक दुनिया और होती! बची रहती धरती...तो!

कहाँ शुरू—कहाँ खतम? कुछ याद नहीं पड़ता मयना को। भोर हो जाती। चिड़ियाँ चिहुँक उठतीं। आसमान फिर फीके से सात रंगों से भर उठता। ढोल-मँजीरे, ताँशे और झींके बे-आवाज, बे-असर हो रहते। एक हूक-सी उठती—"होरी खेलत बनवारी!..."

फिर शाश्वत क्या है! सारा कुछ अवधिग्रस्त है तो, यह सफर महज एक भ्रम है तो, मंज़िल कहीं नहीं है तो...उसे क्या हो गया था! कैसे खिंची चली गयी थी? 'प्रेम गली अति साँकरी, यामें दो न समायँ!' हठात् यक्-ब-यक् यही तो कहा था प्रोफेसर शशांक ने! जब वह बेसुध-सी उनके कन्धे से टिकी थी!

"इसमें राजा-रंक, ज्ञानी-मूर्ख, गुरु-शिष्य का भेद मिट जाता है..."

उनके शब्द सुगन्धित फूलों-से बरस रहे थे।

"सब कुछ एकाकार हो जाता है। प्रेम का यही एकात्म स्वरूप उसका आध्यात्मिक बोध है।"

और वह सिहर उठी थी। उसे लगा था कि उसका चेहरा भीग गया है। ...जैसे फूलों से पराग झरता है। जैसे सद्यः विकसित कली पर अनायास उभर आती हैं मधु की अदृश्य बूँदें।

शशांक ने पहली बार उसके कान छुए। कपोल और अधर छुए। पहले उँगलियों के कोमल स्पर्श से, फिर ओष्ठ से, उनकी हल्की-हल्की जुम्बिश से...और वह किसी लता की भाँति अपनी जड़ से उखड़कर शशांक से लिपट गयी, यामें दो न समायँ! वह एक हो जाना चाहती थी। अपने ही हृदय की धड़कन के हाथों परास्त मयना भूल बैठी कि वह उनकी छात्रा है। वह अर्थशास्त्र में शोध करने आयी है। मुद्रा—यानी मृत श्रम से जीवित श्रम के सम्बन्ध, प्रभाव, व्यथा और प्रथा का

आकलन करने...फिर तो बातों-बातों में रात और दिन, सुबह और शामें ओस-कणों की तरह घुल उठे। धरती के इस छोर से उस छोर तक वे ऋतुओं की तरह करवटें बदलते रहे। हर क्षण एक जोश, एक उन्माद, एक मस्ती, एक आनन्द, एक सुख, एक तृप्ति से आप्लावित।

"आज उठने का मूड नहीं है क्या?"

सहसा वही परिचित स्वर! अनिवासी भारतीय शोध छात्र का।

ओह! आज तो उसके हॉस्टल तक चला आया यह! सीधा उसके कमरे में ...वह हड़बड़ी में उठ बैठी। मन बहुत भारी था पर मुस्कराकर आदतन अभिवादन कर बैठी, युवक धम्म से कुर्सी में समा गया।

"क्या बात है! तबीयत तो ठीक है?"

"जी, आप सुनाइए।"

"आपका इण्टरव्यू छप गया है।"

"शुक्रिया!"

उसने युवक के हाथ से रिसर्च पेपर ले लिया। कोई खुशी नहीं। पढ़ा भी नहीं, यूँ ही नजरें सरकाती रही।

"चाय लेंगे?"

"सिर्फ चाय! नाश्ता नहीं बनाओगी?"

"जरूर!"

वह फिर से हड़बड़ी में उठी। कामचलाऊ मिनी गैसस्टोव पर चाय की केतली रख दी और डिब्बे से थाली में पोहा निकालकर छाँटने लगी।

"आप पढ़ाई के साथ किचेन में भी परफेक्ट हैं!" युवक ने तारीफ की। वह मुस्कराकर रह गयी। वह ढेर सारी बातें करना चाहता है आज। मयना का सचमुच मूड नहीं था। उसके आगे-पीछे प्रोफेसर शशांक की छाया घूम रही थी। कितना ओज था उनकी वाणी में। बोलते ही जैसे सितार के तार झनझना उठते। उसके भीतर जल तरंग-सा बज उठा। युवक उसके चेहरे पर आते-जाते भावों को पढ़ने की नाकाम कोशिश में लगा रहा। चाय उबल चुकी तो उसने कटोरानुमा कड़ाही चढ़ा दी और चुटकियों में पोहे का नाश्ता तैयार कर प्लेट में सजा दिया।

"आप नहीं लेंगी?" उदास युवक ने मानो खुद से कहा।

"प्लीज...ब्रश नहीं किया अभी। आपका साथ दूँगी।"

उसने अपना कप उठाकर चाय सिप कर ली। और वह भावुक होकर कुछ इजहार कर बैठे, इससे पहले ही उसने मुद्दा उठा लिया।

"करप्शन में इण्डिया सबसे आगे है न!"

"नहीं!" हठात् युवक बोला, "हाँ–इण्डिया तीसरे या चौथे नम्बर पर अवश्य है। दरअसल, अब वर्ल्ड इण्टरनेट और साझा बाजार की वजह से बहुत छोटा हो

गया है, इसलिए करप्शन, पोल्यूशन, महँगाई, स्मगलिंग, प्रोसट्यूशन, टेररिज़्म, किडनैपिंग वगैरह बहुत आम बातें हैं सारे मुल्कों के लिए।''

और न जाने क्या कहा! कहता रहे यह। मयना को कुछ नहीं सुन पड़ा। वह अपनी दुनिया में गुम हो गयी। बीच-बीच में उसके जोर देने पर 'हाँ-हूँ, जी—ये तो है!' कह-भर देती और आगे के वाक्य फिर नहीं सुन पड़ते उसे। कुछ देर बतकही कर युवक शाम को लाइब्रेरी में मिलने का आग्रह करके लौट गया।

शशांक से मुलाकात एक सनसनीखेज वाकया था। उसके रोम आज भी खड़े हो जाते हैं। न होती, तब भी जिन्दगी—जिन्दगी न होती। शशांक में जो था, वह सब में नहीं होता।

नहीं! शुरूआत कहीं और से हुई थी। वह फिर से याद करने की कोशिश करती है....परीक्षा हाल में प्रश्नपत्र की प्रतीक्षा कर रही थी। कि खिड़की से एक चटख लाल रंग का पेन उसकी मेज पर आ गिरा। उसकी नजरें उठीं तो वह सहम गयी। एक अपरिचित लड़का विश करके चला गया था। वह विचलित नहीं हुई। पर उस पेन से एक लकीर नहीं खींची उसने। मन में इतना गुस्सा कि अबकी बार मिला तो बुरी तरह झाड़ देगी। वह बिल्कुल पसन्द नहीं कर पाती किसी को। उसे सब छोकरे लगते हैं खुद से छोटे। अपने को बहुत-बहुत बड़ा पाती है वह। इसीलिए, कोई थोड़ा छू ले, कोई थोड़ा एकान्त में बैठ ले, कोई थोड़ा बहाने से ही सही—चिपककर बतिया ले, उसे कोई फर्क नहीं पड़ता। ऐसे कितने ही इजहार, नेस्तनाबूद कर दिये उसने...

एक दिन सहेली के घर पहुँची। वह मन्दिर गयी हुई थी। भाई ने कहा, ''बैठ जाओ।'' वह बैठ गयी। एक-डेढ़ साल का परिचय था। भाई ने कैसेट प्लेयर ऑन कर दिया। और जानबूझकर दूसरे कमरे में चला गया। जाने किसका दर्द-भरा गीत देर तक गूँजता रहा। फिर पदचाप हुई। वह बगल में ही सोफे पर बैठ गया और काँपते कण्ठ से बोला, ''वो...एक बात कहनी है आपसे...''

''कितने दिन से?'' उसने चुटकी नहीं ली। साहस बढ़ाया।

''बहुत दिन से...कई महीने से!''

''देखो प्रशान्त! ऐसा है,'' और उसने बाकायदा दादी-नानियों की तरह गम्भीरता से प्रशान्त को समझा दिया कि वह कोई रिस्पॉन्स नहीं देगी उसे।

बात आयी-गयी हो गयी। पर पेनवाले लड़के ने पीछा न छोड़ा। संयोग से वह उसके दूर का रिश्तेदार भी निकल पड़ा। एक रोज वह घर बैठा मिला था। अगर दो मिनट और लेट आयी होती वह तो यह झमेला भी न पड़ता। लेकिन उसका उठना और मयना का आना। अचानक नजरें मिलीं तो आश्चर्य में ''आप-आप'' फरमाकर रह गये दोनों। मम्मी और पापा को उनके पूर्व परिचित होने का अहसास हुआ तो झट से कह बैठे, ''अब आ गयी मयना तो और बैठ

लो न पाँचेक मिनट।"

पर वह धम्म से वापस बैठा तो मयना की देह सुलग उठी। वह ऊपर कमरे में चली गयी और तमतमाया चेहरा लिये बिस्तर पर पड़ी रही। फिर उस रोज तो चला गया ऋषि, लेकिन उसके बाद प्रायः चक्कर काटने लगा।

यह उसकी आदत ही थी कि उसने मम्मी को कभी कुछ नहीं बताया।

न ऋषि को डाँटा। यहाँ तक कि उससे बात तक नहीं की।

जानती थी कि सब कुछ ठण्डा पड़ जाएगा इसी तरह। किन्तु इसी तरह उसके ठण्डा पड़ने के इन्तजार में पढ़ाई के बहाने ऋषि उसके करीब आता गया। अब वह उसका बाकायदा इन्तजार करने लगी। वह कई बार सोचती कि वह प्यार तो नहीं करती। उसके साथ घूमती-फिरती और कहीं आती-जाती भी नहीं है...पर उसकी सहेली हर बार यही सिद्ध कर देती कि उसे ऋषि से प्यार हो गया है।

प्यार और आकर्षण का फर्क तब उसकी समझ से परे था। महज इसलिए नहीं कि सेकेण्ड ईयर की छात्रा थी, बल्कि इसलिए भी कि प्यार के अनुभव-जगत् से तब आत्म-साक्षात्कार नहीं हुआ था मयना का। रूमालों की अदला-बदली और छोटी-मोटी चिट्ठियों के आदान-प्रदान को ही अन्ततः वह प्यार मान बैठी। लेकिन जब अचानक ऋषि की शादी हो गयी, तो उसे बहुत गहरा धक्का लगा। उसकी आत्म-स्वीकृति का मजाक था यह। इस हादसे को मयना बर्दाश्त नहीं कर पायी। उस वर्ष वह फेल होते-होते बची और इतनी विचलित हो गयी कि फाइनल ईयर तक नहीं सँभल पायी। ऋषि से कभी न मिलने का पक्का फैसला कर लिया था उसने। वह अपने आँसू यूँ पी गयी जैसे, कभी छलके ही न हों! तब वह अपने-आप को किसी भी काम में नख से शिख तक डुबो लेना चाहती थी।

ऐसे ही वे अनमने खिन्न से दिन थे, जब प्रोफेसर शशांक से मुलाकात हुई थी उसकी। वे एक सामाजिक परियोजना पर काम कर रहे थे। उन्हें एक ऐसे हैण्ड की तलाश थी जो उनकी बचकानी नाट्यटीम को कण्ट्रोल कर सके। उस कस्बाई नगर में जहाँ लड़कियाँ आगे आने में झिझकती थीं, मयना किसी जेम्सबाण्ड की तरह उपलब्ध थी उन्हें....और उन्होंने अभियान को साकार कर दिखाया। वह भी भूत की भाँति लगी हुई थी इस अभियान में। क्या गजब का जोश था उन दिनों। आँधी-तूफान-सा आया हुआ था। दल में छात्र-ही-छात्र थे। कच्ची उम्र से लेकर पक्की उम्र तक के। मयना दीदी थी सबके लिए। दीदी उसका नाम हो गया था जैसे! छोटे से लेकर बूढ़े तक। गाँव से लेकर शहर तक। सब दीदी कहने पर आमादा।...कभी-कभी प्यार से और कभी मजाक में शशांक भी उसे दीदी कह लेते। प्रोफेसर के साथ-साथ वे एक अच्छे लेखक भी थे और नाटकों के माध्यम से जनमत जगाने में जुटे थे। उनकी टीम गाँव-गाँव जाकर नुक्कड़ शैली में गम्भीर मुद्दों पर प्रदर्शन करती। प्रत्येक प्रदर्शन के दौरान शशांक व्यवस्था के खिलाफ बेखौफ, बेलौस

बोलते चले जाते।...

अभियान के संचालन के लिए उन्हें बीच-बीच में छुट्टियाँ लेनी पड़तीं। आवागमन के व्यय और असुविधा से बचने के लिए उन्होंने क्षेत्रीय नाट्यदल तैयार कर रखे थे। मयना को पी-एच. डी. करना था, सो अपने निर्देशन में युनिवर्सिटी में उसका रजिस्ट्रेशन करा दिया था उन्होंने।...तब सब कुछ पॉजिटिव था। क्षेत्र में उनकी कीर्ति बन्द कमरे में सुलगती धूपबत्ती की गन्ध की तरह फैल गयी थी। मयना सिर्फ उनकी तारीफ सुनना चाहती थी...शेष कुछ नहीं। उसके भीतर एक हिलोर-सी उठती कि हरदम उनका ध्यान रखे। उनके खाने-पहनने का, और सोने-जागने का। हर काम में हाथ बँटाए। उसकी बहुत इच्छा थी कि वह न सही, कोई और...बहुत नजदीक होना ही चाहिए उनके। और एक दिन हल्के से बीमार पड़े शशांक तो उसने बेखौफ कह दिया, "सर! अब बहुत हो गया। शादी कर लीजिए आप! बहुत जरूरी है—कोई अकेला कब तक खट सकता है?"

उसे याद है, सहसा गम्भीर हो आये थे शशांक। एक-एक शब्द को तौलते हुए-से बोले, "काम मनुष्य की दूसरी कुण्ठा का नाम है मयना! मनुष्य की पहली कुण्ठा का नाम है अर्थ, जिसको मिटाकर वह दूसरी मिटाना चाहता है। तब तीसरी कुण्ठा जन्मती है—सृजन। लेकिन यह तीसरी कुण्ठा उसे बाँध लेती है। तय कर देती है उसकी छलाँग, दौड़ और होड़! और वह समाज नाम के अदृश्य मदारी का बन्दर बनकर रह जाता है उम्र-भर के लिए।"

सुनकर उसे बहुत गुस्सा आया था, "आप तो ऐसे ही हैं सर!" पर उसने प्रत्यक्षतः कुछ भी नहीं कहा। बस, अब वह शशांक के बिना एक पल भी नहीं रह सकती थी। धीरे-धीरे उसने पाया कि उसकी यही विवशता उसकी बदनामी का बायस बनती जा रही है। ऋषि फिर सक्रिय होने लगा है। उसने मम्मी-पापा को भर दिया है। और अब उसके निकलने पर पाबन्दी लग उठी है।...

उमस है। बारिश फिर होगी! कमरे में घुटन-सी महसूस होने लगी। वह सीढ़ियाँ उतरकर नीचे बगीचे में चली आयी। मन भारी था। और सिर भी। शरीर में हल्की-सी ऐंठन पड़ रही थी। जबसे दाखिला लिया उसने यहाँ, अपना शहर छोड़ा है, पहली बार इतनी एब्नॉर्मल हुई है।

वह शशांक को आकाशदीप के रूप में लेना चाहती है। वे यादें, वे पंख लगाकर उड़ते-चमकते दिन उसके प्रेरणास्रोत रहें। उसी अन्दाज में, भावावेश में काट ले शेष जिन्दगी। नया अब कुछ नहीं। नया कुछ होता ही नहीं है। अतीत को ही विविध कोणों से देखकर खूब संजीदगी से और उत्फुल्लता से जिया जा सकता है। लगता है—जैसे, वह छोटी-सी जिन्दगी ही मॉडल बन गयी है उसके तईं। एक अनूठा आदर्श। अब शेष कुछ नहीं बचा, जिसमें अभिरुचि हो उसकी, खासकर वैयक्तिकता के मुआमले में। यूँ देश-दुनिया-जहान के मुद्दे जुदा हैं। दह कभी

अपनी भूमिका भूलेगी नहीं।

और हठात् वह लाइब्रेरी में आ खड़ी हुई है। वह अनिवासी भारतीय युवा कब से उसकी बाट जोह रहा है यहाँ।

''हैलो!'' वह अनायास मुस्करायी।

युवक के चेहरे पर रौनक लौट आयी। तत्परता से उसे अपनी बगल में बिठाया और घूँट-सा भरता हुआ बोला, ''मिस...मेरा काम खत्म है लगभग। परसों की फ्लाइट से वापसी है।''

''अरे!'' वह चौंक गयी।

युवक आत्मीयता से सराबोर हो उठा।

फिर भारी मन से बोला, ''पक्षी हजारों मील से समुन्दर लाँघकर आते हैं यहाँ। यहाँ कुछ ऐसा है, जो कहीं नहीं है। लेकिन फिर एक दिन न चाहते हुए भी वापसी होती है उनकी...आज मुझे समझ में आ रहा है कि अपनी धरती परायी कैसे हो जाती है? ये धरती-आकाश और सम्पदा किसी की नहीं होती, मिस। एक-न-एक दिन सभी को सारा कुछ छोड़कर जाना पड़ता है...''

फिर वह चुप हो गया।

वह तो पहले से ही खामोश थी।

कुछ देर बाद वे ग्रन्थालय से निकलकर शोध संस्थान के सामने पहुँच गये। चिड़ियाँ वापस लौट रही थीं। आसमान में कलरव था। पेड़ों पर जिन्दगी। पर हरी मुलायम घास पर खामोशी थी, जहाँ वे दोनों आ बैठे थे। अपने-आप में गुम। लिंक रोड पर इक्का-दुक्का ऑटो-स्कूटर निकल जाते। फिज़ाँ में देर तक उनका शोर मचा रहता।

जिन्दगी इतनी उदास क्यों होती है? लगता है, कतरा-कतरा हाथ से छूट जाएगा। शशांक के रहते कुछ और लगता था। हर वक्त बेहद उतावली। न दिन का पता चलता, न रात का। न सुबह, दोपहरी, शाम का। ऋतुएँ कब बदल जातीं? न गर्मी सताती और न जाड़ा। बस, एक ही नशा सवार होता—काम की धुन और उनका साथ।...सोहबत काम की पर्याय बन गयी थी। वह है तो काम है, वह नहीं है तो कुछ भी नहीं है।

''आप आगे क्या कीजिएगा?'' युवक ने टोह ली।

मयना वापस लौटी, ''फिलहाल तो कुछ नहीं। सोचा ही नहीं। हाँ, ये डिप्लोमा कर रही हूँ न। कहीं नौकरी कर लूँगी या फिर फ्रीलांसिंग ही करूँगी।''

''मेरा मतलब...''

युवक की फिर कुछ पूछने की हिम्मत न हुई। शब्द अब भी हवा में तैर रहे थे। 'मेरा मतलब'।

शाम कुछ अजीब-सा मनहूस रूप धरकर आयी। न झड़ी लगी और न

आसमान खुला। पानी थोड़ा-सा बरसकर थम गया। और हवा भी। कौन जाने, हवा पहले से थमी हो! तभी पानी की भी हिम्मत टूटी हो...मयना हाल से खाना खाकर अपने कमरे में लौट आयी। पिछवाड़े की दोनों खिड़कियाँ खोलकर पल्ले बाहर सरका दिये उसने। पुराने मोटे गाटर में बिजली का एक भारी पंखा झूला-सा झूल रहा था। शाम के वक्त वोल्टेज अक्सर न्यूनतम होते हैं। ज्यों-ज्यों रात बढ़ेगी, पंखे की रफ्तार भी। पर इस आलम में नींद दबोच लेगी उसे। वह सन्त्रास में होती है, तो बहुत जल्दी सोती है। बचपन में कोई डाँट देता तो रोते-रोते सो जाती। स्कूल के दिनों में झगड़ जाती किसी से तो घर आकर सो जाती चुपचाप...! ऋषि की शादी के बाद तो अक्सर सोकर ही रिलैक्स हो पाती थी वह।

"छोड़ो पी-एच. डी. वी. एच. डी!" हठात् पापा ने फौजी हुक्म सुना दिया था। वह अवाक् रह गयी। उनका आशय था, शशांक के साथ देख लिया, उनके आसपास भी फटकी तो...

तो!

मम्मी की तरफ देखने का साहस न हुआ। जरूर वे उस खलनायिका की तरह कुटिल मुस्कान से मण्डित होंगी जो राजा से उसकी बेटी को ही फाँसी का हुक्म दिला देती है!

वह भीतर के कमरे में आकर कोने में छिप गयी। इतनी बड़ी उम्र में बच्चों की तरह मुँह बिसूर कर रोना अकेले में ही होना था शायद! फिर रोते-रांते कब सो गयी, उसे खुद भी नहीं पता।

दिन चुपचाप बीत जाते थे उन दिनों। क्लास हो या लाइब्रेरी या फिर अपना कमरा। किसी वीतरागी की भाँति उसे कुछ खास अहसास न होता। बाहर की घटनाएँ, ध्वनियाँ और तापक्रम कुछ खास असर न डालते। गो कि उसके भीतर का संसार इतना बड़ा, सुखमय और विचित्र था कि उसे फुरसत न मिलती। दिन-भर दाल के ढेर से एक-एक चावल बीनना और रात को फिर उसी ढेर में मिला देना। इतना बड़ा काम था—जो कभी क्यों कर खत्म होगा?....न उसे सहारे की जरूरत होती, न कोई अभाव सालता। निरपेक्षता का प्रमाण कि किसी की उपस्थिति बोझ न डालती। भीड़ में अकेलेपन का अभ्यास हो गया था उसे। जैसे कमल पानी में रहकर घुलता नहीं। वह बहुत सरलता से जिन्दगी की कल-कल नदी में बही चली जा रही थी। न मंजिल की तलाश, न पता-ठिकाना और पहुँचने की व्यग्रता।

अनिवासी भारतीय युवक ने तब आखिरी बार द्वार खटखटाया था उसका। आसमान घनीभूत और नजर न आनेवाले मेघों से आच्छादित दिन की रात बना हुआ था।

"आ जाओ! खुला है!" उसने बैठे-बैठे ही कह दिया। युवक किवाड़ ठेलकर भीतर दाखिल हो गया। कहाँ बैठे—इस असमंजस में, कि उसने उनींदे ही कह दिया,

''बैठिए, प्लीज़!''

युवक कुछ झिझकता-सा पलँग के एक कोने पर बैठ गया। मयना कुर्सी में धँसी थी और टेबल पर पाँव पसार रखे थे उसने।

''आप गये नहीं...'' हठात् उसके मुँह से फूटा।

''मेरे नसीब में था।''

''क्या?''

''एक और दिन।''

''कैसे?''

''बम होने की आशंका में उड़ान रद्द हो जाने से।''

''ओफ्फ!''

उसे सुकून मिला।

''चाय बना लेंगे, प्लीज़। मुझे बहुत आलस़ आ रहा है।'' उसने धृष्टता की।

युवक पूरी चपलता से उठा और हुलसकर चाय बनाने लगा। केतली में सनसनाते द्रव की तरह उसके भीतर से अनवरत एक ही इजहार फूट रहा था कि—जिन्दगी-भर के लिए मौका दीजिए, मिस।

''चाय!'' उसने हौले से कहा।

''शुक्रिया!''

उसने पाँव सिकोड़कर कुरसी पर ही पालथी मार ली और तनकर बैठ गयी। आँखें अधमुँदी। दूर कहीं धीमे स्वर में बिजली कड़की।

''मैं शादीशुदा हूँ....'' उसने हौले से कुछ इस अन्दाज में कहा कि उसके खुद के ही भीतर रुनझुन घण्टियाँ-सी बज उठीं।

''क्या! आपने कुछ कहा?...'' युवक का धीरज-सा छूटा।

उसने पलकें उघाड़ीं और फिर हौले से गिरायीं। उसी तरन्नुम में किंचित् गर्दन झुलायी। चेहरे पर दिव्य आभा।

''ओह! सॉरी...रिअली सॉरी।'' मायूस युवक हड़बड़ा गया।

एक लम्बी उसाँस खींची मयना ने। शशांक अब इस दुनिया में नहीं हैं। बताना जरूरी नहीं समझा उसने।

अब वक्त काटे नहीं कट रहा था।

निःशब्द फुहार पड़ रही थी। निःशब्द चला जा रहा था युवक।

और निःशब्द मयना इस छोर पर खड़ी थी...दूसरे छोर पर निःशब्द आसमान।

बाढ़ की वापसी

आधी रात का समय। चीख-पुकार और सब मिलाकर एक कोलाहल-सा उभर रहा है कहीं! नींद एकाएक उचट गयी।

भयभीत-सी उत्सुक नीलिमा छत पर जा चढ़ी। आसपास की छतों पर भी लोग जमा थे। नावली वृन्दावन की ओर से उभरता कोलाहल सबका ध्यान खींच रहा है। चम्बल सुबह से लगातार बढ़ती चली आ रही थी। उसके भीतर एक हलचल-सी मच गयी। जैसे कुछ होनेवाला हो! चाँदनी में चामुण्डा मैया का मन्दिर उजाड़ और सुनसान नजर आ रहा था। बायीं ओर विशाल किला। किला नहीं खँडहर। हाँ—खँडहर। एकदम सुनसान और उजाड़। मानो कहीं बहुत गहरे प्रेत ही प्रेत रोते हों!

किले के ठीक पीछे हैं चामुण्डा मैया और उनके पीछे नावली वृन्दावन। नदी की मुख्य धारा से काफी दूर। काफी ऊँचाई पर। पूरी तरह सुरिक्षत। किसानों की बस्ती। लेकिन इस बार 3 लाख क्यूसेक पानी की क्षमतावाले कोटा डैम से तीस लाख क्यूसेक पानी एकदम छोड़ दिये जाने के कारण नावली वृन्दावन चौतरफा पानी से घिर गया है।

वैसे मुकुटपुरा किले के बराबर की ऊँचाई पर बसा है। और घर के द्वार से किला, चामुण्डा, नावली वृन्दावन और अटेर साफ-साफ दीख पड़ते हैं। पर नीचे चहुँओर पानी फैल जाने से भय के पहाड़ खड़े हो गये है मन के भीतर। मौसी को दालान में ही सोता छोड़ छत पर चली गयी थी वह। पर जैकी दबे पाँव उसके साथ चला आया है। किले से अटेर तक का रास्ता खुला था अभी। वहाँ से कुछ लोग हाथों में टॉर्चें और लालटेनें लिये किले पर चढ़ आये थे। नावली के लोगों को ये लोग चीख-चीखकर दिलासा दे रहे थे। दोनों ओर से टॉर्चों की रोशनी एक-दूसरे की दिशा में फेंकी जा रही थी। रात का एक-एक पहर एक-एक युग के सदृश लम्बा और अन्तहीन हुआ जाता था। पानी निरन्तर बढ़ रहा था। किला घिरने लगा शायद! अपनी-अपनी जान की परवाह होने लगी अन्ततः।...और किले से रोशनियाँ लौटने लगीं अटेर की दिशा में। नावली वृन्दावन निराश होकर चुप

होने लगा था।

नीलिमा नीचे उतर आयी। मौसी बेसुध सोये जा रही थी। वह पानी का घूँट भरकर लेट गयी चुपचाप। दिमाग में ऊधम मचा हुआ था।

...कि यह विपत्ति इतनी अचानक है क्या? किसकी गैरजिम्मेदारी से आती है? इन डैमों की प्लानिंग किसने की थी? वर्षा का ठीक-ठीक अनुमान क्यों नहीं लगाया गया? पानी धीरे-धीरे अनुपात से क्यों नहीं छोड़ा गया? ये अकुशल और हत्यारे लोग कैसे पहुँच गये वहाँ तक? इतनी बड़ी गाड़ी की बागडोर इनके हाथ किसने सौंप दी?

फिर गुमसुम है नीलिमा। अब उसे किसी की हायतौबा नहीं सुन पड़ रही। रुका हुआ समय भीतर-ही-भीतर करवट बदल रहा है....

चामुण्डा मैया की टेकरी...पूरी सवा सौ सीढ़ियाँ हैं। पिण्डलियाँ और जाँघें भर आती हैं चढ़ते-चढ़ते। फिर उतरने में ऐसा लगता है कि चक्कर आ रहे हैं, लुढ़के जा रहे हैं। पर उसके लिए तो चामुण्डा मैया का दरबार घर के आँगन की तरह रहा आया है। छुटपन में खेलते-खेलते आ पहुँचती। टेकरी के आसपास और किले के पीछे खूब झरबेरियाँ हैं। उनके बेर कभी खतम नहीं होते। साल में कम-से-कम चार महीने रोज-रोज बुला लेते उसे।...

बड़ी हुई तो अटेर के स्कूल में पढ़ने जाने लगी। मम्मी पीछे से बालों को दो फाँक करके दो चोटियाँ गूँथ देतीं। दरवाजे पर कुएँ की जगत पर चढ़कर तब तक देखती रहतीं जब तक वह ढाल उतरकर सड़क पार करके अटेर बस्ती की चढ़ाई न चढ़ उठती। लेकिन वापसी में नीलिमा सदा मनमानी कर लेती। वह खार के रास्ते से किले के दायीं ओर होकर चामुण्डा की परिक्रमा करके ही मुकुटपुरा लौटती। उसके पैरों को इतना अच्छा अभ्यास हो गया था इन रास्तों का कि सोचकर नहीं चलती तब भी वहाँ पहुँच जाती।

कार्तिक में तो कम पर चैत्र के नवरात्र में चामुण्डा पर विशाल मेला भरता। उन्हें इतना सजा दिया जाता—इतना कि वह कह नहीं सकती! अघाती नहीं निरख-निरख कर। माँ के होठों पर शहद और दूध के झरने से फूटते, जो मानो ठुड्डी तक बहे चले आते। माथे पर ज्योति के आकार का तिलक जगमगाता। बहुरंगी मुकुट, जिसमें कई कोणों से सप्तवर्णी नग झिलमिलाते। काली-काली घुँघराली लटें और काली-काली पुतलियाँ। स्वर्ण-सी दिपदिपाती पलकें और काली-काली बरौनियाँ। हाय-राम! कितनी सुन्दर नाक, लम्बी गर्दन और सेब-से गाल। गले में मोतियों का हार। रुद्राक्ष की माला। आसमानी रंग का साड़ी-ब्लाउज, जिसमें सूरज, चाँद और सितारे जड़े होते।

लेकिन एक बात नहीं भाती उसे...कि माँ के तीनों हाथों में अस्त्र क्यों होते? सुदर्शन चक्र, खड्ग और त्रिशूल से तो सारी शोभा बिगड़ जाती। अगर चौथा हाथ

अभय की मुद्रा में न होता तो बेहद डर जाती नीलिमा। वह पापा से कहती, "कित्ता अच्छा होता जो चामुण्डा मैया के हाथों में चक्र, खड्ग और त्रिशूल की जगह कमल, शंख और सुधापात्र होता! है, न पापा?"

नीलिमा की भोली बातों को पुरोहिताई का पेशा अपनाये पण्डित प्रभूदयाल चौधरी सदा तरजीह देते। किन्तु कभी-कभी प्यार से समझाते, "बिटिया रानी! नायमात्मा बलहीनेन लभ्यः! समझीं कुछ?"

और वह अधमुँदी आँखों से पापा को मुँह चिढ़ाती हुई खूब जोर से न में गर्दन हिलाती।

तब पण्डित प्रभूदयाल अर्थ समझाते, "कमजोरों के लिए संसार में कहीं स्थान नहीं है। और ईश्वर की प्राप्ति भी बलवान को ही होती है...इसलिए, शक्ति का संचय करो, शक्ति की उपासना करो। शक्ति ही जीवन है, शक्ति ही धर्म है, शक्ति ही सत्य है। आज शक्ति की ही सर्वस्त्र आवश्यकता है..."

"लेकिन—पापा, शक्ति क्या होती है?" वह कौतुक से पूछती, "ताकत होती है, न?"

"हाँ—बेटा! लेकिन बल का अर्थ केवल बाहुबल नहीं, ऐश्वर्य और विवेक का भी बल होना चाहिए।"

"अच्छा! तो आप उसी के लिए नवरात्र में व्रत रखते हैं और पूजा और हवन करते हैं।"

"हाँ—दादी, हाँ!" मम्मी बीच में पड़ जातीं, "बहुत बतबनिया हो गयी है। बड़ों के मुँह लगती है। पापा से ऐसे बात करते हैं कहीं?"

सुबह तक सारा मुकुटपुरा फिर अपनी-अपनी छतों पर जमा हो आया था। ब्राह्मणों और धीमरों की बस्ती। टीलों पर बसे हुए घर। लोगों में खासा कुतूहल मिश्रित भय व्याप्त था। किले के आगे होकर एक डोंगी मुकुटपुरा की ओर बढ़ रही थी। डोंगी अटेर से आयी थी। तहसील मुख्यालय और थाना वहीं है। पानी के प्रवाह के कारण डोंगी किले के दायीं ओर से नावली वृन्दावन नहीं जा पा रही। अब शायद मुकुटपुरा के बायीं ओर से घूमकर नावली की ओर रुख करेगी...

नीलिमा उत्सुक है। डोंगी से दो आदमी पानी में कूद पड़े हैं। वे तैरकर नीलिमा के घर की ड्योढ़ी चढ़ आये हैं। वह छत से नीचे उतर आती है। जैकी साथ है। लाइफजाकेट धारी आगन्तुकों को देखकर भी भौंकता नहीं है। जवान परिचय देता है, "मैडम! मैं पी. सी.—वी. एस. चौहान और आप..."

"मैं होमगार्ड कमाण्डेण्ट के. के. शर्मा!" दूसरे अफसरनुमा व्यक्ति ने तनिक हाँफते हुए कहा, "दरअसल, हमें नावली वृन्दावन जाना है। यहाँ कोई कैजुएलिटी तो नहीं हुई न।"

वह चुपचाप मुस्करायी।

अफसर ने गम्भीरता से कहा, ''वैसे यह बस्ती तो काफी ऊँचाई पर है। मगर पानी बहुत है! अस्सी फीट...पेड़ और खम्भे तक डूब गये हैं।''

''जी-हाँ! काफी ऊँचाई पर हैं हम लोग?'' वह विनोदपूर्वक बोली, ''पुरखे किसी राजे-महाराजे से कम थे क्या, जो तलहटी में बसते?''

जवाब में अफसर मुस्कराया तो नीलिमा ने बताया, ''लगभग दो सौ साल पहले जब चम्बल किले के आगे से बहती थी तो कुछ सोचकर ही इतनी ऊँचाईवाले टीलों पर बसा होगा मुकुटपुरा और अटेर भी। बाद में भदौरिया नरेश ने किले की सुरक्षा के लिहाज से नावली वृन्दावन के पीछे बाँध बँधवाकर नदी पश्चिम की ओर मोड़ दी। इससे न सिर्फ उनके राज्य की सीमा बढ़ गयी बल्कि सुरक्षित भी हो गयी। तब उन्हें यह पता नहीं था कि उनके उत्तराधिकारियों पर भिण्ड राजमार्ग की ओर से ग्वालियर स्टेट के एकाधिक हमले होंगे और उनके तोपची हर बार तोपों में बारूद के बजाय बाजरा भरकर उन्हें परास्त करा देंगे।''

लेकिन अफसर ने उसे माँ की तरह झिड़का नहीं, कि बहुत बतबनियाँ हो गयी है। बल्कि मुस्तैदी से बोला, ''ओक्के मैडम!'' और अपने मातहत के साथ डोंगी की तरफ तेजी से बढ़ गया। बाढ़ का गँदला पानी क्षितिज के छोर छू रहा था। मौसी आशंकित-सी दरवाजे पर आ खड़ी हुई थीं। अस्सी की उमर। न ठीक से सुन पड़ता है, न सूझता है। नीलिमा ने उन्हें बाँहों में भर लिया और छोटे बच्चे की तरह भीतर ले आयी।

तभी दक्षिण-पूर्व की ओर से किसी शक्तिशाली इंजन की गड़गड़ाहट से मानो समूचा आसमान भर गया। उसने ऊपर की ओर मुँह फाड़ा। एक बहुत ही नीचा हेलीकॉप्टर किले के ऊपर से बाज-सा झपट्टा मारता निकल गया।

''सब नाटक है।''

एक परिचित गुस्सा नीलिमा की नाक पर आ बैठा था।...''सो पहले किले और मन्दिर बनते थे–सो आज बनते हैं। गरीब से हाड़तोड़ मेहनत करायी जाती है और समेट लेते हैं चाण्डाल! अब तो कारखानों में अपने प्राण हथेली पर धरकर घण्टों आग से जूझकर पेट पाल रहा है आदमी...''

भुनभुनाती हुई वह चौके में घुस गयी।

शुरू से ही वह एक उग्र स्वभाव की रही आयी है कि जो-जो वर्जित है, वह सो-सो करेगी अवश्य। फिर चाहे पापा खिन्न हो जाएँ और भले मम्मी से पंगा लेना पड़े। भैया की नौकरी लगी तो वह उनके साथ शहर चली गयी। माँ ने खूब दलीलें दीं कि ''यहाँ भी कॉलेज है...और खासकर लड़कियों का कॉलेज है। तुझे क्या भागीरथ की तरह कलेक्टर बनना है, सो भिण्ड, ग्वालियर और दिल्ली जाकर पढ़ेगी!''

''अरे–बनना भी है तो बाहर जाने की क्या जरूरत है''...पापा समझाते,

"अब्राहिम लिंकन तो माँगी हुई किताबों से लैम्पपोस्ट के नीचे पढ़-पढ़कर अमेरिका के राष्ट्रपति बन गये थे! प्रतिभा होनी चाहिए। एक आदमी दिन-भर मजदूरी करके रात को जुगनुओं को कपड़े में इकट्ठा कर उस उजाले के सहारे पढ़-पढ़कर चीन का प्रधानमन्त्री हुआ था...पर।"

"हम तो जाएँगे।...." उसने जिद पकड़ ली और सब हार गये।

और शहर में आकर भी उसने हठपूर्वक लड़कों के ही कॉलेज में दाखिला करवा लिया। भाई अपनी दुनिया में विचरनेवाला प्राणी था। वह बिजलीघर में लाइनमैन था। इसलिए थोड़ी-बहुत ऊपरी आमदनी भी कर लेता। गृहस्थी छोटी थी और खर्च मजे में चल रहा था।

यों एक-एक करके उसने तीन साल निकाल लिये। तीक्ष्ण बुद्धि और तर्कशीलता के कारण वह एक अच्छी डिबेटर बन गयी थी। आम लड़कियों की तरह न तो उसे कभी लड़कों की छेड़खानी से घर बैठकर मुँह छिपाकर रोना पड़ा और न मेहँदी और स्वेटर के डिजाइनों के लिए सहेलियों के घर भागना पड़ा। ज्यादातर उसकी लड़कों से पटती और कभी उसके बारे में कोई अफवाह गर्म न होती। निःसन्देह क्रमशः वह गर्मियों की आँधियों की तरह एक नेतृत्वकारी शक्ति के रूप में उभर रही थी।

सोने पर सुहागा यह कि जब वह एम. ए. प्रीवियस में आयी तो युनिवर्सिटी ने छात्र-संघ की प्रत्यक्ष चुनाव-पद्धति समाप्त कर दी। अब अंकों, बौद्धिक विलक्षणता और कुल मिलाकर मॉरल के आधार पर कॉलेज की जूरी को छात्र-संघ पदाधिकारियों का चुनाव करना था....तब किसी को जरा भी आश्चर्य न हुआ कि अपनी कद-काठी के अनुरूप वह अपने कॉलेज की प्रेसीडेण्ट मनोनीत कर दी गयी। उसकी इस उछाल से शहर में भाई की छाती चौड़ी हो गयी थी। इलाके में पापा का नाम फैल गया था और मायके से सम्बन्धित रिश्तेदारियों में मम्मी की इज्जत बढ़ गयी थी। सब-कुछ इतना सुखद और पहुँच में था कि उसे यकीन हो गया कि अब तो वह चिड़िया की तरह अपने नन्हे पंखों से ही बुहार लेगी समूचा आकाश, एक ध्रुव से दूसरे ध्रुव की दूरी पलक झपकते नाप लेगी। जैसे—कुछ-कुछ लक्ष्य निर्धारित हो गया था। पर जैसे खबर नहीं थी कि मंजिल कौन-सी है। वह क्या बनेगी और क्या करेगी आगे चलकर।

....कि उन्हीं दिनों ताजा-ताजा भोजपुर से लौटकर आया था निरंजन। छात्र संघ की बैठकों में उसकी उपस्थिति बहुत गरिमामय मानी जाती। बिहार की कितनी संघर्ष गाथाएँ जिसे मुँहजुबानी याद होतीं। मानो प्रत्येक का चश्मदीद गवाह और भागीदार रहा हो वह। कि जिसके चेहरे पर व्यवस्था से लोहा लेने की चिन्ता, आक्रोश और धनक होती। उसके झोले में होता विप्लवकारी साहित्य, परचे, पुस्तिकाएँ और समाचार-पत्र। रोंगटे खड़े कर देनेवाले ऐसे-ऐसे लिखित दस्तावेज जो किसी ने कभी

नहीं देखे होते। और नीलिमा के मन में निरंजन एक मशाल की भाँति प्रदीप्त होता गया। फिर यह जानकर तो उसकी निजता और भी जोर पकड़ने लगी थी कि निरंजन अटेर का ही बाशिन्दा है!

संयोग से एक बार जब वह घर लौट रही थी तो निरंजन अचानक बस में ही मिल गये थे।

''तुम्हारी-मेरी एक राशि है!'' उसने घरघराती बस से भी ऊँची आवाज में अचानक कहा था।

नीलिमा के कान मानो झंकृत हो उठे। रोम-रोम रोमांचित हो आया। चेहरे से लाल-पीली लड़ियाँ झड़ उठीं। वह कब से आकर्षित रही आयी है निरंजन से, पर उसके कद की ऊँचाई से सकुचकर सिमट गयी है सदा खुद में। लेकिन आज! क्या चामुण्डा सचमुच शारदा का रूप धरकर विराज गयी हैं इसकी जिह्वा पर! ...कि इस वाक्य का आशय क्या है? नीलिमा पूछ नहीं सकी। इधर-उधर की बातें होती रहीं जोर-जोर से।

अगले दिन निरंजन घर आये पापा से मिलने और शरणागत-से बैठ गये उनके कदमों में! प्रार्थनारत दोनों हाथ जोड़कर।

''क्या माँगते हो वत्स!'' उसने चामुण्डा की मुद्रा में अभय हस्त कर दिया। पिताश्री पुरोहित प्रभूदयाल चौधरी की वाणी दिगूदिगन्तर में गूँज उठी—''नायमात्मा बलहीनेन लभ्यः।''

''है एक दानव मधु-कैटभ की तरह...जिसने हजारों मासूमों को निगल लिया, कि जिसने लालच की खातिर एम. आई. सी. के शस्त्र से कितने निरपराधों का वध करवा दिया....''

उसे लगा, वे सिसक उठे हैं।

और उसकी आँखों के आगे भादों की रात की धुँधली तस्वीर एकदम जेठ की दुपहरी-सी चुँधिया उठी। निरंजन यूनियन कार्बाइड के गैस रिसाव की बात कर रहे थे। और निरंजन इसके लिए दोषी नायक से लोहा लेने को उसे दुर्गा के रूप में अवतरित करना चाह रहे हैं!

सहसा ही उसे याद हो आयीं छात्रसंघ की वे सारी बैठकें जिनमें निरंजन ने बार-बार बताया था कि कल्याण मुखर्जी महज एक फ्रीलांसर नहीं, बल्कि इण्टेलीजेन्स ब्यूरो का सदस्य है। उसका मकसद चम्बल-यमुना-कुँवारी के बीहड़ों की खाक छानकर दस्युपीड़ितों पर महज उपन्यास लिखना नहीं है, बल्कि फूलन का समर्पण कराना है। वह 'द ऑपरेशन फूलन' की स्कीम लेकर आया है दिल्ली से और यह स्कीम भोपाल के स्वार्थ की उपज है।...

निरंजन ने उसके आक्रोश को भड़का दिया था। जैसे बारूद के ढेर में अचानक पलीता धर दिया हो किसी ने। नीलिमा ठीक से सो नहीं पायी उस रात। उसका

अन्तस सहस्र युगों की यात्रा पर निकल गया था। उसे लग रहा था कि आद्या शक्ति का अवतरण महज एक घटना नहीं थी, बल्कि दानवीय अत्याचारों से त्रस्त हाहाकार करती समूची धरती के क्रन्दन से उपजी थी वह ज्वाला। जो बरवक्त प्रकट न होती तो संसार में कुछ भी शेष न रहता।...

कौन कहता है—सुरों-असुरों की अन्तहीन लड़ाइयाँ अब थम गयी हैं...रक्तपिपासु वृत्तियाँ कभी मरती हैं भला! यह राजनीति प्रत्यक्षः रक्तपातहीन युद्ध ही तो है! जो निरन्तर चलता रहता है...दिन के उजाले में ही नहीं, रात के गहन अँधेरे में भी।

वह सोचती थी कि जाकर शरीक हो जाए बागियों के खेमे में और कहे कि सब नपुंसक हो गये हैं। धरती के इस छोर से उस छोर तक, देखो—हत्यारे-ही-हत्यारे घूम रहे हैं! लेकिन उसे क्या खबर थी कि बागियों को अपनी ओर मिलाने का षड्यन्त्र, समर्पण का नाटक हत्यारों ने कब से चला रखा है...अब संसदीय मार्ग से इनसे नहीं निबटा जा सकता। राज्य की संगठित हिंसा के विरुद्ध लोक-हिंसा को जगाना होगा। एक धूर्तनायक जो हजारों-हजार स्त्री-पुरुष-बूढ़े और बच्चे साबुत निगलकर साधु बना घूम रहा है......कि जो छल-बलपूर्वक फिर-फिर ताजपोशी करा लेता है, उसका मुकुट सरेआम छीन लेगी वह।

"सच कहते हैं निरंजन, देश आजाद है तो फिर बागी क्यों बनते हैं...?"

"दरअसल, नीलिमा जी! यह एक उत्पादन क्रिया है। जिस तरह लोहे को 2000 डिग्री सेण्टीग्रेड के उच्च तापमान पर पहुँचाकर पारे की तरह पिघलाकर उसका फर्मे में जो रूप चाहे ढाल लेते हैं, ठीक वैसे ही सामन्तीय शोषण-उत्पीड़न की भट्ठी में उच्च तापक्रम द्वारा बागी बाकायदा ढाले जाते हैं। और जब वे नरमुण्डों की बड़ी-से-बड़ी माला धारण कर लेते हैं, तब उन्हें अभय देकर अपनी जमात में शामिल कर लिया जाता है।

शाम तक हेलीकॉप्टर ने आसमान में कई बार धमा-चौकड़ी मचायी। दो-तीन खाने के पैकेट नीलिमा की छत पर भी आ गिरे। अन्य घरों की छतों पर बच्चे कौवों की तरह मँडरा रहे थे। बच्चों के लिए तो हर चीज खेल है! उसने कोमलता से सोचा। लगता है, आज चाँद नहीं दिखेगा। आसमान फिर से बादलों से लद गया है। पानी लगातार बढ़ रहा है...वह उदास हो गयी। पता चला है कि दिन्नपुरा, कछपुरा, खैराट, नखलौली, दिहाड़. मड़ैया और तमाम किनारे के गाँव जलमग्न हो गये हैं। कितने ही चौपिए और किसान भरखों में फँसे हैं! बस स्टैण्ड और लड़कियों का कॉलेज तक डूब गया है, अब!

शरीर टूट रहा था। आँखों में नींद की जगह अतीत उतर उठा।

...दस साल पहले, जब बारिश मैदा की तरह झर रही थी। खेल के मैदान में चारों ओर दूर-दूर तक हरकतजदाँ सिरों की झड़ी-सी लगी थी। और कॉलेज की खुली छत विशाल मण्डप के रूप में सजी हुई थी, सहसा हुजूम के कोने से एक शोर बरपा हुआ...'जिन्दाबाद! जिन्दाबाद! नीलिमा चौधरी जिन्दाबाद!' और अनवरत बढ़ता चला गया।

पुलिसिया डण्डे हरकत में आ गये।

माइक थामने जा रहे मुख्यमन्त्री का ध्यान, आँखें और कान व्यवधान से हटाये नहीं हट रहे। मंच पर मोर्चे की तरह तैनात आला अफसर उसी तरफ बेचैनी से ताकते हुए...कि कनात के नीचे से निकलकर वह भूत की तरह मंच पर प्रकट हो गयी।

नीलिमा चौधरी!

और चीते की-सी फुर्ती से उसने माइक झपट लिया मुख्यमन्त्री के हाथ से। तत्क्षण ही उसके शब्द किसी फास्ट ट्रेन से चीखते हुए फिजाँ में गूँज उठे, "भाइयो! आपको धोखा दिया जा रहा है...ये समर्पण फूलन का नहीं, ये समर्पण इस प्रदेश के हिजड़े मुख्यमन्त्री का है!"

फिर उसकी आवाज दूर होती गयी। उसकी पिटाई में माइक और डाइज और मुख्यमन्त्री सभी अलग-थलग जा पड़े थे। मंचस्थ डाकुओं की जमात भयभीत और हतप्रभ थी। प्रेस फोटोग्राफर के बाल उखाड़कर उसका कैमरा नारियल की तरह फोड़ दिया एस. पी. ने। नीलिमा पर कलेक्टर, कमाण्डेण्ट और जाने कौन-कौन! शायद सभी, लात, घूँसे लेकर टूट पड़े थे। भीड़ आनन्दित थी। एक मौलिक उपाधि 'हिजड़ा मुख्यमन्त्री' उसके कानों में गूँज रही थी। छात्र बिखर गये थे, उनका काम जो हो गया था।

तीन दिन पहले से प्लानिंग की थी निरंजन और उसके साथियों ने कि समर्पण के नाटक का व्यावहारिक पर्दाफाश करेंगे, बुद्धिजीवियों, लेखकों-सी आत्मरति नहीं। उनकी पीढ़ी नपुंसक नहीं है...और नीलिमा रात को ही छिप गयी थी छत पर रखे एक खाली वाटर टैंक में, कुछ इस तरह कि सी. एम. की जेड सुरक्षा व्यवस्था तक को भनक नहीं पड़ी।

हालाँकि वह जानती थी कि उसका यह कदम उसे उखाड़ देगा घर से। एक तथाकथित समाज से। पर जोश में या कि उसके तईं होश में, उसने यह कदम उठा लिया था। पुलिस उसे जॉनी-दुश्मन की तरह गला रेतकर मार डालती, अगर कोतवाली पत्थरों से न भर दी होती भीड़ ने। शहर में कर्फ्यू और अफरा-तफरी मच गयी थी। उसे दूसरे दिन भी नहीं छोड़ा गया। वह रासुका में बन्द थी। अखबारों ने सुर्खी लगायी, 'स्वतन्त्रता के इतिहास में एक काला दिन!' चित्र में डी. आई. जी. उसे बालों से पकड़कर घसीट रहे थे। चित्र में एस. पी. फोटोग्राफर को दोनों

हाथ धुन रहे थे। चित्र में मुख्यमन्त्री हड़बड़ाकर भाग रहे थे। चित्र में डाकुओं की जमात निःशस्त्र और भयभीत-सी दिख रही थी।

कर्फ्यू तीसरे दिन भी लगा रहा। मुकुटपुरा और अटेर और नावली वृन्दावन के निवासियों को घरों में ही कैद कर लिया था मानो एस. ए. एफ ने। अटेर कस्बा और उसके मजरों ने पहली बार लोकतन्त्र का जूता अपनी चाँद पर बखूबी झेला था। कुछ पत्रकार और छात्र जरूर सक्रिय थे। विरोधी दल एक स्वर में नीलिमा चौधरी की रिहाई और पुलिस जुल्म की न्यायिक जाँच की माँग कर रहे थे। पर मुख्यमन्त्री का गुस्सा, खिसियाहट और प्रतिशोध कलेक्टर और एस. पी. की आँखों से झड़ रहा था। नीलिमा के साथ पुलिसिया व्यवहार को लेकर इलाके में अनाप-शनाप चर्चाओं का बाजार गर्म था। इन्हीं के चलते उसके घर का दरवाजा फिर भीतर से नहीं खुला। मोहल्ले की रिपोर्ट पर पुलिस ने उसे बाहर से तोड़ा था और निकाली थीं दो अदद लाशें!

इस घटना के बाद उसे जमानत पर रिहा कर दिया गया। प्रशासन का कलेजा ठण्डा पड़ गया था शायद।...

नीलिमा ने एक गहरी साँस ली। मानो एक आह-सी भरी हो।...यह दृश्य उसके मानस-पटल से हटाये नहीं हटता है आज भी...देश-काल और समाज के प्रति चिन्ताजनित रोष का इतना बड़ा भुगतान उसे व्यक्तिगत तौर पर भरना पड़ेगा, यह उसने कहाँ सोचा था...उस हादसे में मुँह छिपाकर मम्मी-पापा दोनों ने एक साथ खुदकुशी कर ली थी। और परिवार जिसे कहते हैं, उस इकाई से वह जड़ से उखड़ गयी थी। शहर में नौकरी-पेशा भाई और भाभी ने अपने घर के दरवाजे उसके लिए सदा को बन्द कर लिये। दूर के रिश्तेदार ही नहीं, सगे मामा, चाचा, ताऊ और बुआ-फूफा भी कतराने लगे। काली आँधी-सी विकराल दुनिया में निहायत अकेली पड़ गयी थी वह। पुलिस-केस, अदालत-पेशी अलग से।

सब ओर से असुरक्षित, अनाथ और टूटी हुई।

लोग हँसते, "उसे क्या सूझा था!"

फूलन सेण्ट्रल जेल से सिविल जजी में पेशी पर आती। पुलिस की बड़ी गाड़ी में। अपने गैंग के साथ। माथे पर लाल पट्टी। बाल पीछे की ओर कसकर बँधे हुए। कसा हुआ फौजी पैण्ट-शर्ट। पाँव में बूट। भूत-सा रौद्र रूप और सख्त चेहरा। सारा शहर उमड़ पड़ता।

कभी-कभी नीलिमा की पेशी भी उसी तारीख पर होती। पर उसके साथ एक निरीह से वकील के सिवा और कोई न होता। निरंजन को क्रान्तिकारी गतिविधियों के सिलसिले में अक्सर बाहर रहना पड़ता था। अक्सर पेशी की पहली रात वह एक विलक्षण सपना देखती....कि वह फूस की गाड़ी में जा बैठी है। उस फूँक से उड़ जाने वाली गाड़ी में चटख लाल रंग की चोंच, स्याही काली कण्ठी और कंच

हरे पंखोंवाला एक अद्‌भुत तोता जुता है। कि अचानक गाड़ी के पहिये किसी तूफानी नदी की पछाड़ खाती लहरों पर फिसल उठे हैं। सहसा नदी ठिठककर पूछती है, ''ओ! फूस की गाड़ीवाली छोरी! कहाँ जाती है तू इस सैलाब में?'' और नीलिमा बेहद मासूमियत से बताती, ''बहन, मेरी सम्पदा—औरत की अस्मत और नागरिक अधिकार इस देश के राजा ने लूट लिये हैं....जाती हूँ युद्ध के लिए!''

नदी उसके साथ हो जाती।

आगे गहन वन में काला चीता मिलता। दहाड़कर पूछता, ''कहाँ जाती है छोकरी फूस की गाड़ी में?''

''युद्ध के लिए, राजा से। राजा से युद्ध के लिए। हाँ—उसी ने तो शुभन्नक चिह्न के बदले मुझसे मेरी धरती और आकाश छीन लिया है...'' वह आत्मविस्मृत-सी कहती। और गुर्राता हुआ काला चीता साथ हो लेता उसके।

और बाँस-वन में सहसा लपट मिल जाती उसे। आसमान तक लपलपाती हुई। सिहरकर पूछती, ''सखी! कहाँ जाती हो, फूस की गाड़ी में?''

''राजा से जूझने बहन, हाँ! उसी ने तो मेरी विरासत, मेरी संस्कृति, मेरा अमन-चैन छीन लिया मुझसे...'' नीलिमा रो पड़ती। आग उसके भीतर समा जाती।

...लेकिन जब सरकारी वकील उसकी पीठ पर इल्जामों के कोड़े बरसाता तो उसके भीतर से न ओर-छोर नदियाँ निकलतीं, न दहाड़ते-गुर्राते चीते झपटते। इजलास में उसकी आँखों से आग की लपटें जरूर निकलतीं। जो किसी को न झुलसा पातीं, कि उस आग में वह खुद ही जलती जाती दिनों-दिन...और पेशियाँ बढ़ती चली जातीं।

सुबह बदन फिर टूट रहा था। जैसे रात नंगी पीठ सो गयी हो, या फिर हवा के संग-संग जागकर चक्कर काटती रही हो उत्तर से दक्षिण, दक्षिण से पूरब और कभी पश्चिम छोर तक। जो शामें कभी शंख-सी बजती रहीं, वे ही अब चील की छाया सदृश रात बनकर उतर आती हैं। हीरा-से पापा और सोने-सी मम्मी घर-बखरी में हँसते-बोलते, चलते-फिरते नजर आते हैं। हवन से उठते पवित्र धूम्र से आँगन जित्ता आकाश बादलों से भर जाता है। एक तपे हुए पुरोहित के सुमधुर कण्ठ से निकले मन्त्र, श्लोक, सूक्तियाँ, भजन और चौपाइयाँ दिन-रात कानों में गूँजती हैं।

वह भीगी आँखों से उठ बैठी। कमरा ओस में निचोड़े गये उजाले से भर गया था। ये सारे कमरे कुछ इस तरह बनवाये थे पुरखों ने कि न रोशनदान, न खिड़की, फिर भी उजाला ही उजाला, हवा ही हवा! मोटी-मोटी दीवारों में एक खास ऊँचाई के बाद तृस्तरीय जालियाँ—कुछ इस तरह कि हवा भी छनकर आये, मात्र प्राणवायु-सी और सूर्य-रश्मियाँ भी दूध धुली-सी।....

वह पहली बाखर में आ गयी। आसमान स्वच्छ और एकदम नीला था। मौसी

चौके में दूध उबाल रही थीं। जैकी छत पर घुड़दौड़ मचाये था। मुंडेर पर पाँत में बैठी चिड़िया फुर्र-फुर्र उड़ जातीं...जब तक वह उधर जाता, इधर आ बैठतीं। रोज का अभ्यास। रोज-ब-रोज का खेल। संसार बदस्तूर चलता है। रुकता नहीं है कुछ भी। सब कुछ घट जाने के बाद भी। नश्वरता के शंखनाद में यही अनश्वरता है। प्रचण्ड आँधियों, झंझावातों, भीषण बाढ़ों और कठोर ग्रीष्म-शरद के बावजूद फूल खिलते हैं—खदानों में पत्थर उगते हैं, शिशु-से! स्वयमेव खाक हो चुके जंगल समूल नष्ट नहीं होते, फिर-फिर हरियाते हैं। नियति का चक्र अनन्तकाल की सीमा में भी सीमित नहीं है। एक दीप बुझेगा तो दूसरा जलेगा। एक ग्रह बर्बाद होगा तो दूसरा आबाद होगा, कभी-न-कभी!

अपने अवशेष छोड़कर चम्बल उतर गयी थी। धरती के गड्ढों में शेष रह गया था गँदला पानी। संक्रामक रोग और सड़ाँध। फिर लौटकर कमाण्डेण्ट शर्मा नहीं आये। नीलिमा को अचानक उनका ख्याल हो आया था। रात से रात और दिन से दिन नहीं कहा। ऐसे होते हैं अफसर! नहीं, उनके भीतर जरूर कोई महान संस्कार बैठा है, जिस पर कोई गन्दगी अब तक अपना जादू नहीं चला पायी! चौकीदार की सूचना पर वह पुलकित-सी जनपद पंचायत के सभा-कक्ष में आ बैठी थी। जहाँ अभिनन्दन समारोह चल रहा था। गण्यमान्य अतिथि और अहलकार अग्रिम पंक्ति में बैठे हैं। एक टेबल पर फूलमालाओं का ढेर लगा है। हाल ठसाठस भरा हुआ है। बाहर भी कम गहमागहमी नहीं है। तहसीलदार के दफ्तर में पटवारियों और बाढ़-पीड़ितों और उनके ठेकेदारों की भीड़ मची हुई है। सूचियाँ बनायी जा रही हैं। नुकसान की भरपाई प्राकृतिक बाढ़ आपदा राहत कोष से की जाएगी। परिवारवार राशि की सीमा निर्धारित कर दी गयी है! तो क्या एक-एक परिवार को दस-दस टुकड़ों में नहीं लिखा दिया बिचौलियों ने....राशि कम पड़ी तो मुख्यमन्त्री सहायता कोष खुल जाएगा। कुछ नहीं तो सड़े बाँस-बल्लियाँ और दो-दो, ढाई-ढाई सौ रुपल्ली ही हाथ लग जाएँगी...चोंचलेबाजियाँ चल रही हैं। छींटाकसी की जबान दस-दस गजी होकर पीड़ा का अंश-अंश पोंछ ले गयी है चेहरों से। न किसी आँख में हया है, न कुछ कहते जबान गन्दी होती है, न कुछ सुनते कान पकते हैं। शोर-शोर, इतना शोर कि जी घबराता है। लूट के व्यापार में कोई पीछे नहीं रहना चाहता।

अचानक चौंक जाती है नीलिमा। "मेजर कैप्टन डी. बालासुब्रमण्यम, डॉ. मेजर पी. खजूरी, एस. डी. एम., एस. ओ. सभी फूल-मालाओं से लद चुके थे...और स्थानीय सामाजिक कार्यकर्त्ता अशोक तोमर के बाद भी होमगार्ड कमाण्डेण्ट मि. शर्मा और प्लाटून कमाण्डर चौहान मंच पर नहीं दिखे! यह कैसा अभिनन्दन है, किसने किया?" उसके मुँह से बेसाख्ता निकल गया, तो कोई धीरे से बुदबुदाया, "मुन्ना समाधिया की काँग्रेस ने।"

नीलिमा उठकर बाहर चली आयी। मन एकदम खट्टा हो गया था। अटेर बस्ती की पगडण्डियाँ सूनी थीं। थाने के पीछे से वह हायरसेकेण्डरी स्कूल की फूटी इमारत में से निकलकर छाना के जनरल स्टोर पर आ खड़ी हुई। अखबार यहीं से लेना होता है रोज। जब पढ़ती थी, तभी से ले जाती थी बस्ते में खोंसकर। बाजार का रूप बिल्कुल भी नहीं बदला है।

''दीदी आज भास्कर नहीं आया।''

'क्यों?'' छाना के लड़के को सीधी आँखों से ताकती है वह, जिसने नवभारत पकड़ा दिया था उसे, ''इसमें कमीशन ज्यादा है क्या?''

''नहीं, इसमें पेज ज्यादा आते हैं, रद्दी ज्यादा निकलेगी।''

वह अपना माथा ठोकती है, ''धन्य हो तुम भी!'' और मस्जिदवाली गली से ढाल उतर पड़ती है।

कितने दिन पहले की बात है...एक बार फिर याद करने की कोशिश करती है नीलू। कौन था कि जिसके आते ही चेहरे पर त्यौहार-सी खुशी नाच उठती! मन के भीतर तमाम अनजान पक्षी चहक उठते। साल ऐसी चुप्पी से गुजर गये, जैसे घास से ओस सूख जाती है। पता भी नहीं चला। एक बेहद अशान्त दुनिया में उसने सोचा था कभी प्यार के बारे में...पर वे अच्छे दिन तो बरौनियों की नोकों पर टिके थे जैसे, कि पलकें झुकाते ही झर गये सपनों की तरह।

हर साल नवम्बर में चम्बल पर पीपों का पुल चालू हो जाता है। भिण्ड-आगरा राजमार्ग जुड़ जाता है इस डोर से। उन्हीं दिनों जब उस पर रासुका चल रही थी, सिविल जजी में पेशी पर आना-जाना पड़ता। मम्मी-पापा के अन्तिम संस्कार में आयी मौसी फिर उसे छोड़कर जा नहीं पायी थीं। और वह निरंजन की प्रेम-डोर के सहारे यह वैतरणी पार कर रही थी। मम्मी-पापा की मौत का झटका झेल लिया था उसने, और अपने सार्वजनिक अपमान का भी। निरंजन के प्यार में जैसे सारे संसार की सीमाएँ समा गयी थीं। वह उसके साथ मदहोश-सी पीपों का पुल देखने चली गयी थी। रेमजा फूल रहा था और उसकी मादक गन्ध नथुनों में भरती अघाती नहीं थी वह। चम्बल के नीले साफ जल पर सूर्य की रश्मियाँ अठखेलियाँ कर रही थीं।

''वहाँ तक चलो, पुल पार करें धीरे-धीरे।'' आहिस्ता से कहा था निरंजन ने। बेसुध-सी नीलू उसके कन्धे से झूलती-सी आगे बढ़ गयी, जैसे—''छाँड़ि दई कुल की कानि क्या करेगा कोई!''

अब उसे रत्ती-भर परवाह नहीं होती। लोग आ-जा रहे थे। मुकुटपुरा-अटेर-नावली वृन्दावन मानो एक शहर के तीन हिस्से। तीन टापू इकमिल! यहाँ का बच्चा-बच्चा यों लगता है, जैसे साथ खेला है। यहाँ का चप्पा-चप्पा यों लगता है, जैसे छाना पड़ा है। घुटनों-घुटनों खेली है इस धूल में।

"वो देखो, वो! ऐ! देखो..." उसने निरंजन को झिंझोड़ा, "ऐसा लगता है ना कि वहाँ नदी, बीच में सफेद चादर ओढ़कर सो गयी है...और वो रेत की चादर तुम अगर उठाओगे तो नीचे से भड़भड़ाकर उठ बैठेगी जलधार!"

वह चहक रही थी।

कितने दिनों बाद चहकी थी! अरसे बाद अवसाद धुला था चेहरे का। निरंजन प्रफुल्लित था। मगर उसने गम्भीरता से कहा, "नीलो, इलेक्शन डिक्लेयर हो गया है, तुम्हें मालूम है न!"

"हाँ!...और देखो ये पानी यहाँ पर शैवाल-सा एकदम हरा कैसे हो गया है?"

पीपों से टकराकर जलधार बच्चों-सी किलक रही थी।

"बताओ न! यहाँ पानी का रंग एकदम हरा, सुआपंखी, अरे—नहीं, मोरपंखी-सा क्यों हो रहा है?" नीलिमा कई कोणों से झाँक-झाँककर कौतूहल में मरी जा रही थी।

वे आहिस्ता-आहिस्ता चल रहे थे। आज पहला दिन था। बड़े इंजीनियर की हरी झण्डी नहीं मिली थी, इसलिए पुल वाहनों के लिए नहीं खोला गया था अभी। और वे स्वीमिंग पुल की पटरी की तरह उस पर टहल सकते थे।

निरंजन ने हौले से बात फिर आगे बढ़ायी, "नीलो, जब सृष्टि नहीं थी तब भी वह आद्या शक्ति थी। उसी से ब्रह्मा, विष्णु और रुद्र उत्पन्न हुए। और फिर ब्रह्मा ने सरस्वती के रूप में, विष्णु ने लक्ष्मी के रूप में और महेश्वर ने गौरी के रूप में उसी पराशक्ति का वरण कर अपने कार्यों में सहयोग लिया..."

नीलिमा ने प्यार से देखा निरंजन की ओर, मानो कहना चाहती हो—मैं रूपकुँअर बन जाऊँगी, इतना सिर न चढ़ाओ तुम! इतना मान न दो निरंजन, अभी तुम्हारे इसी देश में खास राजधानी में जी. बी. रोड पर ग्राहकों पर न्यौछावर होती हैं मुझ-सी हजारों नीलो....कानपुर में खास तीन बहनें सामूहिक आत्महत्या करती हैं, और... पर जैसे उसे कुछ भास गया था। वह सिसियाकर रह गयी।

निरंजन ने कहा, "तुम भावुक हो, इसलिए मैंने बताया नहीं, मुझे टिकट मिल सकता है। मैंने वो पार्टी ज्वाइन कर ली है। दरअसल, राजनीति में अतीत और भविष्य का अर्थ नहीं, वर्तमान का अस्तित्व होता है।"

उसे लगा कि नीचे से चम्बल में रक्त की धारा बह चली है। कतई गुमसुम पड़ गयी नीलिमा। समझो मर गयी नीलिमा। घूरे पर थूका जा सकता था, निरंजन पर थूकने में भी बू लग रही थी उसे।

...और तब मम्मी-पापा की याद में पहली बार फूट-फूटकर रोयी थी वह। कलेजा फट रहा था, कि यह उसने क्या कर लिया। अब उसे कौन धीर बँधाए। निरंजन तो उस धूर्त नायक की सेना का लामबन्द सिपाही बन गया था...

वह इतना बड़ा धोखा कैसे खा गयी? थककर कुएँ की जगत पर बैठ गयी

थी नीलू। मंजिल आ जाने पर ढेर सारी थकान उतर आती है, न जाने कहाँ से! जैकी लाड़ में उस पर अपने दोनों पंजे चला रहा था।

कहीं ऐसा तो नहीं कि दस साल पहले जंगली जानवरों के खेमे से भटककर एक भेड़िया इस बस्ती में घुस आया था और सीधे-सादे आदमियों के बीच अपनी सुन्दर खाल के कारण पालतू बन गया था। फिर हीरा-से पापा और सोने-सी मम्मी का कलेजा खा गया चुपचाप। और नीलू! उसके तो जिगर का खून ही पी डाला उसने...

वह सिसक उठी।

सहसा, कुछ पदचापें पास आ गयीं। उसने नजरें उठायीं।

होमगार्ड कमाण्डेण्ट शर्मा, प्लाटून कमाण्डर चौहान, डॉ. रस्तोगी और एक कम्पाउण्डर और एक नर्स...

वह हड़बड़ा गयी।

"इधर से निकल रहे थे," विनम्र चेहरेवाले कमाण्डेण्ट शर्मा ने कहा, "उधर दिहाड़ मड़ैया और खैराट वगैरह से लौटे हैं। बीमारी फैल गयी है उधर...पानी पिला दीजिए!"

सुनते ही बेहद प्रभावित नीलू झपट ली घर की ओर।

"क्लोरीन टेबलेट्स बाँटकर लौटे हैं।"

कमाण्डेण्ट शर्मा के खत्म होते वाक्य ने ड्योढ़ी तक पीछा किया। उसे लगा कि पानी के साथ रोली और चावल भी ले आये और सच्चा अभिनन्दन कर दे इस दल का।

इस क्षण बेहद भावुक हो आयी थी वह।

खराब लड़की

मि. के. एम. शुक्ला यानी पण्डित किसन मुरारी सुकुल बचपन से ही अपने पूजा-पाठ के कारण गाँव में 'पण्डिज्जी' कहे जाने लगे थे। जनेऊ धारण करना, लम्बी चोटी रखना और फिर चोटी में गाँठ देना उनकी प्रकृति में शामिल हो गया था। पढ़ने में कुछ ज्यादा तेज न थे, फिर भी हाईस्कूल क्रॉस कर गये और अच्छी कद-काठी के चलते पुलिस में आरक्षक के रूप में भरती हो गये।

वहाँ ट्रेनिंग में उनके बाल जरूर छोटे हो गये, अनुपाततः चोटी भी, किन्तु उसकी गाँठ बरकरार रही। जनेऊ न छूटा। वाइन-बाइन तो नहीं, अलबत्ता कभी-कभार सफेद आलू (मुर्गी के अण्डे) जरूर खाने लगे, और पण्डिज्जी धीरे-धीरे पूरे पुलिसिया जवान हो गये।

कान्यकुब्जों में तब जरा लड़कों का सूचकांक तो था। चार-छः भाइयों में किसी एक-आध की ही भाँवर पड़ती सो बेचारे किशन मुरारी की भी कड़ी उम्र में ही बड़े जोड़-तोड़ से शादी हो पायी। पुलिस के मुलाजिम होने के नाते उन्हें इसकी दरकरार भी कम थी गोया! ड्यूटी के पाबन्द रहते। आठ-आठ, दस-दस महीने हेडक्वार्टर से गाँव न लौटते, पर इस सबके चलते भी कोई पच्चीस-तीस बरस में उनकी तीन लड़कियाँ और एक बेटा पल-पुसकर जवान-जहान हो गये।...

इस बीच मि. के. एम. शुक्ला आरक्षक से न सिर्फ ए. एस. आई. हो गये, बल्कि उन्होंने एक मँझोले शहर की सस्ती-सी कॉलोनी में एक अदद मकान भी कर लिया था, जहाँ उनकी सन्तानें पढ़-लिखकर अपने पैर जमाने लगी थीं।

अब यह कहानी पण्डिज्जी की मँझली बेटी माधुरी शुक्ला पर केन्द्रित होना चाहती है, जो एक पढ़ी-लिखी और बा-रोजगार लड़की है। अपने माँ-बाप की तीसरी सन्तान है। जिसकी बड़ी बहन विवाहिता और एक बच्चे की माँ है। जिससे बड़ा भाई अविवाहित और दस्तकार है। जिसके बाद वह और उसके बाद सबसे छोटी बहन छात्रा है।

भारतीय जाति-व्यवस्था में जिन्हें कान्यकुब्ज ब्राह्मण होने का दर्जा जन्म से प्राप्त है, वह उसी कुल की एक अभिशप्त लड़की है जो जातियों से सदा चिढ़ती रहती है। उसे अपने लड़की होने का भी खासा क्षोभ है। वह पाजेब को बेड़ी और चूड़ियों को हथकड़ी समझती है कि—जिसने कभी अपनी नाक में लौंग नहीं पहनी और साड़ी से कोफ्त होती है जिसे।...विवाह वह करेगी नहीं, ऐसा होश सँभालने से ही तय कर रखा है उसने। गोया, उसकी धारणा है कि कोई भी पुरुष उसे वेश्या और गुलाम बनाकर ही रखेगा। उसने अपनी माँ-बहन और अन्य स्त्रियों के अनुभव से यही जाना है अब तक। इसीलिए उसकी यह धारणा दिन-ब-दिन मजबूत होती चली गयी है।

लेकिन इसके बावजूद उसे एक अच्छे पुरुष का निरन्तर साथ चाहिए, जो कि परिपक्व, समानताप्रिय और सुलझा हुआ हो और भाग्य से ऐसा साथ उसे मिल भी गया है। वह पुरुष विवाहित है, इस बात की कभी परवाह नहीं की उसने। वह किसी पर अपना एकाधिकार नहीं चाहती। इसी से यह साथ मुतबातिर पिछले तीन साल से निभा पा रही है वह।

अब पण्डिज्जी, और रिटायर्ड पुलिस मैन—यानी करेला और नीमचढ़ा—को लड़की का यह सब चाल-चलन बर्दाश्त इस जनम में तो हो नहीं सकता। अगर वे नौकरी से तीन साल पहले रिटायर हो आते तो यह पेड़ ही न लगने देते, जिस पर कि उल्लू बैठा है! और उन्हें तो उन्हें, स्त्रियों के मामले में आनुवंशिक रूप से उनके मध्ययुगीन पुत्र को भी बहन की ये हरकत नाकाबिले बर्दाश्त थी।

इसी मारे पण्डिज्जी ने अपनी बड़ी बेटी के एम. ए. करते ही हाथ पीले कर दिये थे। भले वह रोयी-गिड़गिड़ायी कि "अभी हम शादी नहीं करेंगे। अभी तो पी-एच. डी. करनी है। हम युनिवर्सिटी गोल्डमेडलिस्ट हैं। प्रोफेसर बन जाएँगे...", लेकिन मम्मी को बहुत फिक्र थी उसकी चढ़ती उम्र की। थानेदार साहब उर्फ पण्डिज्जी यानी उनके पति मि. के. एम. शुक्ला जब कभी उन्हें नौकरी पर साथ ले जाते तो ड्यूटी जाते वक्त बाहर से ताला डाल जाते थे। तभी से उन्होंने यह सीख लिया था कि चढ़ती उम्र की औरतों का पुरुष के ताले में रहना कितना जरूरी है! यह उम्र ही मतवाली होती है। काम-वासना की पूर्ति के लिए इसने कोई गलत कदम उठा लिया...चिह्नित और जन्म से बीस विश्वा कान्यकुब्ज कुल के खून से उत्पन्न पुरुष की बजाय किसी और के संग सो गयी तो नाक कट जाएगी। इसलिए माँ-बाप और घर-परिवार ने मिल-जुलकर, गा-बजाकर उसे खूँटे से गाय की तरह खोलकर हाँक दिया। अपनी देख-रेख में दूसरे खूँटे पर बँधवा दिया। पर छः-सात साल बाद वही लड़की जब वेदविहित कर्म द्वारा एक सन्तान की माँ बनकर लौट आयी (तंग रहती है वहाँ। नौकरी चाहती है यहाँ। तंग खाने-पीने को नहीं, पुरुष के साथ सोने और सम्मान को

नहीं, बल्कि आत्मनिर्भरता के जज्बे को?), तो उसी पिता ने और माँ ने उसे अपने यहाँ रख लिया है, कि अब करो पी-एच. डी., डी.लिट्., नौकरी। कुछ भी...क्योंकि अब तुम्हारा कौमार्य मिट गया। अब कोई खतरा नहीं है।

किन्तु मँझली, यानी माधुरी को लेकर वे ऐसा गच्चा खाये हैं कि हुए (जन्म लेने की कष्टदायी घटना) तक की यादें आ रही हैं। अब स्नान के बाद स्तोत्र-जाप करते-करते अनायास चोटी में गाँठ लगाते उनके बरसों के अभ्यासी हाथ काँप जाते हैं...एक दिन कुछ ज्यादा ही बद्‌ज़ुबानी हो गयी तो उन्होंने लड़के से कह दिया, "हाथ-पैर तोड़ दो इसके। बाँध के डाल दो कमरे में। देखें कैसे जाती है नौकरी पर...कैसे मिलती है उससे।"

और भाई खूँखार कुत्ते की तरह पीछे लग गया। अब तो सिट्टी-पिट्टी गुम थी माधुरी की, उसने मौका लगाकर अपने मित्र से हकीकत बयान कर दी। उसने धीरज बँधाया और रास्ता सुझाया कि एक स्वतन्त्र देश की स्वतन्त्र न्याय-व्यवस्था में अपाहिज नहीं है कोई! तुम कानून की मदद ले सकती हो...।

तब लड़की ने साहस करके पुलिस को रिपोर्ट लिखा दी, और नौकरी पर चली गयी। पर उसके लौटने के पूर्व ही एक दीवान उसकी रिपोर्ट मि. के. एम. शुक्ला को वापस कर गया...। जिसे भाई माँ तक को जोर-जोर से पढ़कर सुनाने लगा।

"यह कि मैं कु. माधुरी शुक्ला पुत्री श्री. के. एम. शुक्ला एक शिक्षित युवती हूँ। मैंने एम. ए., बी. एड. किया है तथा वर्तमान में पी-एच. डी. रह रही हूँ। एन. वाय. के. ब्लॉक मुरार की युवा समन्वयक रही हूँ। मैं ऑल इण्डिया वुमन एसोसियेशन (एपवा) की जिला संयोजिका हूँ। 5 व 6 अप्रैल को लखनऊ में होनेवाले महिला सम्मेलन में भाग लेने वाली मध्यप्रदेश की दो महिलाओं में से एक हूँ। 33% महिला आरक्षण के सवाल पर 30 अप्रैल को राष्ट्रीय संसद मार्च में गिर्द जिले से मैं अपने संगठन की ओर से 200 महिलाओं को ले जाना चाहती हूँ।...जिसके लिए मैं सक्रिय प्रयास कर रही हूँ।

कल दिनांक 17 मार्च को मैं गोरमी से मेंहगाँव शासकीय महाविद्यालय में ज्वाइन हुई। मेरे घरवाले पिता व माँ व भाई मेरी सक्रियता और महिला आन्दोलन में भागीदारी के कारण अत्यन्त नाराज हैं...वे मेरे विकास में बाधक बन गये हैं ...वे नहीं चाहते कि मैं घर से बाहर सामाजिक व राजनीतिक कार्य करूँ। मेरे कॉलेज में अध्यापन कार्य करने के भी वे खिलाफ हैं। वे मेरे अपूर्ण पी-एच. डी. अध्ययन को भी रोक देना चाहते हैं।

मुझे अपने जीवन-सम्मान तथा अधिकारों के लिए अपने घरवालों से अत्यन्त खतरा है। उन्होंने मुझे गम्भीर परिणामों की भी धमकी दी है। वे मुझे घर में बन्द करके मेरे साथ कुछ भी अनिष्ट कर सकते हैं। मैं अपने घरवालों

की महिला-विरोधी मानसिकता से परिचित हूँ। मैं बहुत आतंकित हूँ व अपने-आपको असुरक्षित महसूस कर रही हूँ। अतः निवेदन है कि उक्त तथ्यों के आलोक में मेरे जीवन, सम्मान व अधिकारों की सुरक्षा करने की कृपा करें ताकि मैं निर्बाध रूप से पूर्व की भाँति अपने विकास और महिला आन्दोलन में सक्रिय भागीदारी कर सकूँ।''

भाई ने अपने माथे से पसीना पोंछा और एक लम्बी साँस खींचकर दैत्यों-सा कठोर चेहरा बनाकर बैठ रहा। बचपन में जो बड़ा भोला और मासूम दिखता था, माधुरी से बात-बात में लड़ता-झगड़ता रहता था, पिता के साथ मम्मी से छुपकर सफेद आलू गपागप कर जाता था, वही अब पूरा पोंगा पण्डित हो गया है। ब्रह्मगाँठवाला जनेऊधारी आसाराम बापू की बड़ी तस्वीर के आगे घण्टों हाथ जोड़े खड़ा रहनेवाला भीरू! बाबाओं के मकड़जाल में घूमता सिद्ध-स्थलों के चक्कर काटता मूर्खानन्द! माधुरी को उसकी सूरत तक नहीं भाती अब...

और माँ तो रिपोर्ट का नाम सुनकर ही सन्न रह गयी थी। जिस पर उसमें दर्ज शिकायती बयान ने तो उसके हाथ-पाँव ही फुला डाले। वह मि. के. एम. शुक्ला से तकरीबन 15-17 साल छोटी एक प्रौढ़ स्त्री है, जो घरेलू होने के कारण मोटी-थुलथुल और चिड़चिड़ी हो गयी है। उसका स्वर कतई बेसुरा है। राहत मिलते ही काँख उठना जिसका आम स्वभाव हो गया है...वह माँ अपनी कौड़ी-सी आँखें निकालकर बोली, ''जि सब तुम्हारी ढील का मजा हय...अब भुगतौ!''

पण्डिज्जी बीड़ी पीते-पीते खाँसने लगे, जैसे—पत्नी को मुँहतोड़ जवाब दे रहे हों। भाई उठकर तम्बाकू मलते-मलते गोया अपने हाथ मलने लगा।

हालात बेकाबू बेशक हैं, पर लड़की आज लौट तो आये...अब तो उसकी छाया भी नहीं जाएगी इस घर से बाहर, लाश भी नहीं।

बहन सोचती कि ''इसके भाग्य में तो काँटे बदे हैं। यह निर्लज्ज, कामपिपासु हमारे खून की प्यासी बन बैठी है। यह लड़की नहीं राक्षसी जन्मी है। दुनियाभर के छोत, कुल्टा, बेहया पिछले जन्म की बैरिन, डायन साक्षात् मसान।''

ऐसी बातें सुनते-सुनते उसे बहुत दिन हो गये हैं, और अब तो जैसे आदी हो गयी है वह। ये बातें घर में न हों तो जैसे वहम होता है कि यह उसका ही घर है। और यूँ तो ये बातें पिछले लगभग तीन बरस से चल रही हैं, लेकिन अब दो महीने से तो इनकी हद हो गयी है। एक कैसेट जैसे बार-बार रिपीट की जा रही है। रिकार्ड प्लेयर कभी भाई बन जाता है, कभी पिता तो कभी दोनों बहनें।

ऐसा क्यों कर हुआ? वह खुद नहीं समझ पा रही। वह तो बहुत आज्ञाकारिणी थी। कॉलेज से लौटी हो या बाजार से....धूप में तमतमाया चेहरा,

कपड़ों-बालों और शरीर से चिनगारियाँ और चाहे आग की लपटें क्यों न छूट रही हों...कि माँ ने सख्ती से कहा, "जा बरफ ले आ," मेहमान को भी दया आ जाती, "ए उसे न भेजो, दम ले लेने दो। बाहर आग बरस रही है..." लेकिन माँ—साक्षात् चण्डी! आँखें निकालती, "जा, सुनाई नहीं दी?"

और वह पलट लेती।

बीमार पड़ती, तो पिता होम्योपैथी के ज्ञान से साबूदाने-सी गोलियाँ चुगने को दे देते और वह लोटपीट कर दुरुस्त हो लेती और फिर से छोटी को रोज स्कूल-कॉलेज-ट्यूशन ले-जाती, ले-आती साइकिल पर धरकर। बड़ी को गाइड के यहाँ ले जाती और भैंस-सी मोटी मम्मी को बैंक, तो कभी दरगाह-मन्दिर और शहर-भर की रिश्तेदारियों में घुमाती फिरती...जैसे वह जीता-जागता ऑटो-रिक्शा हो इस घर का। इसके अलावा वह पिछले पाँच साल से बचत योजना की एस. ए. एस. थी। पापा के रिटायरमेण्ट तक अकेले दम पर उसने तीन सौ, साढ़े तीन सौ बचत खाते खुलवा रखे थे। सबका हिसाब, सभी खातेदारों से हर माह दो-दो, तीन-तीन चक्कर लगाकर किस्त वसूलना और डाकखाने में एलॉट जमा करना। रोज खड़ी रहती वह डाकखाने की खिड़की पर बाबुओं के आगे लेजरों में सिर खपाती। बाद में यह काम तो पापा ने सँभाल लिया। लेकिन घर की छोटी-मोटी सिलाई, बर्तन, दोनों वक्त का खाना। आये-गये के लिए चाय। नियमित झाड़ू-पोंछा और खाट-बिछौना तक, यह सब तो नौकरी के बाद भी नहीं छूटा। गोया, वह कोई खानदानी बेगारी हो! उसके रहते हैण्डपम्प से कोई पानी नहीं निकालता।

उसकी दुर्दशा पर उसका पुरुष मित्र चिढ़ता तो वह आत्मविश्वास से कहती, "मैं अपने काम करने की आदत बनाये रखना चाहती हूँ।"

मित्र कहता, "तुम प्रेशर में हो..."

वह कहती, "नहीं, मुझे कोई प्रेशर में नहीं रख सकता। मैं तो इसलिए इन सबकी नौकर बनी हुई हूँ, ताकि जब मैं इस घर से काला मुँह करके जाऊँ, तो ये बत्ती जलाने-बुझाने तक के लिए मेरे नाम की आहें भरें।"

अजीब फलसफा था उसका। मित्र उसका कायल हो जाता।

"तुम जिसे मिलोगी, बहुत भाग्यशाली होगा।"

वह चिढ़ जाती, "मैं व्यक्ति नहीं हूँ क्या? मेरी स्वतन्त्र सत्ता नहीं है क्या? कोई जरूरी है कि मेरे नाम के आगे कोई उपनाम चस्पाँ हो।..."

मित्र उसकी विचारधारा से अभिभूत मूक रह जाता। ऐसे ही तीन साल कट गये। पता भी नहीं चला।

रिपोर्ट डालने के बाद उसने सोचा, अब तो राहत की साँस मिलेगी। पुलिस कुछ तो मदद करेगी। भयभीत हो गये होंगे उसके पापा, भैया और मम्मी वगैरह।

किन्तु उस अनुभवहीन को यह पता नहीं था कि उन लोगों के साथ सारी दुनिया है।

लौटते ही उसे कैद कर लिया गया। न किसी से मिलने दिया जाता है, न घर की देहरी लाँघने दी जाती है। वह जबरन निकली और भाई से पिटी। माँ से बोल-कुबोल सुने। पिता से गँवारू डाँट खायी...एक दिन छत से पड़ोस के घर में कूदकर वह एक एजेण्ट-कम-पत्रकार को अपने डिटेंशन का प्रेस नोट बनाकर दे आयी। लेकिन उस बुज़दिल ने उसे प्रकाशित नहीं कराया।

अपनी मुक्ति के लिए वह सी. जे. एम. के यहाँ भी पेश होना चाही, पर कायल वकील ने ऐसा नहीं होने दिया।

तब घर लौटकर उसने फिर एक बड़ी मार खायी और नौ दिन तक भूख हड़ताल रखी। घर पिघला नहीं। उल्टे उसे छत के कमरे में बन्द कर दिया गया। रोज सुबह दैनिक क्रिया के लिए निकाला जाता और फिर से वहीं ठूँस दिया जाता। जैसे किसी खूँखार कुत्ते की जंजीर खोलते हैं फरागत भर के लिए और फिर बाँध देते हैं खूँटे से। खिड़की से खाना डाल दिया जाता।

दिन-पर-दिन गुजरते चले गये। उन दिनों माधुरी जेल की काल कोठरी के अनुभवों से गुजर रही थी। उसे फिर सुराग हाथ आया। अब की बार उसने पिछली खिड़की से नीचे गली में कागज के पुर्जे लिख-लिखकर फेंक दिये...

कि यह मेरे लिए कालापानी की सजा है।

कि मैं यहाँ घुट रही हूँ।

कि यहाँ मेरी लाश भी नहीं बचेगी।

हाय! अब मैं और देरी सहन नहीं कर पाऊँगी...

पुर्जे महिला संगठनों तक पहुँचे। क्रान्तिकारी दलों तक पहुँचे। बैठकें हुईं। समीक्षाएँ हुईं। और अन्ततः नुमाइन्दे यह निष्कर्ष निकालकर चुप हो गये कि यह घरेलू मामला है। आखिर माँ-बाप ने जन्म दिया, पढ़ाया-लिखाया, पाला-पोसा, बड़ा किया। वे जो चाहें सो करें उसका। हम क्यों अगुआ बनें?

वह टूटने लगी। मित्र से अवैध सम्बन्धों को लेकर शहर में अफवाहों का बाजार गर्म हो उठा। अब एक चिड़िया भी नहीं थी उसकी तरफ। उसके पुरुष मित्र की लानत-मलामत होने लगी। मित्रों और परिचितों ने अपने दरवाजे बन्द कर लिए उसके तईं। सहायता की कोई किरण न बची। तब जाकर उसने लड़की की पुलिस रिपोर्ट और अपने शपथ-पत्र के आधार पर न्यायालय का द्वार खटखटाया। 'बन्दी प्रत्यक्षीकरण' याचिका दायर कर दी।

पर पहली पेशी का नोटिस आते ही माँ-बाप-भाई और बहनों ने उसका ब्रेनवाश करना शुरू कर दिया।

...जानती हो, तुम आजाद होकर अलग रहीं, तो हमारा हुक्का-पानी बन्द

हो जाएगा। इकलौते भाई का ब्याह न हुआ तो नाठ हो जाएगी। छोटी का भविष्य बिगड़ जाएगा। बिरादरी बाहर हो जाएँगे हम लोग। तुम्हारे बयान से पापा और भैया जेल में सड़ जाएँगे। हम सब जहर खाकर मर जाएँगे। बोलो, इसी में राजी है तुम्हारी?

उसे दिन-रात एक ही गीत सुनाया जाने लगा।

वह विचलित होने लगी।

किन्तु जब गहराई से सोचती तो पाती कि मित्र सत्यारूढ़ है। वैयक्तिक स्वातन्त्र्य का पक्षधर। न्यायहित शहीद होने को तत्पर। वैयक्तिक अस्मिता का पोषक...और पिता, बहन, भाई और माँ हैं जाति और परम्परा के रक्षक। धर्मध्वजा फहरानेवाले। स्त्री को स्त्री और आश्रिता बनाये रखने के सजग पहरेदार।

क्या करे वह। अनिर्णीत है वह? इधर कुआँ और उधर खाई है। काश! उसे इसी क्षण मौत आ जाए। सारे द्वन्द्व, सारा सन्त्रास घुल जाए एकदम।

गर्मियों की सुबहें। चिड़ियाँ जल्दी बोलने लगीं। घर में जगार हो गयी है। टट्टी-दातून का क्रम जारी हो रहा है। आज अदालत में पेशी है। सब लोग जल्दी-जल्दी तैयार हो रहे हैं, उसके मन में कोई उत्साह नहीं है। वह निरन्तर सोच रही है कि पेशी से पहले खुदा उससे उसकी आखिरी साँस छीन ले तो ठीक रहे।

घर के कहते हैं कि यह विडम्बना उसने स्वयं बुलायी है। हाँ! उसी का तो किया-धरा है यह सब! उसी ने तो अपने माँ-बाप और भाई की पुलिस में रिपोर्ट लिखायी! पापा की बदौलत कोई सुनवायी न हुई तो हाईकोर्ट में याचिका दायर करवा दी कि उसे घर में कैद कर लिया गया है। उसका अध्ययन और नौकरी छुड़ा दी गयी है। उसके बाहर आने-जाने पर सख्त पाबन्दी लगी है।

उसे अपने भाई और पिता से जान का खतरा है, और यह कि वह स्वतन्त्र होकर अलग रहना चाहती है इन लोगों से।

पर यह सम्भव नहीं है। उसका वकील भी यही कहता था, सभी बुद्धजीवी मित्र और सहेलियाँ भी...कि एक अविवाहित लड़की का इस समाज में स्वतन्त्र होकर अकेले रहना सम्भव नहीं है। और उसका मानना है कि जब तक आत्मनिर्भर स्त्रियाँ और स्वतन्त्र माताएँ अस्तित्व में नहीं आएँगी, तब तक महान सन्तान जन्म नहीं लेगी। जिसके अभाव में हँसती हुई मनुष्यता कभी पैदा नहीं होगी इस संसार में...

स्वजन उसे मूर्ख, पागल, सिरफिरी और न जाने क्या-क्या समझते हैं। सबसे ज्यादा तो यह कि उसके सिर पर उसके पुरुष मित्र का जादू चढ़ गया है। वह विक्षिप्त है। वह सामान्य नहीं है। सामान्य और समझदार लड़की गहना चाहती है। अच्छा घर-वर चाहती है। सुविधाओं से लकदक और सम्मान से भरपूर गृहस्थ

जीवन चाहती है। उच्च कुल का सुन्दर-सुशील, ओहदेदार और रॉयल पुरुष चाहती है। सचमुच इसका तो सिर फिर गया है।

सिर भारी था। लेकिन वह फ्रेश हो ली। धूप निखर आयी है खूब। छोटी का जब से बड़ी आँत का ऑपरेशन हुआ है, पलंग पर ही पानी माँगती है। पर आज उसने छोटी की तीमारदारी नहीं की है। भाई कमाता है, तो अपने लिए भी नहाने की बाल्टी नहीं भरता। वही रखती थी। पर आज उसकी भी बाल्टी नहीं खींची उसने हैण्डपम्प से। दौड़-दौड़कर पापा को नेकर-बनियान-तौलिया, साबुन-तेल नहीं दिया। कौर तोड़ने के बीच उठकर मम्मी के ब्लाउज या छोटी की सलवार मशीन पर नहीं धरी, उधड़ी सीवन के लिए! किसी काम को हाथ नहीं लगाया। आज जैसे कि रुखसत हो रही है वह इस घर से सदा के लिए।

फिर लगभग आठ बजे वह पिता और बड़ी बहन के साथ बस में आ बैठी। हाईकोर्ट जाने के लिए। बस के आगे-पीछे मोटरसाइकिल पर अपने एक दोस्त के साथ भाई भी चल रहा था। वह सामनेवाले शीशे से और कभी खिड़की से उसे गुजरता हुआ देख लेती। आज कतई उदास गुमसुम थी वह।

आन्तरिक तनाव में पता ही नहीं चला कि कब हाइकोर्ट आ गयी? गैलरी में मित्र मौजूद था। कनखियों से देखा—चेहरे पर हवाइयाँ उड़ रही थीं।

वकील ने बताया, "पेशी लंच के बाद होगी।"

ऊपर से मरघट-सी शान्ति, पर भीतर अखण्ड कोलाहल है। मित्र बद नहीं पर बदनाम हो चुका है। उसकी इमेज, उसकी सोसायटी मिट गयी। यह केस हारकर कैस जिएगा वह...और पिता, भाई, बहन भी कैसे जिएँगे अपनी सामाजिक प्रतिष्ठा, जातिगत सम्मान खोकर!

ऐसी परीक्षा ईश्वर किसी की न ले। उसके सीने में हौल मची है। एक घण्टा एक युग-सा बीता। इजलास भरने लगा। माला डबल बेंच में था। वकील ने कहा, "अन्दर चलिए।" वे सब भारी कदमों से भीतर आ गये। फाइल पटल पर रख दी गयी। मामला पेश हुआ। पिता भरे गले से बोले, "हुजूर! सन्तान जब कुमार्ग पर चल उठे तो उसे सद्‌मार्ग पर लाना अभागे पिता का बस या कुबस फर्ज बन जाता है। मैंने यही किया है, इसकी जो भी सजा मिले।" पण्डिज्जी रोने लगे।

जज ने गौर किया कि बाप गलत नहीं है।

फिर भाई की बारी आयी, तो उसने भी तीखे लहजे में यही कहा। तब वकील ने उसे पेश किया, पूछा, "क्या शिकायत है आपको कुमारी जी...अदालत को स्पष्ट बताएँ।"

"कुछ नहीं!" उसके मुँह से बरबस निकल गया।

वकील तैश खा गया, "फिर यह याचिका क्यों दायर की? बच्चों का खेल

समझ रखा है।...''

''ये लोग निकलने नहीं देते,'' उसने रुँधे गले से कहा, ''मुझे समाज में बहुत काम करना है।''

''वह तो आप मैरिज के बाद भी कर सकती हैं?'' वकील ने जिरह की।

वह फूट पड़ी, ''अभी इस खूँटे से बँधी हूँ, अब दूसरे से बाँध देंगे। इस समाज में पारम्परिक शादी का यही अर्थ है। न औरत अपना कैरियर चुन सकती है और न समाजहित में अपनी मौलिक भूमिका...इस घुटन से बाहर निकलकर मैं खुले आसमान में जीना चाहती हूँ। अपना संघर्ष खुद करना चाहती हूँ। आश्रिता होकर, अपमानित होकर, दूसरों की इच्छा पर निर्भर होकर नहीं...''

''पर आपकी यह एडॉल्टरी कौन बर्दाश्त करेगा?'' वकील ने कुरेदा, ''क्या आप इस धर्मसम्मत व्यवस्था को तोड़ने पर आमादा हैं?''

''जो समय के साथ नहीं चलता, समय उसे खुद मिटा देता है,'' उसने तैश में कहा, ''किसी पुरुष के लिए यह बन्धन कहाँ है? मेरी माँ मेरे भाई के लेट आने पर कोई सवाल खड़ा नहीं करती...पिता को भी इस बारे में कोई उज्र नहीं, और मुझ पर सन्देह के पहाड़ खड़े किये जाते हैं...'' वह रुआँसी हो उठी, ''मैं अलग रहूँगी! फिर जिऊँ या मरूँ।''

इजलास में शान्ति छा गयी।

दोनों न्यायाधीशों ने अँग्रेजी में कुछ गुफ्तगू की। फिर सीनियर न्यायमूर्ति ने 'ओउम् नमः श्रीकृष्णाय जगद्‌गुरवे' का जाप कर फैसला लिखा–

''पिटीशनर इज़ ए मेजर लेडी।

इन द एबव फैक्ट्स, ऐण्ड सरकमस्टान्सेज सिंस द पिटीशनर इज़ नॉट इन इल्लीगल डिटेंशन, दिस पिटीशन हैज बिकम इनफ्रुक्ट्स ऐण्ड देयरफोर, फायनली डिस्पोज़्ड ऑफ।

द पिटीशनर इज़ ऐट लिबर्टी टु मूव एण्ड टु लिव अकॉर्डिंग टु हर विल, सिंस शी हैज द कैपेसिटी टु डिसाइड व्हाट इज़ रांग ऐण्ड व्हाट इज़ राइट फॉर हर वेलफेयर।''

''अब आप लोग जा सकते हैं।'' वकील ने कहा।

लड़की की आँखें भर आयीं। उसे तीन इन्द्रधनुष एक साथ दिखाई दिये।

–पिता गर्दन झुकाकर और भाई, बहन उसे घूरते हुए सीढ़ियाँ उतर रहे हैं।

–उसका पुरुष मित्र रेलिंग पर हताश-सा खड़ा है, जैसे–पिता के पाँव छूकर इस दुर्घटना के लिए माफी चाहता हो!

–और अनगिनत काले गाउनों की भीड़ ने उसे घेर लिया है, जिसके चेहरे पर कहानी जानने की उत्सुकता है ।

...फिर हुआ यह कि उसने अपना चेहरा हाथों में छिपा लिया और पुरुष मित्र के करीब से 'सॉरी' बोलकर गुज़र गयी, जैसे—सीढ़ियों पर गेंद-सी लुढ़क रही हो!

बाहर खुला आसमान था, धूप थी, पर लड़की चिड़िया की तरह चहककर उड़ने के बजाय पिता के साथ हो ली!

भाई-बहन उसे हैरत से देख रहे थे।...

गीला महसूस हुआ। चन्द बूँदें थीं खराब खून की। नींद उड़ गयी। चोट तो नहीं लगी कहीं! दिन में साइकिल सीखती रही थी।

"मीटिंग में चलना है..." शर्मा पास आकर बैठ गया। बदस्तूर मुस्कराती रही।

"मीटिंग में चलना जरूरी है।" उसने जोर दिया।

"चलूँगी।" आँखें चमक रही थीं।

'तुम उससे कोई सेक्सुअल रिस्पांस नहीं पा सकते।' शर्मा के दिमाग में नामदेव का कथन गूँजा। 'देखता हूँ।' उसने सोचा।

लता ने फाइलें सब अलमारी में भरीं और घण्टी बजाकर चपरासी को बुलाया, "दो गिलास पानी।" कहा उसने।

थोड़ी देर में वह शर्मा के स्कूटर पर थी। स्कूटर हवा से बातें करता हुआ। शर्मा बीच-बीच में ब्रेक लगाकर झटका देता। वह स्टेपनी से चिपकी रहती। मजाल की शर्मा की पीठ से कन्धा भी छुआ हो उसका।

बैठक में कर्मचारीहितों की बातें होती रहीं।

लौटते वक्त शर्मा ने पाया कि लता का दायाँ हाथ उसके बायें कन्धे पर है। वह प्रफुल्लता से भर गया। उसे इस बात की खबर नहीं थी कि मस्तिष्क का बायाँ भाग शरीर के दायें भाग को संचालित करता है। अत्यधिक पेचीदा और विश्लेषणात्मक कार्य बायाँ मस्तिष्क और मन, ज्ञान, भावना और घटनाओं के प्रति संवेदनशील रहने जैसे कार्य दायाँ मस्तिष्क सँभालता है।

घर आने पर वह स्कूटर से उतर गयी और भूल गयी कि कहाँ गयी थी, क्यों? जैसे, लिखना, खाना, कोई चीज पकड़ना दाहिने हाथ से करती है, वैसे ही ब्रेक के झटके से गिरने से बचने के लिए उसने दायें हाथ से शर्मा का बाजू पकड़ा होगा! इसमें मन, ज्ञान, भावना और घटना के प्रति संवेदनशीलता न थी, न कभी हो पाएगी। शर्मा इसे नहीं जानता।

"तुम भी साले किसके चक्कर में पड़ गये! वह काठ है," नामदेव ने

कहकहा लगाया, ''वह साली तीसों दिन हरी बिन्दी लगाकर आती है...''

'क्या मतल...ब' शर्मा सोच रहा था।

दिन में साइकिल सीखी थी। उसने उँगलियों से देखा, चोट नहीं थी। न सूजन। क्या था? वह घबरा गयी। माँ को जगाया। खून रिस रहा था। जैसे, भीतर कोई नस फट गयी हो।

''इस उम्र में यह होने लगता है,'' माँ ने समझाया।....कपड़ा देकर सुला दिया।

''हरी बिन्दी का मतलब?'' शर्मा ने कहा।

नामदेव उसे हैरत से देखता रहा, बोला, ''एक बात है,'' उसने पुड़िया थूकी, ''कि तुम भी पक्के चूतिये हो।...अरे ये तो क्या संसार की कोई भी औरत तीसों दिन हरी झण्डी नहीं दे सकती। पाँच नहीं तो कम-से-कम तीन दिन तो उसे लाल बिन्दी लगानी ही पड़ेगी।'' उसने बची हुई पुड़िया थूक दी।

शर्मा कुँआरा था। कुछ खास नहीं समझ पाया। और समझ गया तो भी उसे जँचा नहीं, कि इस बात का माथे की बिन्दी से क्या लेना-देना। नामदेव ने इस बार हँसते हुए कहा, ''तुम भी यार...''

'लता के भीतर कोई काम-भावना नहीं है, यह बड़ी अजीब बात है। दफ्तर में आये उसे आठ साल हो गये, उसका सी. आर. नहीं बिगड़ा। उसने शादी भी नहीं की और कहीं कोई लफड़ा भी नहीं....' शर्मा बड़े चक्कर में था।

सुबह आँख खुली तो पता चला कि कपड़ा खून से तर है। वह घबरायी हुई थी। माँ ने फिर समझाया, ''अब यह हर महीने हुआ करेगा।''

एक बार साधना ने पूछा, ''तुम्हें पीरियड कब आता है?''

''कैसा पीरियड?'' उसने लिखना बन्द कर दिया।

''एम-सी,'' वह मुस्करायी।

''क्या मतल...ब।'' लता चकरा गयी।

साधना की नजर उसका जिस्म टटोल उठी। वह अपनी सीट पर जा बैठी। सोचा था कि उसका और मेरा पीरियड डिफरेण्ट होगा तो वर्कशेयर कर लूँगी। पैड लगाकर आने में बड़ा डिसकम्फर्ट लगता है...

उसे बड़ी आफत लग रही थी, ये क्या बबाल शुरू हो गया, अभी तो साइकिल सीखना है। उठकर नहाने-धोने का भी मन नहीं कर रहा। दीदी और जीजाजी घर में थे। दीपू ने आकर पेट गुदगुदा दिया। वह हड़बड़ाकर उठ बैठी। पिताजी बाहर गये थे माल भरने। माँ जीजाजी की खातिरदारी में लगी रहतीं। वह और दीपू साइकिल लेकर निकल जाते।

वे जुड़वाँ थे। पर दीपू दस मिनट छोटा था उससे।

दीपू हैण्डिल साधना सीख गया था। उसके हाथ काँपते थे।

उस दिन गयी नहीं। दीपू साँझ तक नहीं लौटा फील्ड से। वह चुपचाप तीन बार देख आयी। "कहाँ चला गया?" माँ की खीझ आशंका में बदल गयी थी। जीजाजी बाईपास रोड पर और स्टेशन, बस-स्टैण्ड तक दो-तीन बार देख आये।

पिताजी लौटे तब घर में कुहराम मचा था।

खाना-पीना और सोना हराम हो चुका था।...उन्होंने गुमशुदगी की रिपोर्ट लिखायी। जीजाजी गवाह बने।

शर्मा ने पूछा, "आप क्या लेंगी?"

शहर का सबसे महँगा रेस्त्रराँ। "चाय, बस।" उसने आँखें झुका लीं।

"एक बात पूछूँ।" उसने कहा, "तुमने शादी नहीं की–क्यों!"

लता अकबका गयी। उसे खुद नहीं पता।

जीजाजी काफी हैण्डसम थे। दीदी मर मिटी थीं। बाद में पता चला कि कुछ कैदियों से दोस्ती है उनकी। वे बाकायदा उनसे मिलने सेण्ट्रल जेल जाते। अपनी लोहे की अलमारी में कट्टे और कारतूस रखते। एक तरह के अवैध आर्म्स डीलर ...बड़ी डींगें मारते। रातों-रात करोड़पति बनने के ख्वाइशमन्द।

...उनके दोस्त पैरोल पर छूटकर आते और उन्हीं के यहाँ रुकते। दीदी उन दिनों मायके आ जातीं। माँ और पिताजी की व्यथा दिन-ब-दिन बढ़ती जाती।

ज्वाइन करते वक्त बॉस ने पूछा था, "टाइपिंग आती है?"

"जी।"

"खूब अच्छी।" बॉस की नजर चिपककर रह गयी।

लता समझी नहीं।

बाद में साधना ने कहा, "कभी-कभी रेड रिबन भी लगा लिया करना..."

एक और कुलीग खी-खी कर हँसने लगी।

लता को बात का सिर-पैर नहीं मिला।

पिताजी बिजनेस में पैसा लगा रहे थे और जीजाजी अपने काम के लिए माँग रहे थे। माँ ने साफ कह दिया–"हमारी और भी गृहस्थी है। अपने नाखूनों की कमाई से मालदार होता है आदमी..."

शर्मा रोज सुबह उसे घर से आकर ले लेता और शाम को छोड़ देता। शर्मा, जैसे ऑटोरिक्शा उसका। पहली तारीख को वह तनख्वाह लेकर लौटी सीट पर और शर्मा आ गया। उसने तत्काल पर्स खोला, दो सौ रुपये निकालकर दिये।

"क्या मँगाना है?"

"कुछ नहीं।" वह मुस्करायी।

"फिर।"

"रख लो," उसने हाथ बढ़ाया, "पेट्रोल..."

शर्मा उठकर चला गया। वह समझ नहीं पायी कि बात टूट गयी। उसके बाद शर्मा ने भी यकीन कर लिया कि वह वही है (साधना ने जो खबर फैलायी उसके बारे में!)।

पहले फोन से और फिर चिट्ठी से कन्फर्म हो गया कि दीपू का अपहरण हुआ है और उन्हें दो लाख रुपया चाहिए।

पिताजी बौखलाये हुए थे, "ये उसी की हरकत है।"

माँ को यकीन नहीं आ रहा था, पर वे जीजा को कोस रही थीं रात-दिन ...लता ने खाना छोड़ दिया था।

बीच में उसे टाइपिंग-पूल में रख दिया गया। ऑफिस में कुल तीन लड़कियाँ थीं। और वह सबसे नयी। पूल में रिसीट-डिस्पैच और टाइपिंग और एक खूसट असिस्टेण्ट ऑफिस सुपरिण्टेण्डेण्ट। पूल (कुण्ड) में जो भी बाबू टाइप कराने आता, सटकर बैठने की कोशिश करता। एक-एक लाइन अपने ड्राफ्ट का मिलान करने के बहाने। लता को कोई फर्क न पड़ता।

"फर्क तो पड़ता होगा।" बाबू आपस में बतियाते।

"कोई फर्क नहीं पड़ता...उसमें कोई सेक्स अपील ही नहीं है, यार!"

"कैसे नहीं?" बूढ़े चश्मा उतारते, "आग-फूस पास-पास रखो...ऐसा हो ही नहीं सकता कि आग न लगे!"

"तो ऐसा करो चचा," युवा पानी पर धर उठते, "अब आप आजमा लो ...हम सब तो...वी हैव टोटली फेल्ड।"

नूरखाँ उन्हें चश्मे के ऊपर से घूरते। जब से एक और नूरखाँ ऑफिस में आये हैं, वे नूरखाँ से बड़े नूरखाँ हो गये हैं। उन दिनों ऐसा कोई दिन न बीतता जो लता की बातों में लुत्फ से लबरेज न होता। उन्हीं दिनों ताब-ताब में बड़े नूरखाँ ने अपनी जवानी के दिनों का एक किस्सा सुनाया, जब वे हेडक्लर्क नहीं, महज एक चपरासी हुआ करते थे...कमिश्नरी गये डाक लेकर। डिस्पैच में एक महाराष्ट्रीयन मैडम थीं। पता चला कि अकेली रहती हैं। नूरखाँ दीया जलने के बाद उनके क्वार्टर की सीढ़ियों पर जाकर बैठ गये और कुछ देर में जोर-जोर से रोने लगे। मैडम ने पहले जाली से देखा, फिर किवाड़ खोलकर बाहर आयीं, "कौन है...रोता क्यों है?"

नूरखाँ रोते-रोते बोले, "हमारी बस छूट गयी...अब कहाँ रहेंगे...?"

"तो रोता क्यों है—यहाँ बरामदे में सो जाना।"

नूरखाँ झट से उठे और आँसू पोंछकर भीतर घुस गये। मैडम ने उन्हें एक चटाई और कम्बल दे दिया। थोड़ी देर बाद खाना दे गयीं। नूरखाँ खाकर और

लम्बी डकार लेकर पाँव तानकर सो गये। और घण्टे-भर बाद जागकर फिर रोने लगे।

मैडम ने गुस्से से दरवाजा खोला और डाँटकर पूछा, "अब क्यों रोता है...?"

"बाई-साब। जालियों से सीरी हवा आती है....ठण्ड के मारे दम कढ़ा जाता है।" नूरखाँ रोना बन्द कर ठोड़ी कँपाते हुए बोले।

उसने हैरानी से सोचा कि अब क्या करूँ? इतनी बड़ी-बड़ी जालियों पर कौन से परदे टाँगूँ लाकर। बोली, "अरे बाबा तो अन्दर आ जा, रो मत..." वाक्य पूरा नहीं हो पाया और नूरखाँ चटाई में कम्बल लपेटकर दाँत किटकिटाते भीतर घुस गये। वहाँ कमरे में मैडम के पलंग से दूर फर्श पर अपना बिस्तरा बिछाया और लम्बे होकर सुट्ट साध गये।

फिर थोड़ी देर में मैडम के खर्राटे बज उठे तो बड़े नूरखाँ फिर रोने लगे।

इस बार मैडम बेहद खफा थी। बिफर पड़ी, "क्यों तंग करता हैऽऽ...नींद हराम करके रख दी..."

डाँट खाकर चुप होने के बजाय नूरखाँ और भी मुँह बिसूर उठे। वह परेशान हो गयी, "क्यों भई, क्यों..."

"मैडम!" नूरखाँ ने हिचकियों के मध्य कहा, "आज हमारी घरवाली को गुजरे...तीन साल हो गये..."

सुननेवाले दाँतों-तले उँगली दबा लेते कि फिर क्या हुआ? और बड़े नूरखाँ चश्मा चढ़ाकर कलम उठा लेते, "अब होने को क्या रह गया..." हँसी के फव्वारे छूट पड़ते। लता के कारण दफ्तर में बड़ी रौनक बनी रहती।

पिताजी जीजा की नामजद रिपोर्ट डालना चाहते थे, पर माँ और दीदी के कारण ऐसा नहीं कर पाये।

शर्मा के बाद बड़े नूरखाँ के शिष्य छोटे नूरखाँ ने लता की ओर रुख कर लिया। वह नियमित उसकी टेबल पर आकर बैठने लगा। लता ड्राफ्टिंग करती रहती या नोटशीट तैयार करती होती और वे लता की अलमारी से धार्मिक पुस्तिकाएँ निकालकर पढ़ा करता। लता बचपन से ही धर्म के प्रति आकृष्ट थी। अब तो ध्यान-शिविरों और प्रवचनों में भी जाने लगी है। धार्मिक उत्सवों-मेलों में जी खोलकर भाग लेती है। तीर्थाटन भी खूब किया है उसने। साल में दो बार छुट्टी लेकर लघु तीर्थयात्राओं पर निकलती है।

दीपू का कत्ल करके सिरकटी लाश नदी में फेंक दी थी गैंग ने।

जीजा ने खुद को गोली मार ली और पिता की हृदय-गति रुक गयी।

हफ्ते-भर लगातार जागती रहीं दीदी, फिर अचानक कपड़े फाड़ने लगीं।

वह सब एक महीने के भीतर हो गया। चाँद की अट्ठाईस तारीख नहीं

आ पायी...लता को फिर कभी कपड़ा नहीं लेना पड़ा।

नूरखाँ मुस्लिम होते हुए भी उसके धर्म और धर्म-गुरुओं के प्रति श्रद्धा और जिज्ञासा रखता है। उसकी अभीप्सा को देखते हुए लता धार्मिक जानकारी देते-देते प्रवचन-सा कर उठती है।

"लगे रहो बेटे!" पाण्डेय जी हँसते हैं, "ऊसर बीज बएँ फल जथा!"

देवी

इन्द्रा उस दिन स्कूल नहीं गयी। जबकि उसी दिन उसकी वार्षिक परीक्षा का आखिरी पर्चा भी था। दरअसल, उस दिन रामनवमी थी। और घर में त्यौहार का-सा आलम था। चैत्र नवरात्र का अन्तिम दिन जो ठहरा। दादी थाल सजाकर देवी माँ की पूजा करने नदी किनारे की मठिया पर गयी थीं। साथ में इन्द्रा भी गयी। पर दादी तो पूजा-अर्चना के बाद लौट आयी, मगर इन्द्रा वहीं आसन जमाकर बैठ गयी।

घर में सभी ने यही समझा कि रोज की तरह लखना के स्कूल में परीक्षा देने गयी होगी। दादी मैनपुरी साइड के चौहानों की बेटी थीं। और ब्याही गयीं इटावा साइड के नवादाबहादुरपुर के सेंगरों में। देवीभागवत पुराण में पूर्ण आस्था रखनेवाली दादी पुराने जमाने की मिडिल थीं। लेकिन नवादाबहादुरपुर तो पचनदे से पहले यमुना तट पर बसा हुआ एक अत्यन्त पिछड़ा गाँव था। यहाँ न बिजली थी, न नल और न स्कूल। इसलिए इस अभावग्रस्त गाँव में उनका मन रत्ती-भर न लगता। बहुत जी ऊबता। दोनों वक्त छः-सात घण्टा चूल्हा फूँकने और ढोर-डंगर की सेवा-टहल के बावजूद समय बचा रहता। तब ढिबरी की रोशनी में गयी रात तक वे देवीभागवत पुराण का पाठ किया करतीं। गोया वक्त गुजरने के साथ वे इस उजड्ड गाँव की जीवन-शैली की अभ्यस्त हो गयी थीं। इसी ढर्रे में उन्होंने चार बेटे और दो बेटियाँ जनीं, और उन्हें प्राइमरी शिक्षा खुद दी। फिर लखना से मिडिल और हाईस्कूल तथा इण्टर कराया। बेटियाँ घर-वर की हुईं। दो बेटे पुलिस में और दो खेती-बाड़ी सँभालने लगे। इससे अब निश्चिन्त दादी परलोक सुधारने में जुटी थीं। आरम्भ से ही वे वर्ष में दोनों बार नवरात्र-व्रत रखतीं। अयोध्या, मथुरा और हरिद्वार हो आयी थीं। लेकिन स्वर्ग की तैयारी में व्यस्त और इहलोक से सन्तुष्ट दादी को क्या पता था कि इन्द्रा आज अपनी नौवीं कक्षा का आखिरी परचा लखना के स्कूल में देने न जाकर देवी की मठिया पर ही बैठी रह गयी है! वह तो घरवालों को शाम को तब पता चला, जब गाँव के सभी बच्चे स्कूल से लौट आये। गाँव में खोज-बीन और पूछताछे हुई। घर के प्राण हलक में आ अटके कि लड़की कहाँ चली गयी? लड़की जात का चार घण्टा गायब होना भी गजब है। इस मुई को

तो सारा दिन हो गया था। और तब खोजी दस्तों ने साँझ-ढले पता दिया जाकर कि मठिया के पीछे पेड़ों के झुरमुट में इन्द्रा पालथी मारे बैठी है! किसी के बुलाने पर बोलती-सुनती नहीं। हिलाने-डुलाने पर हिलती-डुलती नहीं। यह क्या गजब हुआ? सारा गाँव नदी के तीर पर वहाँ जंगल में जमा होने लगा। हाय, इस लड़की को क्या सूझा? देवी बन गयी यह तो!

साक्षात् भगवती! दादी। भीतर तक काँप गयीं। ओझा लगाये गये। आधी रात तक धुआँ होता रहा। कोई नतीजा न निकला। दादी व्रत, उपवास सब भूल गयीं। ईश्वर और धर्म में पूरी श्रद्धा-आस्था के बावजूद उन्हें पोती का जीते-जी देवी बन जाना कतई मंजूर न था। लोग क्या कहेंगे? इसकी जिन्दगी कैसे पार होगी! अभी तो पन्द्रह-सोलह की हुई है राँड़! कपड़ा तक लेने का शऊर नहीं है। उनका बुढ़ापा बिगड़ गया। हाय! अब! उनकी एक-एक आँख में चार-चार आँसू थे। पर इन्द्रा उठने का नाम न लेती थी। चार-पाँच दिन वहीं जंगल में गुजर गये। मेला जुड़ने लगा था। पाँच नदियों का संगम पचनदा ज्यादा दूर न था वहाँ से। फिर भी जो भी सुनता, धा पड़ता। पार के लोग भकियाये हुए चले आते। लोगों का अपना स्वार्थ था। जीता-जागता देवता क्या पता सचमुच मुराद पूरी कर दे! कुछेक कौतूहल में और कुछेक धार्मिक विश्वास से पुते चेहरों का ताँता लगा रहता।

छोटे बेटे को आनन-फानन खबर भेज दी गयी, जो थाना कानपुर देहात में तैनात था। वह लकदक वर्दी में क्रोध में भरा चला आया वहीं से। और आते ही उसने इन्द्रा को बाँह से पकड़कर झिंझोड़ डाला। आखिर बाप था वह। पर इन्द्रा ने आग्नेय नेत्रों से एकटक ताका तो वह सहम गया। दादी ने चिरौरी की, ''मैया घर चलो, यहाँ जंगल में कौन कब तक रखवाली करे तुम्हारी। हमारी तो ऊपर की साँस ऊपर और नीचे की नीचे है!''

तब बमुश्किल उसने एक संक्षिप्त आदेश वाक्य बोला, ''मन्दिर बनवा दो हमारा।'' और फिर से जड़ हो रही।

मन्दिर! वर्दी अपने ही जाये के हाथों परास्त हो गयी। खैर, रातों-रात ईंटें और मैटेरियल मँगाकर नवादाबहादुरपुर में बाप ने बिना ढार किये अपने ही पैसे से अपने ही खेत में गाँव बाहर मन्दिर और चबूतरा बनवा दिया।

ड्यूटी नदी किनारे मठिया पर हो या अपने ही खेत के मन्दिर पर, पर थी बहुत सख़्त! और ड्यूटी अकेली दादी को देनी पड़ती। और किसी को मन्दिर में भीतर पाँव धरने की आज्ञा न थी। माँ-बाप, भाई, ताऊ-ताई सब अछूत की तरह बाहर। सारा गाँव बाहर। दूर से दर्शन करो और जाओ। बाहर के लोग आते, घण्टे और नेजे चढ़ाते...पर गाँव-जवार के लोग टीका-टिप्पणी करते, ''हुँ...हुँ! देवी हैं। खाएँ-पीएँ ना, हगें-मूतें ना तब जनिहैं देवी हैं!''

पर खाना-पीना, हगना-मूतना भला कैसे रुकता। दादी की बुढ़ापे में फजीहत

हो रही थी। अरे कोई एक दिन हो तो भुगत लो। रात का मरा सुबह तक भारी पड़ जाता है। मरे को दो दिन रोओ, चार दिन रोओ, हद से हद तेरहवीं तक रो लो...यहाँ तो पता नहीं कब तक रोना और रोना ही शेष है। बाप का ड्यूटी पर दिल न लगता, माँ का घर में और भाई का स्कूल में। जाति-बिरादरी में चिमगोइयाँ चल रही थीं, सो अलग।

देखो, पत्थर का ईश्वर, निर्गुण ब्रह्म कितना भला लगता है! हाय राम, किसी के घर में ईश्वर न जन्मे। लड़की साक्षात् देवी बनकर बैठ गयी है—लाल चूनर ओढ़े, एक आसन पर, रात-दिन! मनाये-मनाये जब-तब प्रसाद ग्रहण करती है, जब-तब टट्टी-पेशाब। सारा शरीर खराब हुआ जाता है। धड़ रह जाएगा, हाथ-पाँव रह जाएँगे...रिश्तेदार आते। नतमस्तक होते उसके आगे। और दादी को कुरेदते, ब्याह नहीं करोगी। कुँवारी रहती हैं ठाकुरों की लड़कियाँ? नाक कट जाएगी सब की। मीठे पानी हो जाएँगे हम-सब!

दादी करम ठोकतीं और भीतर-ही-भीतर रो लेतीं। दो बरस गुजर गये।

बस उन्हीं दिनों की घटना है, कि मरते-मरते कचोंगरावासी शहजाद सिंह भी पहुँच गये थे वहाँ। क्योंकि दादी दूर के रिश्ते में उनकी ममेरी भाभी होती थीं। और जब उन्होंने भी यह अप्रत्याशित घटना सुनी तो उनका भी नवादाबहादुरपुर जा पहुँचना बहुत अप्रासंगिक न था। गोया खून ही खून को पुकारता है अन्ततः। यूँ तो वे भदौरिया खानदान से हैं, पर पटिया भाट बताते हैं कि गजनी और गोरी के समय से ही पश्चिमी सीमा से भारत पर लगातार आक्रमणों के कारण दिल्ली की स्थिति दिन-ब-दिन खराब होती जा रही थी। हुमायूँ के समय में दिल्ली से काफी चौहान लोग पलायन कर अपनी बहू-बेटियों की सुरक्षा के लिए चम्बल-यमुना के किनारे आगरा के पास आकर बस गये थे। तब उस काल में यहीं चम्बल के दक्षिणी तट पर भदौरा गाँव में आ बसे थे। भादू राणा भी, जो कि चौहान थे और कई पीढ़ियों तक उनके वंशज भी चौहान कहलाते रहे। पर राजा रजू राव के समय से यही चौहान वंशी भदौरा गाँव के नाम पर भदौरिया कहलाने लगे।

फिर वंशावली बढ़ती ही गयी। बढ़ती ही गयी। भदौरिया फैलते गये चम्बल-यमुना और कुँवारी नदियों के बीहड़ों में। सो इस पट्टी में कुँवारी के किनारे बसे कचोंगरा ग्राम में इस सदी के दूसरे दशक में एक भदौरिया परिवार में जन्मे थे शहजाद सिंह। और परम्परानुसार ज्येष्ठ-पुत्र होने के नाते फिरंगियों की फौज में भरती हो गये। जहाँ दूसरे विश्वयुद्ध में उन्होंने ब्रिटिश पलटन के कन्धे से कन्धा मिलाकर जर्मनी को हराया था। फिर युद्ध खत्म हुआ और देश आजाद। और शहजाद सिंह चीनी हमले से पहले सेना से रिटायरमेण्ट लेकर अपने घर-गाँव कचोंगरा वापस लौट आये। पर इस अवधि में काफी परिवर्तन आ गया था।

अब तक उनकी औरत चल बसी थी। एक मात्र अविवाहित भाई नवाब

सिंह असमय ही लकवे के शिकार होकर खाट गोड़ रहे थे। बालपन से ही विधवा बहन कटोरी बुरी तरह बुढ़ा गयी थी, और बेटा ब्रह्मा साइकिल से भिण्ड शहर के इण्टर कॉलेज में पढ़ने जाने लगा था। सो उनके यहाँ से नवादाबहादुरपुर खुशी-गम में भी कोई अरसे से नहीं गया था। रिश्तों पर वक्त की धूल पड़ गयी थी, इसलिए ममेरी भाभी एकाएक उन्हें पहचान नहीं पायीं। शहजाद सिंह देवी के दर्शन करके करम पकड़कर बैठ गये। शनैः-शनैः रात हो रही थी। देवी के ताऊ ने पूछा, ''कहाँ से आये हो ददुआ, कहाँ जैहो?''

''पहचाने नईं का ललुआ!'' शहजाद सिंह की आँखों में बीस साल पहले के चित्र उभरे, ''हम हैं शहजाद सिंह! नृपति सिंह के लड़के...भदौरिया कचोंगरा वाले!''

''ओ हो!'' ताऊ उठकर खड़े हो गये, ''ओई शाब्बाश!'' उन्होंने झुककर शहजाद सिंह के पाँव छू लिये, ''बड़े दिनों में सुध लीन्ह हौ अपुन तौ?''

देखते-ही-देखते शहजाद सिंह की आँखों से प्रेमाश्रु चू पड़े। दादी पास आकर विस्फारित नेत्रों से देख उठीं यह भरत-मिलाप। ताऊ बोले, ''ई शहजाद सिंह हैं, पार के कचोंगरा वाले निरपति बब्बा के लड़के! हमार चचा, तुम्हार देउर!''

दादी का एकाएक जैसे कोई पुराना फोड़ा फूट चला, ''भाई रे भाई! अब सुध लीन्ह! हमार तो सब करम कर दीन्ह ए देवी माता।'' उन्होंने नफरत से मन्दिर की ओर दोनों हाथ कोहनी तक जोड़कर कहा।

वाकई विपत्ति बहुत भयावह थी। खेती-नौकरी सब चौपट हुआ जा रहा था। चारों भाई हलकान थे। घर-द्वार छोड़कर खेत पर डेरा जमाये पड़े थे बेचारे। खेत पर ही तीन-चार मड़ैयाँ डाल रखी थीं। दादी का बूढ़ा शरीर लगभग अस्सी-पचासी की उम्र! अब यह पूजा-पाठ नहीं बनता दिन-भर का। बोलने में हाँफी छूटती है। तिस पर अलस्सुबह अपना नहाना-धोना, और साथ में देवी का स्नान-पूजा-सिंगार-पटार। मरी डोकरी! अच्छी भगतिन पोती जन्मी। प्राणों की लेनहार!

शहजाद सिंह विचलित थे। खाना-पानी के बाद वहीं चबूतरे पर लेट रहे। हल्की बरसात के दिन थे। उस दिन बादल पूरी तरह खुला था। आसमान एकदम साफ और नीला। हीरे-मोती से जगमगाते तारों-भरी रात। नींद आँखों से कोसों दूर। मन्दिर के द्वार पर लाल परदा पड़ा था। पर शहजाद सिंह उसकी साँस से भीतर झाँक लेते। मन में भारी कौतूहल था। लड़की सचमुच की देवी बन गयी है क्या? एक आसन पर बैठी है कब से! सिर झुकाये, कभी उठाये। पलकें उठाये, कभी गिराये। सो तो झपक लेती होगी, बीच-बीच में। पर हिलती-डुलती नहीं, आसन नहीं बदलती। हे ईश्वर, कितना संकट है इसे! आखिर कौन से जन्म का पाप था इसका और घरवालों का! जो यह अनसुना-अनदेखा अभूतपूर्व दण्ड दिया। ऐसी प्रेरणा क्यों दे दी भगवान इसे! अरे, मालिक, दीनानाथ प्रभो! ऐसी कुटिल मति

क्यों कर दी, स्वामी! यह सलीब कन्धे पर कब तक ढुवाओगे नाथ!...

शहजाद सिंह मन-ही-मन करुण प्रार्थना करते रहे। वे मन के बहुत निश्छल और निष्पाप इनसान जो ठहरे। दूसरे का दुःख उन्हें पहाड़-सा लगता। स्वभाव में उग्रता की जगह शीतलता, बल्कि एक हद तक दीनता। उम्र-भर फौज में रहे, फिर भी बोली कड़क नहीं। ऐसे घिघियाकर बातें करते हैं मानो सचमुच सदियों से दबे-कुचले रहे आये हों! और एक स्थायी दैन्य खून में समा गया हो...वे ठाकुरों की तथाकथित इमेज के कतई प्रतिकूल थे।

सवेरा हुआ और बूढ़ी डोकरी हाँफती-कराहती पोती की तीमारदारी में जुट गयी। अब यह पाखण्ड दादी को सुहाता नहीं था। उन्हें देवी-देवताओं से चिढ़ होने लगी थी। मगर क्या करें, हड्डी तो इस बार गले में चौकस आ फँसी थी। यात्री सुबह से ही खून पी उठते।

शहजाद सिंह टट्टी-पेशाब, स्नान-ध्यान से निबटकर लड़की के ताऊ चन्द्रभान सिंह सेंगर के पास जा बैठे। चर्चा और चिन्ता का एकमात्र बिन्दु इन्द्रा थी। थोड़ी देर में दादी भी आ गयीं। उन सबका दुःख असहनीय था। कोई राह नहीं सूझ रही थी।

"भौजाई, पोट-फुसला के कैसे भी ब्याह करा दो इसका!"

शहजाद सिंह के होठों पर बार-बार एक ही बात थी, एक ही चिन्ता, इन्द्रा के भविष्य की फिक्र।

"आप कहें, तो हम बात करें?"

"तुम्हें जौन जँचे तौन करौ लाला!" दादी का झुर्रियों-भरा चेहरा बोला, "हमैं का, दिन-दुई दिन की मेहमान हँय! आज मरिहँ, कल कौनउ दुसरा घर दिखिहहिं, सब मोहजाल कटिजैहें हंसा उड़तै!"

और शहजाद सिंह गहरे सोच में डूब गये कि कौन राह निकाली जाए! भाई रे भाई! ऐसा घनघोर संकट ईश्वर दुष्ट को भी न दे! फिर दिन-भर की इसी ऊहापोह के पश्चात् वे इस नतीजे पर पहुँचे कि यह भार वे खुद ढोएँगे, जैसे होगा, तैसे!

शाम तक यात्रियों की आवाजाही रुक गयी थी। आरती के बाद गाँव के लोग भी जब चले गये तो मौका पाकर पट बन्द होने से पहले शहजाद सिंह दादी के साथ मन्दिर में प्रवेश कर गये। और दीन स्वर में बोले, "बेटा! तप तो श्रेष्ठ है। देवी पारबती ने भी किया। लेकिन गृहस्थ जीवन ही उत्तम होता है!" इतना सुना था कि इन्द्रा उन्हें क्रोध से अपलक ताक उठी। पर शहजाद सिंह हिम्मत बनाये रहे, "हमें ईश्वर के आचरण का अनुकरण करना चाहिए....स्वयं ईश्वर बनना ठीक नहीं। इससे भगवान की मर्यादा भंग होती है। ये माना कि उस आदि शक्ति का अंश तुममें है, और उसी की प्रेरणा से ये व्रत धारण किया है, पर मानव-धर्म की आन न तोड़ो! ईश्वर न बनकर उसकी भक्त बनिए!"

और तभी जैसे विस्फोट हुआ हो। इन्द्रा एकदम ललकार मारकर बोली, "मैंऽ! सिंहवाहिनी हूँऽऽ जानता नहींऽ! मैंने मधु-कैटभ का संहार किया। महिषासुर का संहार किया। मैंने रक्तबीज का रक्त पिया...हाऽ हाऽ हाऽ! मैं रक्त-पिपासिनी, तेरा भी खून पी जाऊँगीऽऽऽ!" उसका सारा गात काँप रहा था। बोलना बन्द करने के बाद भी होठ फड़क रहे थे। इन्द्रा की गर्जना से मन्दिर फट गया हो, जैसे! दादी सहमकर एक कोने में दुबक गयीं। पर शहजाद सिंह एक सच्चे क्षत्रिय, द्वितीय विश्वयुद्ध का अपराजेय योद्धा, जो टैंकों की गड़गड़ाहट और गगनभेदी बम, विस्फोटों का अभ्यस्त था, डटा रहा...क्रोध के रथ पर आरूढ़ इन्द्रा ने अपनी चूनर फेंक दी और खड़े होकर अपने ऊपर झूलता घण्टा तोड़ना चाहा, कि वह सुन्न पड़ गये पैरों के कारण धड़ाम से धरती पर गिर पड़ी। शहजाद सिंह ने विनय की, "बेटा! मैं अपने वध के लिए तैयार हूँ। आप दुर्गे माँ का अंश, उन्हीं का प्रतिरूप लिये मुझे मार भी देंगी तो स्वर्ग पाऊँगा, पर विनती यही करूँगा कि आप गृहस्थ-आश्रम में प्रवेश करें। मुझ गरीब को यह छोटा-सा वचन दें।"

अशक्त इन्द्रा क्रोध में जल रही थी, पर स्वयं न उठ सकी। दादी ने डरते-डरते अपनी निर्बल बाँहों से उसे सहारा दिया। आसन पर बिठाना चाहा, पर वह हीटकचीटा हो गयी। जड़ हो गयी गोया! या कि धरती ने पकड़ लिया उसे। गरजकर बोली, "अब नहींऽऽ! मेरा तप खण्डित कर दिया इसने। अब तो मैं इसी का खून पिऊँगी। इसी के साथ जाऊँगीऽऽ! उसे आने क्यों दिया तुमनेऽऽऽ?" उसने दादी को बुरी तरह झकझोर डाला।

रात के सन्नाटे में ताऊ, भाई और माँ मन्दिर के दरवाजे पर आ गये थे। शहजाद सिंह धैर्यपूर्वक बोले, "चल बेटी, तू मेरे ही साथ चल, मेरा ही खून पीना..."

"हाँ-हाँ! पिऊँगी...पिऊँगीऽऽ!" इन्द्रा अट्टहास कर पुनः गरजी। उसके होठ खुले थे। दाँत भिंचे थे और आँखें मानो फट पड़ी थीं। उसका यह रूप देखकर सभी भय से थरथर काँप रहे थे। तभी शहजाद सिंह ने दृढ़ता से कहा, "चन्द्रभान सिंह, आप लोगों को अगर उजर न हो तो हम ये बात रखे दे रहे हैं कि इस बच्ची को हमारे ब्रह्मा से ब्याह दो!"

सुनते ही ताऊ, चन्द्रभान सिंह सेंगर की आँखों में हैरत के साथ खुशी नाच उठी। दादी हक्का-बक्का थीं। इन्द्रा पूर्ववत् काँप रही थीं। माँ और भाई भौचक्के होने के साथ-साथ खुशी से झूम रहे थे। मामला गिरफ्त में आ गया था, जैसे! इन्द्रा के देवी-काण्ड का पटाक्षेप था यह।

सुबह शहजाद सिंह को आदर और प्रेम के साथ विदा किया गया। गुमसुम इन्द्रा घर में वापस ले जायी गयी। उसके सुन्न पड़ गये हाथ-पैरों का इलाज करवाया जाने लगा। सारे संकट प्रभु ने अपने भृकुटि-विलास से क्षण में मेट दिये। पहाड़-सा दुःख पारे की मानिन्द पिघला दिया। सारा सन्ताप पोंछ लिया चेहरों से। गोया,

शहजाद सिंह नहीं, ईश्वर खुद चलकर आया था उनकी चौखट पर उनके जनम-जनम के पाप धोने। और उन सबने अपूर्व उल्लास के साथ इन्द्रा द्वारा खाली किये गये आसन पर दुर्गा की मूर्ति की प्राण-प्रतिष्ठा करवा दी तथा महीने-भर के भीतर इन्द्रा के हाथ पीले कर उसका डोला तीन नदियों के पार कचोंगरा के लिए रवाना करवा दिया।

यूँ तो इन्द्रा उर्फ देवी उन दिनों अठारह-उन्नीस साल की अल्हड़ युवती थी। और वह भी ब्याहता युवती। जो अपने बचपन में दादी के प्रभाव से घोर धार्मिक रह चुकी थी। किसी हद तक खुद को काली का अवतार घोषित कर देनेवाली स्वयंभू देवी!...और मान चुके थे लोग कि उसके सारे मनुष्योचित विकार लोप हो चुके हैं। वह पूरी तरह विमल मति, शुचिता की जीती-जागती मूर्ति है...किन्तु विवाहोपरान्त उसके स्वभाव में आमूल-चूल परिवर्तन आ चुका था। वह फैशन की दुनिया में होड़ लगाकर उड़ जाना चाहती थी। उसे यह बीहड़ी ग्राम कचोंगरा फूटी आँख न भाता। उसे यहाँ की जीवन-शैली, खान-पान से अरुचि होती। उसे अपने चचिया श्वसुर नवाब सिंह और विधवा फुफिआ सास में कोई रुचि न थी। उन्हें वह अपने ऊपर भार समझती। उसे कोई पहरा पसन्द न था। स्वयंभू देवीवाली मानसिकता की इन्द्रा किसी के अधिकार, किसी के नियन्त्रण में रहने की बजाय पर खोलकर चिड़िया की भाँति मुक्त आकाश में उड़ जाने की कामना से लैस होती जा रही थी दिनोंदिन।...अब वह पहले की तरह गुमसुम न रही थी, बल्कि वाचाल हो गयी थी। उसने भक्ति का चोला छोड़कर गृहस्थी की चादर जरूर ओढ़ ली थी, पर वह बला की मुँहफट और मुँहजोर बन बैठी थी। उसका यह चरित्र बुआ को तो अखरता ही, क्योंकि वे तो बेचारी जनम से दुखिया ठहरीं...चाचा साहब को भी अखरता—क्योंकि वे असमय अपाहिज जो हो गये थे। और अखरता शहजाद सिंह को भी, क्योंकि वे ऐसी अभद्रता और अनुशानहीनता के आदी न थे...सो उन्होंने तो अपना डेरा नदी-तीर में खेतों पर लगा लिया। वहीं एक छान छा ली। मानो बागी हों, या फिर खाना़बदोश! यह खानाबदोशी तो उनके पुरखों के जमाने से चली आयी है। तभी से, जबकि एक भदौरिया राजा ने अकबर के फतेहपुर सीकरी के दरबार में दरबारी नियम की हुक्मउदूली कर दी थी और उसे बादशाह ने हाथी के पाँव से कुचलवा दिया था। भदौरिया बागी हो गये। आक्रामक हो गये। मुगलों पर ताबड़तोड़ हमले कर उठे। उनसे भिण्ड और अटेर के भी दुर्ग छिन जाने के बाद ये छापामार लड़ाइयाँ रोकीं नहीं उन्होंने। उसी काल में चम्बल और कुँवारी के भरखों में इन बागी भदौरियों के गाँव के गाँव बस गये थे। सो उसी विरासत को ढोते शहजाद सिंह गाँव बाहर नदी के कछार में पड़े रहते। बस, भोजन-पानी के लिए सुबह-शाम दो वक्त घर-गाँव जाते और चिढ़-चिढ़ाकर वहीं अपने खेतों पर लौट आते।

उनका एकमात्र पुत्र ब्रह्मा एक सामान्य और सीधा-सरल युवक था। हद दर्जे तक शर्मीला किन्तु निठल्ला भी। पैतृक पेशे में उसका मन न रमता। वह आलसी और कामचोर तो जनम से था। बचपन से जिसका बाप सेना में रहा और जिसे बुआ और चाचा ने छुटपन से ही सिर चढ़ा रखा था, उसकी छोटी-से-छोटी अड़ पूरी करने वे जमीन-आसमान एक कर डालते। सुना जाता कि कचोंगरा से भिण्ड तक उन दिनों घना जंगल था। भतीजे ब्रह्मा सिंह की जिद पर चाचा नवाब सिंह उसे कन्धे पर बिठाकर छः कोस पैदल भिण्ड ले जाते। वहाँ से सेर-भर शुद्ध घी की जलेबियाँ लेकर लौटते। वे जलेबियाँ बुआ की सन्दूकची में रख दी जातीं। इस तरह ब्रह्मा को रोज भरपेट नाश्ता मिल जाया करता था। एक बार की बात है कि रास्ते में उन्हें नाहर मिल गया। नवाब सिंह ने भतीजे को कन्धे पर से ही करील पर चढ़ा दिया और खुद निहत्थे खड़े हो गये उसका शिकार होने के लिए! लेकिन कहा जाता है कि धर्म की कभी हार नहीं होती। नाहर दबे-पाँव निकल गया था, उनकी बगल से। ऐसे ही एक बार वे थककर हीरालाल पुरा की झाड़ियों में बैठे-बैठे ऊँघ गये थे। भतीजा साथ नहीं था इस बार। वे अकेले ही उसके नाश्ते के लिए घी की जलेबियाँ लेने गये थे कि अचानक बरगद से एक कोबरा लद्द से उनके कन्धों पर गिरा और देर तक सुस्ताता रहा। पर धन्य हैं नवाब सिंह। हिले नहीं। जान का खौफ छोड़ दिया था जैसे। और तब साँप सरक गया था आहिस्ता-आहिस्ता झाड़ियों में।

इस तरह ब्रह्मा जिसकी देह न कभी काम के लिए नबी-झुकी और न कभी जो पढ़ाई में ही अव्वल रह पाया; बस चाटने, मटरगश्ती करने और भिण्ड शहर जाकर सिनेमा देखने में ही जिसकी रुचि रही, वह इन्द्रा उर्फ देवी को भला कैसे गृहस्थ संस्कारों से लैस कर पाता! बात रफ्ता-रफ्ता बिगड़ती ही जा रही थी। शहजाद सिंह के घर ब्रह्मा के आवारा दोस्तों का जमघट लगने लगा था। ये लौण्डे फिल्मी पत्रिकाएँ और सेक्सी तथा सच्ची कहानियों की किताबें लाते रहते। इन्द्रा उनकी अर्धनग्न तस्वीरों को बड़े चाव से देखती। उनकी उन्माद और हिंसा-भरी कहानियाँ चींटे की तरह चिपटकर पढ़ती। और उसी ख्याल में खोयी रहती। फलतः उसकी मानसिकता दिन पर दिन विकृत होती जा रही थी। कभी वह नौटंकी-ड्रामे में जाने की सोचती तो कभी फिल्मों में। फिल्मी गीत बड़े चाव से सुनती और गाती भी। सो उसे मुकम्मल तौर पर यह तो भरोसा था ही कि वह एक अच्छी गायिका तो बन ही सकती है! उसके गदराये रूप-यौवन की झूठी तारीफ कर-करके ये लौण्डे उस आग को और हवा दे रहे थे, सो अलग।...उनकी नजर में ब्रह्मा ठहरा निरा भौंदू, जो इस हुस्नपरी के गू में लोटने लायक भी शऊर न रखता था...

घर का ऐसा बिगड़ा माहौल देख अपाहिज चाचा और बूढ़ी बुआ मन-ही-मन कुढ़ते अपनी मौत के दिन गिन उठे थे। उन्हें भाई के चुनाव पर बेहद क्षोभ होता।

और लगता कि उनके पिछले जन्मों के पाप आ निकले हैं कि घर चकला हुआ जा रहा था धीरे-धीरे...। पर वे इस बाबत अपनी जुबान बन्द ही रखते। शहजाद सिंह से एक लफ्ज न बोलते। आखिर उन्होंने ही अपनी जिन्दगी में कौन-सा सुख उठाया था जो इन चरित्रों का बखान कर उन्हें और त्रस्त करते। वे बेचारे तो यूँ भी नदी के कछार में पड़े थे, पूरी तरह से निर्वासित और अभिशप्त जीवन ढोते एक बँधुआ मजदूर। उन्हीं की कमाई पर पल रहा था पूरा घर। और कपूत बेटा और कुलच्छिनी बहू उनकी छाती पर ही मूँग दल रहे थे आठों पहर...

लेकिन जब सहन-शक्ति चुक गयी तो एक बार बाप-बेटे का जमकर मुँहबाद हो गया। इन्द्रा ने भी इस लड़ाई में बढ़-चढ़कर हिस्सा लिया था। कहना न होगा कि अरसे से चले आ रहे शीतयुद्ध की बदौलत यह एक निर्णायक मुखर लड़ाई थी। जिसके परिणामस्वरूप ब्रह्मा घर छोड़कर भाग गया। शहजाद सिंह दुखी तो हुए, मगर नवाब सिंह और बहन कटोरी को यह राहत जरूर मिल गयी कि ब्रह्मा के न रहने से घर में आवारा लौण्डों का जमघट होना बन्द हो गया था...तब इन्द्रा दिन-दिन भर सिर बाँधे पड़ी रहती। बूढ़ी फुफिआ सास और खुद श्वसुर शहजाद सिंह जलीं-सेवरी रोटियाँ थोपते। करम ठोकते अपना। कोसते उस कुअवसर को, कि जब उन्होंने अनायास नवादाबहादुरपुर की यात्रा कर डाली थी। और डाल ली थी अपने ही हाथों, अपने ही गले में साँपों की यह माला...यह विष भरी देवी सचमुच उनकी रक्त-पिपासु निकली। इसमें इतना जहर होगा, यह कौन जानता था! वे तो समझे थे कि वे सचमुच अपने वंश के लिए आदर्श हिन्दू परिवार के विशुद्ध राजपूत रक्त की सनातन धार्मिक संस्कारों से लैस सर्वथा पवित्र और कल्याणी देवी ले आये हैं! कि जिसकी कोख से क्षत्रिय समाज की एक और महान सन्तान उपजेगी और उनका यश चारों दिशाओं में युग-युगान्तर तक फैल उठेगा। भदौरियों के उद्गम, पूर्वज यशस्वी भादू राणा की स्वर्गिक आत्मा तृप्त हो उठेगी। लेकिन, "अपचीती नहीं होत है, प्रभू चीती हुइ जाय!"

शहजाद सिंह अक्सर लम्बी साँसें खींचते और बच्चों की तरह विह्वल हो उठते...कि कच्चे घर की कच्ची दीवारें बारिश की मार से उधड़कर गिर रही हैं, इन पर लीपा-लेहूसी कौन करे? कौन इस चहारदीवारी को घर बनाये। बुढ़ा गयी बहन की मोतियाबिन्दग्रस्त आँखों से निराशा और अपाहिज भाई के मन में गहरे तक बैठे दुःख को कौन पोंछे।

उस दिन वे बीज-खाद के सिलसिले में भिण्ड शहर के लिए तैयार हो रहे थे। ऊँट पर काठी रख दी थी कि अचानक बहू ने कहा, "हम भी चलेंगे!"

क्यों! शहजाद सिंह के मन में शंका हुई। पर सोचा, गृहस्थी का और औरतों का साजो-सामान वे ही जानें। क्या पता ऐसी नरमी और तरह देने से यह लाइन पर आ जाए! उन्होंने हाँ में सिर हिला दिया, "चलो।"

इन्द्रा तो जैसे तैयार बैठी थी! एकदम साड़ी बदल ली और हाथ में पर्स लेकर चल पड़ी साथ। पर ऊँट पर न बैठी। पैदल चल उठी उनके पीछे-पीछे।...धूल-भरे खार के रास्ते ऊपर चढ़ने के बाद हीरालालपुरा के निकट परसोना की दिशा से एक मोटरसाइकिल की फटफट सुन पड़ी। फिर धूल के गुब्बार के साथ मोड़ पर काली राजदूत आती दिखी। शहजाद सिंह ने ऊँट एक किनारे कर लिया। वे पैदल-पैदल आगे थे, ऊँट की रस्सी पकड़े हुए। ऊँट उनके पीछे और ऊँट के पीछे इन्द्रा। लेकिन ज्योंही मोटरसाइकिल करीब आयी, इन्द्रा ने उसे रुकाकर बेझिझक कहा, "हमें भिण्ड लिये चलो!"

मोटरसाइकिल सवार ठाकुर जण्डेल सिंह कुशवाह परसोनावाले उन दिनों कचोंगरा में ही हेडमास्टर थे। ना नहीं कर सके। संकोच जरूर हो रहा था कि बहू को कैसे बिठाएँ। समझ गये थे कि शहजाद सिंह की मुँहफट बहू इन्द्रा देवी है यह! पर वे इसी ऊहापोह से न उबर पाये थे कि इन्द्रा उचककर उनके पीछे बैठ गयी। तो उन्हें कुछ न सूझा। चल पड़े और शहजाद सिंह के निकट से गुजरते हुए ऊँची आवाज में बोले, "जि कही, राम राम? लहार चुंगी पे उतार देंगे बहू को..."

तब अप्रत्याशित ढंग से अकबकाये शहजाद सिंह के मुख से धीमा-सा 'हओ' निकलकर रह गया था। देर तक चुप रहने से गला चिपक जाता है न! कि स्वरतन्त्री लड़खड़ा जाती है, कौन जाने! वे दुबारा ऊँची आवाज में बोले, "राम-राम! हओ ठीक है!"

किन्तु बहू की ऐसी बेहया मर्दानगी पर उन्हें रास्ते-भर गुस्सा आता रहा था। उसके क्रिया-कलाप इतने हैरत-अंगेज होते कि वे सदा ही भौचक्के रह जाते। और वे सोचते कि यह बहू है कि आफत! इसमें दया-धर्म, लगाव-अपनत्व जैसा कुछ क्यों नहीं है। बाराकलाँ से वे खुद ही बिठा देते उसे किसी वाहन पर। लहार-मिहोना से तमाम गाड़ियाँ आती-जाती हैं भिण्ड के लिए। पर उसने जरा सब्र न किया। दो-तीन किलोमीटर की ही तो बात थी। आखिर अब वे भी बुढ़ा रहे हैं। अकेले चलते बुरा नहीं लगेगा, थकेंगे नहीं वे! आखिर बहू है, कोई गैर तो नहीं। यूँ बीच गैल छोड़कर चली गयी। बेशऊर, उन्होंने अपने मन को समझा लिया। पर इससे भी बुरी दशा उनकी भिण्ड पहुँचकर हुई। इन्द्रा वहाँ कहीं नहीं मिली। सोचा गाँव लौटते रास्ते में या कचोंगरा पहुँचकर मिल जाएगी। क्या पता इधर से भी उसे कोई साधन मिल गया हो मोटरसाइकिल जैसा ही! पर, वह क्यों मिलती! वह लौटने के लिए गयी थी क्या! हाय! इसने गजब कर दिया! महा गजब! शहजाद सिंह गुड़-भरे हँसिया हो गये। शहजाद सिंह चोर की महरिया हो गये आज। कि चुपके-चुपके रोयें। आधी रात तक वे इसी सोच में डूबे रहे। भाई और बहन बिना बताये समझ गये थे उनकी विपत्ति। वे समझ गये कि वो सचमुच रक्तबीज का

रक्त पीनेवाली उनका भी सारा खून चूसकर रहेगी। यह तो साक्षात् डायन है! देखो, कैसी देवी के बाने में मिली थी?...और बहुत होशियार थे बुढ़ऊ शहजाद सिंह। सेकेण्ड वर्ल्डवार के एक्स सोल्जरमैन। बड़ा तमगा मिला था ना उन्हें। बड़ी ऊँची नाक थी ना उसकी। इलाके-भर में फैले थे उनकी बहादुरी के किस्से। वह बहादुरी जो उन्होंने इंग्लैण्ड में दिखायी थी। हिटलर की भेड़-बकरी सेना में नाहर की तरह कूद-कूदकर। हाय! आज जीते-जी मर गये बेचारे शहजाद सिंह।

फिर धीरे-धीरे हफ्तों बाद यह सुराग लगा कि इन्द्रा फूप में है कहीं। गाँव का एक कछवाहों का लड़का ब्रह्मा का साथी, श्यामसिंह भी गायब है। ये कछवाहे राजपूत ठाकुरों की ही एक खाँफ हैं। इनमें भी दो खाँफें हैं। राजस्थान में शेखावत और यहाँ राजावत। पर ये राजावत पहूँज, सिन्ध के कछारों में बसे होने के कारण कछवाहे कहलाने लगे...शहजाद सिंह का मन धीर नहीं धर रहा था। राजावत हों, चाहे शेखावत, आखिर हम भदौरिया लोग मान्य हैं इनके। यह बात अलग है कि इक्कीस पीढ़ियों के बाद भदौरियों की ब्याहत आपस में ही होने लगती है। पर भदौरियों की बहू कछवाहे ले उड़ें, यह कहाँ की नीति है। इससे तो उनका भी धर्म भ्रष्ट होता है। क्या अब वे भदौरियों को जीजा-फूफा नहीं बनाएँगे?

पर इन्द्रा को इन सारी बातों की क्या परवाह! वह तो फूप के एक खाली मकान में तीन-चार लौण्डों के साथ इकट्ठी रह रही थी। कोई उसके बालों की तारीफ के पुल बाँधता तो कोई गालों पर फूल खिलाने का बीड़ा उठाता। कोई उसे भिण्ड के बाजार से ही जयपुर की लहँगा-चुन्नी लाकर दे देता, तो कोई इटावा ले जाकर फिल्म दिखा लाता। फकत उसे चाहिए थी फ्री लाइफ। फ्री लव। फ्री एन्जॉय एण्ड फ्री इण्टरटेनमेण्ट! और खूब छककर रही थी वह दो-तीन महीने फूप में। जब लौण्डों के पैसे खत्म हो गये तो इन्द्रा शान से अपने पीहर नवादाबहादुरपुर चली गयी। वहाँ जाकर ब्रह्मा और शहजाद सिंह का खूब रोना रोया उसने। दादी उसकी हरकतों से वाकिफ थीं, पर वे चल बसी थीं बेचारी। भोली माँ बेटी की बातों में आ गयी और उसे ससम्मान पनाह दे दी घर में।

इधर शहजाद सिंह को ये सारी बातें पता लग चुकी थीं। हालाँकि क्रोध, दुःख, खीझ और पश्चात्ताप से भरे हुए थे वे। पर धैर्यपूर्वक उन्होंने सोचा कि अब उघाड़ने में क्या धरा है? ये जाँघ खोलें तो हम नंगे और वो जाँघ खोलें तो हम नंगे। नंगे अन्ततः वे ही होंगे। कपूत बेटा भाग गया कहीं। अब अगर नाक कटनी है तो उन्हीं की कटेगी। चारों तरफ हँसी-मसखरी मची है। बुढ़ापा बिगड़ गया उनका तो! इसलिए भलाई तो इसी में है कि वह अभी मायके में है, चुपचाप ले आयें और पोट-फुसलाकर यहीं रखने का एक जतन और कर लें। ज्यादा नहीं बिगड़ी है। जड़ से तो उस दिन कट जाएगी, जब वह बैठ जाएगी कहीं और...दूसरा घर कर लेगी!

सो सब आगा-पीछा सोच-समझकर उन्होंने तीन नदियाँ लाँघकर नवादाबहादुरपुर की राह पकड़ ली। कायली के मारे बेचारे शहजाद सिंह ने दिन लखना में समेटा और साँझ ढलने के बाद गाँव पहुँचे। चोरों की तरह जैसे, कोई भारी गुनाह किया हो उन्होंने। बाप तो अपनी ड्यूटी पर था। औरैया बदली हो आयी थी उसकी। ताऊ चन्द्रभान सिंह सेंगर मौके पर जरूर मिल गये। गो कि वे किसान आदमी ठहरे। कहाँ जाते! खेत पर जो मन्दिर बनवाया था, वहीं अपना स्थायी वास कर लिया था उन्होंने। मन्दिर में देवी माँ की मूर्ति पधरी थी। खिन्नमना शहजाद सिंह को इस बार देवी-दर्शन की भी इच्छा नहीं हुई। चन्द्रभान सिंह से दुःख-सुख बतियाते रहे और इस पेचीदा समस्या पर विचार करते रहे, कि इस बेलगाम घोड़ी को अब कैसे काबू में रखा जाए! समझाइश ही आखिरी हथियार है, भैया! हार गये दोनों पच-पचकर। और बेसुध सो गये गयी रात। अलस्सुबह ही माँ बेटी को ले आयी खेत-मन्दिर पर। इन्द्रा बेलौस और बेपरवाह मिली पहले ही की तरह। आग लग गयी शहजाद सिंह की सारी देह में। पर खुद पर काबू रख घिघियाते हुए से बोले, "हमतें भूल-चूक बनी होय, चाहिं ब्रह्मा से...हमने तुम्हाओ तप खण्डित कराओ, लेकिन ईसुर साक्षी है—हमाई जि मंशा नईं ती!" शहजाद सिंह पछताये। लगा इन्द्रा द्रवित हुई। फिर बोले, "पर बेटा, हमाई समझ में जि बात नईं आयी, कि कहाँ तो तुम इतनी भगतिन रहीं, साक्षात् भगवती बनके बैठ गयीं? और कहाँ ऐसे चरित्र फैलाये तुमने..." आगे कुछ कहते वे शर्मसार हो उठे थे। फिर थोड़ी देर बाद समझाइशी मुद्रा में बोले, "बेटा, अबे कछू नहीं बिगरो, अबे तो सुहाग राम मौज से भरो-पूरो है तुम्हाओ। ब्रह्मा आज नहीं तो कल्ल आयी ही जैहे।" और आगे गला रुँध गया। कि तनिक देर में ही अधेड़ शहजाद सिंह बच्चों की तरह फफक पड़े। उनकी खिचड़ी दाढ़ी उनके अपने ही आँसुओं से भीग उठी। वे हिचकियों के मध्य यह पूछना चाह रहे थे, वह कौन-सी कुण्ठा थी जिसने तुम्हारे भीतर ऐसी विकृति उपजा दी!—कि कहाँ तो आप देवी भगवती होकर अखण्ड तप में लीन हुई, आजन्म कौमार्य व्रत की ठान-ठाने रखे थीं! और कहाँ ये हश्र, कि पतिव्रत धर्म का पालन भी न कर सकी...

अब उन्हें कुछ भी कहना न सूझ रहा था। उन्हें लग रहा था कि बचपन की तरह एक बार फिर कुँआरी मैया में बाढ़ चढ़ बैठी है और वे बिना कन्दील के जल में हिलोरें लेते हुए प्राण गँवा रहे हैं। न कोई इस पार है उनका अपना और न उस पार। जीवन के अन्तिम क्षणों में कोई नहीं है पार लगैया, टेर सुनैया।

माँ शर्म से झुकी खड़ी थी, इन्द्रा की ओर और दोहरे हुए बैठे थे खटिया पर ताऊ चन्द्रभान सिंह सेंगर। वातावरण सचमुच बहुत बोझिल हो उठा था। घूँघट के भीतर माँ रोने लगी, "जनमतेई मरि जउतीं तो तनिकउ दुःख ना लागत। ईसुर ऐसी आस-औलाद से निपूती भली तीं। दोउ कुल बोर दीन्ह तुम तो रण्डो, दोउ

कुल बोर दीन्ह...!"

"अब छतिया पिटिहे का हुईहै गढ़हा वाली, का हुईहै!" ताऊ ने समझाया, "विधि-बिरमा ने जो करम आँक लिखे सोई होईहै। आहा! कैसो मोटल आदमी रहो शहजाद सिंह, ऊ की जिन्दगी खार कर दीन्ह ई बिटीना!"

वार्तालाप के इस सम्पूर्ण प्रसंग में इन्द्रा टस-से-मस न हुई। मानो वह कोई जीती-जागती मूर्ति हो, और इस प्रसंग से जैसे कोई सरोकार न हो उसका।...कि जैसे, उसे स्थितप्रज्ञ होने का वरदान प्राप्त रहा आया हो। जबकि यह समूचा धिक्कार ही उसके निमित्त था। जिन दिनों वह देवी बनी बैठी रही, उन दिनों भी ऐसे प्रसंग गाहे-ब-गाहे हो जाया करते थे। उन दो वर्षों में भी वह इसी तरह कतई निस्पृह और अविचल बनी रहती। तो कहा जा सकता है कि योगमार्गी इन्द्रा को ये सांसारिक हलचलें प्रभावित नहीं कर पाती थीं। अन्त में नाटक का पटापेक्ष करते हुए उसने अजीब-सी आवाज में समूची गम्भीरता के साथ बेलौस कहा, "आप मुझे ले जाने आये हैं, तो चलिए। अब यहाँ मैं एक पल नहीं गँवाना चाहती!"

माँ ने हाथ जोड़े, "धन्य हो माता!"

ताऊ ने उन्हें शान्त किया। शहजाद सिंह ने दुखित हृदय से विदा ली। और वे उसी दिन कचोंगरा वापस चले आये।

लोग कुछ-कुछ और बहुत-कुछ पूछना चाहते। शहजाद सिंह कतराकर निकल जाते। धीरे-धीरे उनकी राम-जुहार भी बन्द होती जा रही थी अपने ही गाँव के लोगों से। वे ज्यादा-से-ज्यादा समय कछार में गुजारते। जंगल से बोलते-बतियाते। रात में ब्यालू के लिए उस वक्त घर जाते, जब किसी से सामना न हो। दोपहर का कलेऊ बहन वहीं खेतों पर ले आती...सो कोई उनके मुख से यह राज न उगलवा पाया कि इसे कहाँ से ले आये वे! यह थी कहाँ! उसने क्या गुल खिलाये, क्या नहीं? और यह कि अब इसका करेंगे क्या, वे! हाँ, जाने क्यूँ उन्हें दहशत जरूर होती। इसलिए उन्होंने अपनी लायसेन्स शुदा बारह बोर की बन्दूक बाँधनी शुरू कर दी थी।

और ऐसे ही एक दिन साँझ ढले जब वे कछार से गाँव-घर लौट रहे थे तो राह में कछवाहों के ट्यूबवेल पर उन्हें कुछ आवारा लौण्डों ने घेर लिया और हँसी-ठिठोली कर उठे–

"चाचा, यह बन्दूक चिड़ीमार है कि आदमी मार?..."

"कक्कू, तुम लड़ाई में जमीन के नीचे गड्ढा खोदकर पड़े रहे कि बैरक में बन्द बने रहे?..."

और अचानक श्याम सिंह ने बन्दूक की नाल पकड़ ली, "बब्बा, देखें कितनी हल्की-भारी है, यह!"

वे फुर्ती से घूमे और कड़क स्वर में बोले, "हप्प! सावधान! लोडेड गन है,

मजाक नहीं!" लेकिन श्याम सिंह भी जिदिया गया। उसने नाल नहीं छोड़ी, "हम तो तौलेंगे!"

लगा कि छीना-झपटी होने लगी। दूसरे लौण्डों के हाथ भी लग गये थे गन में! और तब जाने किस क्षण लेत चढ़ावत खैंचत गाढ़े, काहू न लखा देख सब ठाढ़े की तर्ज पर घोड़ा दब गया। एक विस्फोट हुआ। धाँय की आवाज के साथ गोली श्याम सिंह की कनपटी में धँस गयी। सब अपने प्राण हाथों में लेकर भाग खड़े हुए। शहजाद सिंह के हाथों में सिर्फ बन्दूक थी और पैरों में श्याम सिंह की छटपटाती लाश। आँखों के आगे था कुँवारी का बीहड़। सोचने का वक्त ही नहीं मिला उन्हें। अब पीछे मुड़कर देखने से क्या फायदा! बस, उन्हीं पैरों जंगल में कूद गये शहजाद सिंह। इलाके में शोर मच गया। भय के मारे अच्छे-अच्छों की फूँक सरक गयी। सबको खबर हो गयी कि छीना-झपटी में, खेल-खेल में मरा है श्याम सिंह। उससे कोई दुश्मनी न थी शहजाद सिंह की। उनकी ऐसी कोई मंशा भी तो नहीं थी...

लेकिन अब तो गजब हो गया। फरार शहजाद सिंह और कृषक शहजाद सिंह में तो जमीन-आसमान का अन्तर है! इलाके का आदमी बागी हो जाए, वह भी ठाकुरों में से, तो किसकी खैर है, भला! रोज-ब-रोज दोहरी मार पड़ेगी, पुलिस की भी और गिरोह की भी। अभी तो अकेले हैं! गिरोह बनते क्या देर लगती है। जंगल में रहकर और करेंगे ही क्या वे? जंगल तो फल-फूलों को भी खूँखार जानवर बना देता है। क्रूर बना देता है। देवता को शैतान बना देता है। जंगल की प्रकृति ही ऐसी होती है...।

चारों ओर मोज्जज लोग पंच पंचायत कर उठे। श्याम सिंह के पिता और परिवार से बात की गयी। आगा-पीछा समझाया गया, कि अन्याय तुम्हारे लड़के का है। शहजाद सिंह तो ठहरे निरे गऊ आदमी। उनकी भला क्या दुश्मनी थी! अब भलाई इसी में है कि तुम इस अकाल मौत को भूल जाओ, और उन्हें हाजिर करवा लो। नहीं तो इलाके का अमन-चैन लुट जाएगा। विनोबा जी कितनी मुश्किल से दस्यु-मुक्त करा पाये हैं इस घाटी को! जरा-सी नासमझी में पीढ़ियों तक चलेगी दुश्मनी। कोई फायदा नहीं है इस रंजिश से। कुछ नहीं धरा है इस बेमतलब बदले की आग में।

सो मान गये श्याम सिंह के पिता और परिवार के लोग। बेटे की मौत ने रुलाया तो था उन्हें! पर वे इतने अन्धे न थे कि न्याय, अन्याय न देख सकें! और पंचों के सामने उन्होंने गंगाजली उठा ली, कि हाजिर कराओ आप लोग शहजाद सिंह को, हम बयान दे देंगे कि वे बेकसूर हैं...

उन दिनों बेचारे शहजाद सिंह मधूपुरा के बीहड़ में छिपे-छिपे फिर रहे थे। जंगल का सन्नाटा बोलता उनसे। नदी की लहरों में वे अपना हमशक्ल पा जाते

तो घण्टों बतियाते उससे। अपना दुःख-सुख कहते। जंगली वनस्पतियों के बीच अपने एकाकीपन और सजा के, पकड़े जाने के भय को दिन-रात बाँटते फिरते शहजाद सिंह! वह वज्र समय काटे न कटता। उनका एक-एक पल जैसे काटने को दौड़ता उन्हें। पहाड़-सा दिन जिसका कभी अन्त न होता दीखता। और एक जून खाने की खोज में कभी कछपुरा तक भटकते तो कभी डमरुआ तक। क्योंकि वहाँ पुलिस महीने-दो महीने तक आनेवाली नहीं थी। क्योंकि उधर यू. पी., इधर एम. पी. का रट्टा था। बीच में सड़क, नदी और पुल। इधर से दविश पड़े तो उधर कूद जाओ सिंडोस होकर। और उधर से पड़े तो बहर्राय का पुरा की तरफ घुस आओ एम. पी. में, बिना नदी लाँघे बस बीस-बाईस किलोमीटर के इस सुरिक्षत बीहड़ी एरिया में बने रहो जिन्दगी-भर। कौन बाल बाँका करता है! और यूँ तो जब तक वे गिरोह न बना लें और कोई तगड़ी वारदात न कर दें, एनकाउण्टर का खतरा ही नहीं। फिर भी यह गुमनामी और जिल्लत-भरी जिन्दगी जीना नहीं चाहते थे वे। बागी होकर जीने या जेल में सजा काटने की बजाय ससम्मान जहर खाकर मर जाना चाहते थे शहजाद सिंह।

पर उनकी मनःस्थति से उलट इन्द्रा हरदम यही सोचा करती कि बुढ़ऊ ने जान-बूझकर मारा है श्याम सिंह को। कि वे अपनी बेइज्जती की आग में अरसे से जल रहे थे और मौका पाते ही उन्होंने मार दिया उसे। अगर वह श्याम सिंह के साथ भागी थी, तो अपनी मरजी से। इसमें श्याम सिंह का क्या दोष था! कोई भले माफ कर दे, पर वह तो नहीं बख्शेगी अब उन्हें! मजे से उसके खास श्वसुर बने रहें। यह तो उसने पहले ही दिन बोल दिया था, मैं सिंहवाहिनी, महिषासुर मर्दिनी, मधु-कैटभ की संहारक, रक्तबीज का रक्त पिया है मैंने! मैं तुम्हारा भी रक्त पी जाऊँगी...और इसी कौल पर, इसी शर्त पर आयी थी वह अपनी मठिया छोड़कर। इस पापी दुनिया में अपनी आध्यात्मिक जिन्दगी को तिलांजलि देकर। उसे देवी से महज एक औरत बनवा दिया इस चाण्डाल ने। और यहाँ भी चैन से नहीं रहने दिया। उसकी साँसें तक गिरवीं रख लीं। इस नाशवान शरीर को पवित्रता का इतना ऊँचा दर्जा दे दिया, कि इस छद्म स्वर्णगृह में घुट-घुटकर मर जाए हर कोई। चिड़िया की तरह नोच लिये सारे पंख। छुड़ा दिया मुक्त गगन। डाल दिया सोने के पिंजड़े में। अब कुछ भी हो जाए, मैं इस पापी का वध करके मानूँगी। हा...हा...हा...! वह अकेले में पागलों की तरह हँसती।

और शहजाद सिंह सोचते कि जब बेटा-बहू ही न हुए अपने, तब कछार में धरती की छाती चीरकर हरी रोयेंदार फसल उगाने अब क्यों जाएँगे वे! अब कितना वक्त बचा है! अब क्या ये धरती-धन, अनाज-जेवर, ढोर-डंगर अपनी छाती पर धर ले जाएँगे वे! जब चिता के साथ ही जस-अपजस तक मिट जाता है, तब वे और क्या ले जा पाएँगे अपने साथ? बूढ़ी आँखों में अब कौन-सा सपना बचा है...कौन-सी

तृष्णा है, जो निःशेष नहीं हुई...?

लोगों की कार्रवाइयाँ रंग ला रही थीं। थाना देहात भिण्ड के प्रभारी से बात हो गयी थी और शहजाद सिंह को भी खोजकर विश्वास में ले लिया गया था, "हाजिर हो जाओ। सजा न होने देंगे। छुड़ा लेंगे आपको। सुख से रहो अपने गाँव-घर में।" तब सोच लिया था उन्होंने भी कि छूटने के बाद, घर-द्वार के झंझट से दूर कहीं हरिद्वार, ऋषिकेश की तरफ निकल जाएँगे। अनाम लोगों की भीड़ में। साधुओं की जमात में। और शेष जीवन वहीं पूरा कर लेंगे। बस, बहुत हुआ-बहुत हुआ स्वार्थ और परमार्थ। इस लोक का कोटा पूरा हुआ। परमिट खत्म। अब परलोक सुधारेंगे अपना।

कहते हैं वक्त जाते देर नहीं लगती। नियत तिथि पर, 22 सितम्बर को स्थानीय विधायक की मौजूदगी में थाना देहात भिण्ड में आखिर हाजिर हो ही गये शहजाद सिंह। पुलिस ने वायदे के मुताबिक सप्ताह भर में सिविल जजी में चालान पेश कर दिया। लेकिन भीतर-ही-भीतर कोई नासूर पल गया था, जिसकी कल्पना किसी ने नहीं की थी। पहले तो दरोगा भी सकते में आ गया। उसने अनायास 23 सितम्बर को थाने में घुस आयी इन्द्रा को सुनने के बाद समझा-बुझाकर वापस भेजना चाहा। लेकिन जब वह अड़ गयी कि मैं इस हत्या की चश्मदीद गवाह हूँ—'हाँ, मैं इन्द्रा पत्नी ब्रह्मा सिंह भदौरिया साकिन ग्राम कचोंगरा थाना देहात भिण्ड मौका-ए-वारदात पर मौजूद थी और मेरी आँखों के सामने मेरे श्वसुर शहजाद सिंह ने श्याम सिंह को गोली मार दी थी...और यह कि यदि आप गवाह की हैसियत से मेरा नाम केस डायरी में दर्ज नहीं करेंगे तो मैं अपना हलफिया बयान स्वयं जाकर डी. जे. भिण्ड को दे दूँगी...' तो दरोगा की रूह काँप गयी कि यह तो बड़ी दबंग औरत है। इसे टालना उसके बस की बात नहीं है। और उसने पुलिस डायरी में गवाहान की सूची में उसका नाम भी जोड़ लिया।

इस दुर्घटना की खबर श्वसुर शहजाद सिंह को तत्काल दे दी गयी। इन्द्रा इस हद तक उनकी मौत का सबब बन जाएगी, पहले कभी नहीं जान पाये थे वे। और अब कतई पस्त पड़ गये वे! उनकी आँखों में फाँसी का फन्दा उतरने लगा। वे सारी दुनिया से तो लड़ सकते हैं, जीत सकते हैं, दूसरे विश्वयुद्ध में मित्र-राष्ट्रों को जिताने में उन जैसे बहादुर सैनिकों की ही मुख्य भूमिका रही थी, कि उन जैसे वीर सपूतों की बदौलत ही धरती से उस दैत्य का नाश सम्भव हुआ, जिसने करोड़ों मनुष्यों का रक्त पी डाला था। किन्तु वे इस रक्तपायी देवी से कैसे बचें? इन्द्रा उनके प्राण हरने ही इस धरा पर अवतरित हुई है। जिन्दगी में पहली बार उन्हें अपने होने पर ग्लानि हुई। उनकी आँखों में नींद का एक छींटा नहीं रहा।

उनके पैरोकारों ने बचावपक्ष में फौजदारी का एक अच्छा-सा वकील कर लिया

था। जिससे चालान पेश होने के साथ ही उन्हें जमानत पर छुड़ा लिया गया। लेकिन अब कचोंगरा के उस पुश्तैनी घर में इन्द्रा और वे एक साथ कैसे रह सकते थे? जबकि इन्द्रा तो तुल गयी थी कि वह ब्याह कर आयी है भगाकर नहीं लायी गयी इस घर में। देखें, कौन छुड़वाता है उसकी देहरी! उसने तो जैसे एक महा विकराल रूप ही धर लिया था। यह रूप द्रौपदी का था, या शूर्पणखा, ताडिका का, कहा नहीं जा सकता! शहजाद सिंह बाराकलाँ में अपने फुफेरे भाई वीरेन्द्र सिंह के यहाँ ठहर गये। जगहँसाई सुन-सुन कर उनके कान पक गये थे, इसलिए वे बहरे पड़ गये थे मानों। और एक हद तक शहजाद सिंह जैसे मर भी गये हों! यन्त्रवत् चलते-फिरते, खाते-पीते, हाँ-हूँ करते, बुत बने उकड़ूँ बैठे रहते। या फिर पलंग पर मरे-से पड़े रहते। न दाढ़ी बनवाते, न नियम से नहाते-धोते। हाँ, कभी-कभार अकेले में किसी अदृश्य से जरूर बतियाते मिल जाते। औरतें और बच्चे और बड़े तक उनकी दशा पर अक्सर सोचते, ''डुकरा सिर्री कर दओ जा चण्डिका ने। केसो हुश्यार, केसो नामवर आदमी हतो! अरे राम-राम! च्च-च्च!''

दो-तीन महीने के भीतर सारे गवाहों के बयान सिमट गये थे। अब सिर्फ इन्द्रा के बयान की तारीख लगी थी 18 दिसम्बर। हर तारीख पर उन्हें कटघरे में ले जाकर खड़ा कर दिया जाता। उस बार भी यही हुआ कि वे अपराधी थे। अपराधियों की भाँति कटघरे में खड़े थे। इन्द्रा आयी उल्टे पल्ले की साड़ी में। नख से शिख तक सजी-धजी। बड़ी-बड़ी पलकें। गोल-चमकदार आँखें। सुन्दर ललाट, जिस पर माँग को स्पर्श करती सिन्दूर की गहरी टिपकी। भौंहों के बीच काली बिन्दी। कानों में झूलते वजनी मेटल के बुन्दे, होठों पर हल्की लाली और नाक में डायमण्ड की लौंग। अच्छी हाइट।

फिर बहुत देर तक ताक नहीं पाये शहजाद सिंह। जैसे इस रूप में पहली बार देखा हो उसे और आँखें चौंधिया गयी हों उनकी। सिकुड़े-से खड़े रहे कटघरे में। जज ने आते ही पूछा था, ''आपका नाम?''

''इन्द्रा।'' एक रोबदार आवाज पूरे हाल में गूँज उठी—इन्द्राऽऽ इन्द्राऽऽ!

''अच्छा है!'' जज हँसा, ''एक इन्द्रा आप भी हैं!'' उसने तत्कालीन प्राइममिनिस्टर की तस्वीर से रुख मिलाकर कहा, ''बैठ जाइए...'' और रीडर से बोला, ''बाबूजी, कुर्सी डलवाइए इन्द्रा जी के लिए।''

करीब खड़ा चपरासी जैसे पंख लगाकर उड़ा। और डायस के बगल में एक काली कुर्सी नमूदार हो गयी, जिस पर बेझिझक तनकर बैठ गयी इन्द्रा, ''पूछिए!''

''पूछिए वकील साहब,'' जज ने दोहराया।

बचाव पक्ष का वकील बोला, ''आपने पुलिस को बयान दिया है कि आप मौका-ए-वारदात पर मौजूद थीं! तो आप उस वक्त इतनी रात गये गाँव बाहर क्या करने गयी थीं मोहतरिमा?''

"टट्टी फिरने।" उसने तपाक से कहा।

"क्या वक्त रहा होगा?"

"ठीक आठ बजे थे।"

"आप कलाई घड़ी पहनकर फरागत के लिए जाती हैं?" वकील ने व्यंग्य कसा।

"जी नहीं, घड़ी मृतक की कलाई पर बँधी थी। मेरे हाथ में तो सिर्फ टॉर्च और पानी का खाली लोटा था। उसी टॉर्च की रोशनी में मैंने अपने श्वसुर को श्याम सिंह पर गोली दागते और बन्दूक समेत भागते देखा था।" इन्द्रा ने बुलन्द स्वर में कहा।

अब पूछने को और क्या रह गया था! वे लोग इजलास से बाहर आ गये। अब तो यूँ भी कुछ ज्यादा न बचा था इस केस में। सिर्फ औपचारिक तारीखें थीं। बहस और फैसले की। फैसला! जो सुना दिया इन्द्रा ने आज ही...शहजाद सिंह व्यग्र हो उठे...

"मुझे उससे मिलवा दो...! मुझे उससे मिलवा दो!"

गैलरी में उनकी हथकड़ी थामे सिपाही ने आगे जाती इन्द्रा को आवाज देकर रोक लिया। शहजाद सिंह किसी मासूम बच्चे की भाँति हिलककर रो पड़े, "बता! बोल, बता! क्या कसूर है मेरा...इतना तो बता...?"

और तब पूरी तरह प्रकृतिस्थ इन्द्रा उन्हें अपलक ताकती हुई गम्भीर स्वर में बोली, "किसी पुरुष-वध का दण्ड नहीं है यह! यह तो स्त्री जाति की जातीय जिन्दगी को तुम पुरुषों द्वारा नचाये जाने की सजा है!"

और इतना कहकर, एकदम मुड़कर, सीधे तनकर ऐसे चली गयी, जैसे कोई अधिष्ठात्री हो! शहजाद सिंह पिटे-से खड़े रह गये जहाँ के तहाँ!

मर्द

अक्षरशः याद नहीं है उसे। गोकि माँ ने गीतों-भरी कहानी सुनायी थी, बचपन में। जब चाकी चलाती, तारों की छाँव में, कुनमुनाकर वह भी उठ जाता। और जाकर गोदी में लेट रहता। चाकी के संगीत में माँ का गीत निनादित होता रहता कानों में। मस्तिष्क में आज भी गूँजती हैं वे स्वर-लहरियाँ। पर अक्षरशः याद नहीं रहीं वे गीतों भरी कहानियाँ...ढेर सारी तो भूल ही गया है! पर यह तो जीवन में ही घट गयी है! इसे कैसे भूले?

नदी के तीर पर बसा था गाँव। ऊँचे-नीचे टीलों पर बेतरतीब-से घर। इस ओर नदी और उस ओर खेत। खेत-ही-खेत। गाँव-भर की खेती। और नदी बरसात में चढ़ती, गाँव से आ लगती और सर्दियों में उतर जाती! गोया सिकुड़ जाती और गर्मियों में सूखने लगती।...माँ की कहानी इसी नदी के बारे में थी।

वह कहा करती थी कि नदी पहले एक अल्हड़ किशोरी हुआ करती थी। माँ-बाप, भाई-बहनों की खूब लाड़-लड़ैती। मोहल्ले-पड़ोस की नारदमुनि और गाँव-भर की शोभा...उसकी भोली हँसी, चटपटी बातें और सुहावने अन्याय सब भुलाये रखते! घर-पड़ोस में आये-गये मेहमान उसे आसानी से न भुला पाते।

जीवन की मस्ती से भरपूर ऐसे साफ दिल की कुँआरी लड़की पर एक रोज़ किसी पापी की नज़र पड़ गयी। और उसने उसे जैसे छुआ, वह भागकर कुएँ में जा गिरी। भैया ने बहुत बाँह पकड़ी, पर वह कामयाब न हुआ। कोई रस्सी-काँटा डालता और कोई कूदता कुएँ में—इससे पहले ही कुएँ से पानी अरअरा कर बहने लगा। देखते-देखते उस बहते पानी की धारा नदी बन गयी। नाम पड़ गया क्वाँरी नदी!

नदी आज भी बह रही है। माँ की कहानी कभी खत्म नहीं होगी...वह एक गहरी साँस भरकर रह गया।

गाँव में लोध राजपूतों के अस्सी घर थे। एक तरह से उन्हीं की ज़मींदारी थी। दो घर पण्डितों के, दस जाटवों के, एक घर लाला (कायस्थ), चार घर तेली, एक-एक घर धोबी, धानुक, कुम्हार, मेहतर, कोरी, बनिया और मुसलमान थे।

कुल मिलाकर एक सौ चार घरोंवाले कस्बे में लोध राजपूतों का बोलबाला था। सारा गाँव उसी जाति की छत्रछाया में पल-पुस रहा था।

इनमें से पढ़े-लिखे लोध राजपूत अपने-आपको नरवरिया लिख उठे थे। लाला–श्रीवास्तव, पण्डित–दीक्षित, तेली–राठौर, धोबी और कुम्हार–वर्मा, धानुक–रीतौरिया और कोरी शाक्य हो गये। मेहतर अभी भी मेहतर ही था और जाटवों ने एक सामूहिक उपनाम ले लिया था–सिंह! यानी, वे लखना से लाखन सिंह, खचोरा से खचेरे सिंह, टुण्डा से टुण्डे सिंह और जीवरमा धरमपला से जीवाराम सिंह और धरमपाल सिंह आदि बन गये थे। जबकि बनिये को जैन होने के बजाय बनिया रहने में ज्यादा सुविधा थी। मुसलमान तो यों भी ह्येय था, वह कुछ भी बनकर वही बना रहता!

भाईचारे, आपसी प्रेम-व्यवहार और एकजुटता के अलावा गाँव में एक विशेषता यह भी थी कि बिना किसी सिद्धान्त-सिस्टम के यहाँ सहकारिता लागू थी। व्यक्ति जब अपने साधनों के बल पर जीवन-यापन नहीं कर पाता तब वह अनायास सहकारी हो जाता है। क्योंकि–थोड़ी-बहुत, थोड़ी-बहुत खेती सब पर थी। लेकिन कृषि औजार और पशुओं–खासकर बैलों का अभाव था, सब पर जोड़ियाँ नहीं थीं। मगर राँभा करने की पद्धति प्रचलित थी। यहीं नहीं, किसी-किसी घर के इकलौते कमाऊ बीमार पड़ जाते या रिश्ते-नाते में चले जाते और बुवाई, कटाई, जुताई, पलेवा-पानी का कठिन समय आ पड़ता तो दूसरे मदद कर देते। फसल न बिगड़ने देते।

ऐसी प्रथा गाँव को एक कृषक-संगठन परिवार में बाँधे हुए थी। बिरादरी रोटी-बेटी के लिए थी, कृषि-व्यवसाय के लिए तो सब एक ही जाति-गोत्र के थे।

तब यह भान ही नहीं हुआ कि वह कोरी, यानी कि शाक्य है। और जिस अल्हड़ किशोरी भलुआ यानी भालू के साथ हिल-मिल गया है, वह नरवरिया यानी, एक शुद्ध लोध राजपूत की बेटी है! माना कि यह जाति भी अब पिछड़ों में शुमार कर ली गयी है और कोरी होने के कारण वह भले अनुसूचित जाति में शामिल हो गया हो, पर चमार-मेहतर तो नहीं हुआ! जातियाँ अपनी जगह हैं–राजनीतिक बँटवारा अपनी जगह! न तो सभी सवर्ण एक हो सकेंगे अभी और न सभी दलित रोटी-बेटी के सम्बन्ध आपस में जोड़ सकेंगे। इस तरह...यह खाई तो रहेगी। यह बँटवारा भले अप्राकृतिक हो, मनुष्य की शरीर-संरचना में न हो, पर ज़ेहन में, आदत में है, उसके अहंकार में है। इस पर माथा-पच्ची बेकार है।

इस व्यवस्था को प्राकृतिक, ईश्वर-प्रदत्त और अपरिवर्तनीय मानकर जो चल रहे हैं, वे सौ फीसदी हैं। कभी-कभी कोई तिलंगा दीखता जरूर है क्षण-मात्र के

लिए तो वहम पड़ जाता है कि एक-दो फीसदी से बढ़कर एक दिन निन्नानबे फीसदी हो जाएँगे परिवर्तनकामी, जो जाति-प्रथा को धरती से समूल नष्ट कर देंगे। पर वह वहम ही तो है! एक ख्वाब-भर। महज एक ख्याल...यह प्रथा तो सभ्यता की कहानी की आधारशिला है। वह सभ्यता जिसने मनुष्य को दूसरे जीवों से श्रेष्ठ बनाया। धरती का स्वामी, राजा और भगवान बनाया। भला जिस डाल पर वह बैठा है, उसे काट पाएगा? कभी नहीं। वह अच्छी-अच्छी बातें जरूर बनाएगा–अहिंसा की, समानता की, अपरिग्रह की...पर मात्र जेहनी सुकून के लिए। इसलिए अपनी ही आग से जो तिलंगे बनते हैं–वे स्वतः बुझ जाते हैं, उसी एक सौ फीसदी में शामिल होने के लिए।

रमेशा यह सब नहीं जानता था। प्रकृति के स्वाभाविक गुणों की बदौलत वह और भलुआ विपरीत लिंगी होने के कारण बचपन से ही एक-दूसरे के आकर्षण में बँध गये थे। एक टीले पर भलुआ का घर था–पक्की हवेली। और दूसरे टीले पर रमेशा का घर था–छप्पर के पीछे कच्ची कोठरियाँ। बीच में खार था। बरसात में कुछेक घण्टों के लिए वह तेजी से चढ़ आता। अगर उस पर पुल बनाया जा सकता तो हवेली और छप्पर को मिलाया जा सकता था। दोनों मासूम दिल यह चाहते थे। पर दुनिया किसी मासूमियत से नहीं चलती।

भलुआ दिखने में तो आकर्षक थी ही, उसकी बातें भी बेहद दिलचस्प थीं। और यों तो सभी के लिए उसका व्यक्तित्व सम्मोहक था, पर रमेशा तो उसके आगे अधिकांशतः बेसुध हो जाता। इसका पता रमेश की माँ को तब लगा जब एक बार उसकी आँखों के आगे ही बेसुध-से खड़े रमेश का चेहरा भालू ने अपने नाखून की धार से चीर दिया, खून टपक उठा और रमेश ने उफ् न की। सिर्फ दर्द से चेहरे को बिगाड़ा थोड़ा-बहुत, 'हद है–यह लड़का!'

"तड़ाकऽ!" माँ ने एक तमाचा उसी को जड़ दिया।

"कैसा खड़ा-खड़ा नुचवा रहा है!"

"क्यों री भलुआऽऽ," माँ ने डायन-सा मुँह फाड़कर आँखें निकालीं।

"क्या अन्याय किया था इसने, जो तूने मोंह नोच लिया ऽ!"

लड़की सहमकर भाग खड़ी हुई। सिर के दो फूल लुढ़कते हुए-से दिखे खार की गहराई में...फिर टीले की ऊँचाई पर उड़ चले गोया!

"कुछ तो किया है तूने अन्यायी..." बुदबुदा कर माँ ने रमेश पर दाँत पीसे। पर राज उन मासूमों के सीने में दफन होकर रह गया। माँ झींक-झाँककर शान्त हो गयी।

घरों की तरह खेत भी अगल-बगल में ही थे, सुखलाल और अमरसिंह के। एक कोरी, दूसरा लोधी! जाति-पाँति का कोई खास विचार नहीं बनता था दोनों में। दोनों के घर से कलेवा आता और कुएँ की जगत पर बैठकर एक साथ

कर लेते। छाछ-गुड़-अचार में क्या छूत...आदान-प्रदान हो जाता। रोटियाँ बाजरे की हों या गेहूँ-ज्वार की, दोनों अपनी-अपनी पोटली से ही खाते। पर भालू और रमेश में यह भेद भी मिट जाता। वे रोटियाँ भी एक-दूसरे से छीन-झपटकर खा लेते। सुखलाल और अमरसिंह उनकी मासूमियत पर आत्मविभोर हो 'हो-हो' कर हँसते। बरस बीतते जाते...

यह गाँव कम-से-कम दो हजार साल पुराना तो होगा ही! क्योंकि नदी किनारे बसे गाँव प्राचीन युग की देन हैं। न सही महाभारतकालीन अवशेष, पर गाँव की सभ्यता-संस्कृति और सामन्ती प्रथा तो प्राचीन है! औरंगजेब के जमाने में हुए मूर्ति-ध्वंस मौजूद हैं। अति प्राचीन जैन मन्दिर और पृथ्वीराज युगीन वनखण्डेश्वर महादेव मन्दिर मौजूद है। और सबसे बड़े प्रमाण हैं यहाँ की लोककथाएँ, लोककलाएँ और लोकगीत जो यह बताते हैं कि यहाँ के रहवासियों की जड़ें प्राचीनतम हैं।

गाँव की इस जीवन-शैली में हालाँकि राजसत्ता परिवर्तन के साथ कुछ बदलाव समय-समय पर हुए अवश्य हैं। पर जितना द्रुतगामी परिवर्तन आजादी के उपरान्त हुआ है, उतना तो कुल मिलाकर पिछले हजार-दो हजार साल के सत्ता-परिवर्तनों में भी नहीं हुआ। गो कि आजादी के बाद इस गाँव की राजसत्ता में भागीदारी हुई है। और जब गाँव के लोगों की पहुँच मन्त्रियों तक होती है तो वे अपना रुतबा सबसे पहले अपने ही लोगों पर झाड़ते हैं। इसलिए गाँव अब वैमनस्य का अजायब घर-सा बन गया है।

पर भोली भलुआ और नादान रमेशा का इन बातों से कोई सरोकार नहीं रहा ...वे आँख खुलते ही खार उतरकर नदी-किनारे टहल जाते। ओस में लथपथ धूल और ओस में लथपथ दूब उनके पदाघात से धन्य हो उठती। चिड़ियाँ उन्हें देख-देखकर गातीं और भौंरे उनके सिरों पर मँडराते फिरते। तितलियाँ मुख चूम लेतीं...यहाँ तक कि नदी की धार उन्हें देखने के लिए सहसा ठिठक जाती...

वे क्षितिज के छोर पर उगे सूरज का गाजर-सा रंग देखकर उछलते-कूदते। फिर वह टमाटर-सा लाल हो आता तो भालू दौड़ती उसकी ओर। तभी रमेशा झूठमूठ उसे झपटकर खा जाता। वह रूठकर चक्कर खाती और गिर पड़ती। और वह मनाता, "कि लो! नहीं खाया—वो रहा तुम्हारा टमाटर..." और उसकी उँगली की सीध में भलुआ फिर दौड़ पड़ती।...

वे भी क्या दिन थे! रमेश ने आह भरी। सोचने लगा—प्रेम में जब तक वासना का रंग नहीं घुलता तभी तक पारदर्शी रह पाता है। फिर तो धुँधला जाता है यह शीशा भी।

गो देश की मुख्य धारा में शामिल होकर शुरू-शुरू में गाँव के बहुत मुलायम रोयें वाले पंख निकले थे। अपना प्रधानमन्त्री, अपना मुख्यमन्त्री, अपने

विधायक-सांसद के अपनत्व और हुमक ने बड़ी कोमल-भावुक उड़ानें दी थीं उसे। पर बरसों के अनुभव में जब किसी ख़्वाब ने हक़ीक़त का चोला नहीं पहना, सपने बदरंग होने लगे। और जनता का राज्य, जनता के द्वारा, जनता के लिए की जगह अपराधियों का राज्य, अपराधियों के द्वारा, अपराधियों के लिए रह गया तो भले आदमियों ने उसकी ओर से अपना मुँह फेर लिया।

लेकिन कोई भी सरकार, खासकर लोकतन्त्रात्मक, जनता की यह बेरुखी ज्यादा बर्दाश्त भी तो नहीं कर सकती। फलतः बाद के दिनों में इस प्रणाली को लोकप्रिय बनाने की गरज से 'गाँव का शासन, गाँव के द्वारा, गाँव के लिए' का नारा बुलन्द किया जाने लगा। देखते-देखते अपने ही लोग इस संग्राम में ढाल-तलवार सहित कवच-कुण्डल धारण कर कूद पड़े। वह बीसवीं सदी का आखिरी दशक था। देखते-देखते गाँव दो प्रतिद्वन्द्वी गुटों में बँट गया। मैदान में महेन्द्र सिंह और फूलसिंह दो लोध राजपूत आमने-सामने थे। और मजा यह कि दोनों एक ही राष्ट्रीय राजनीतिक दल के सक्रिय सदस्य। दोनों एक ही विधायक और सांसद के चेले ...कहते हैं—यही तो राजनीति है! जो जीत जाएगा, सो हमारा, और हार जाएगा वह भी हमारा। जीते से शासन-प्रशासन चलवाएँगे और हारे से उसी शासन-प्रशासन का विरोध करवाएँगे। धूल ही झोंकनी है जन-समुदाय की आँखों में तो दोनों हाथ झोकेंगे!

भारतीय लोकतन्त्र के चुनावी हथकण्डे महेन्द्रसिंह ने बखूबी अपना लिये थे। महेन्द्रसिंह—ठेठ गाँव का आदमी! धोती-कुरते वाला! पर क्लीन-शेव्ड! अब आँखें सिकोड़ के और होठ चौड़ाकर तिरछी मुस्कान सीख गया था। उसने जमकर कम्बल बाँटे। शराब की बोतलें और रुपये भी...

इधर फूलसिंह भी पुराना खिलाड़ी था। वह पहले भी सरपंच रह चुका था। पर इस बार लालच कुछ ज्यादा था। यह मौका वह भी हाथ से जाने नहीं देना चाहता था। उसने यूथ का सहारा लिया। गाँव का यूथ नवयुवक ही होता है, खासकर किशोरवर्ग...क्योंकि 18-20 के होते-होते तो फेरे पड़ जाते हैं और हर युवा नमक-तेल-लकड़ी के फेर में फँस जाता है। इसलिए फूलसिंह ने किशोरों का सहारा पकड़ लिया। उसी दल से प्रचार-प्रसार, उसी को कट्टे (देशी पिस्तौलें) मुहैया करा दिये। सिगरेटों के पैकेट और शराब की बोतलों की तो कमी क्या थी...

इस तरह एक पुराने कस्बे में जमकर दहशत-सी फैल गयी थी इस बार!

फूलसिंह का मकान पहले से ही शहर में था। और जल्दी-जल्दी में प्लॉट लेकर महेन्द्रसिंह ने भी दो कमरों का एक घर शहर में भी बनवा लिया। वोटिंग में आर-पार की लड़ाई जो होनी थी!

भालू को इन बातों से कोई मतलब नहीं था। वह मतदान तिथि तक से

अनभिज्ञ थी। शायद इस कारण भी कि अभी वह वयस्क न थी और उसे अभी मताधिकार प्राप्त न था। पर कानूनन भले नाबालिग हो भलुआ, प्रेम-मोहब्बत में पड़कर काफी समझदार और चिन्तनशील हो गयी थी। उम्र की दृष्टि से भी वह सत्रहवें में लग चुकी थी...अब थोड़ा जमाना बदल गया है, नहीं पहले तो इस उम्र की लड़कियाँ घर-वर की हो चुकी होती थीं। गाँव में नौ-दस साल की लड़की हुई नहीं कि चिमगोइयाँ चल उठीं—"फलाने की लड़की सयानी हो गयी! करो इन्तजाम..." और इसी सामूहिक चिन्ता के चलते लड़कियाँ तेरह-चौदह तक बमुश्किल घिसट पातीं।

उधर रमेशा भी सत्रह-अठारह साल का चोखा खैला (बछड़ा) दिख उठा था। उसका शरीर पतला जरूर था पर तन्दुरुस्त था। रंग ताँबिया और मसें भीग उठी थीं...सो भलुआ के जेहन में उसका नवकिशोर सुन्दर मुख सदा छाया ही रहता! मन की आँखों से वह चेहरा क्षण-भर को न टलता। वह बेहद क्लेश में जीती, क्योंकि घर में उसके ब्याह-सगाई की बातें उठ रही थीं। किसी को कानोंकान खबर न थी कि उनमें मुहब्बत है, इसलिए मिलने-जुलने पर कोई पाबन्दी न थी। किन्तु भालू रमेशा का सामना करने से अब कतराती थी, क्योंकि रमेशा की आँखों में हर वक्त अब एक आमन्त्रण होता था। तोप के मुख में पलीता धर देने का आमन्त्रण! वह भरसक नजरें चुराने की कोशिश करती और भरसक छुपती-छुपाती रहती। पर इस कोशिश में उसे भारी अकुलाहट झेलनी पड़ रही थी। उसका मन सदा घबराया-सा रहता। आँखें भयातुर बनी रहतीं। दिल में धक्-धक् मची रहती। वह बार-बार सोचती कि उसने अपनी मौत को खुद बुलाया है। उसने रमेशा को दिल देकर अच्छा नहीं किया।

रमेशा की हालत ऐसी नहीं थी। वह लगभग मजे में था। उसके भीतर कोई द्वन्द्व न था। वह भलुआ को लेकर कहीं भाग जाने का प्लान बनाये बैठा था, "चलो दिलदार चलो, चाँद के पार चलो..." वह अक्सर गुनगुनाया करता।

उसने एक-दो बार यही बात कागज के पुर्जे पर लिखकर भी दी थी भालू को! पर उसकी रज़ामन्दी नहीं मिली थी। रमेशा सोचता कि वह अपने चाचा से डरती है...हरीसिंह से डरता तो रमेशा भी था, क्योंकि हरीसिंह की नुकीली मूँछ और सुर्ख आँख वह निष्ठुर तलवार थी, जिस पर फूल की पंखुड़ियों से भी नाजुक तितली के परों-सी मुहब्बत का झण्डा गड़ना कतई नामुमकिन था। उनका लहू एक 'वार' में बह जाना था। बल्कि कतरा-कतरा तलवार की धार से चिपक जाना था। कोई जान पाता, कोई नहीं।

साल-छह महीना हुआ। जब से रमेशा जेब में निरोध रखकर घूमने लगा है, भलुआ ने नदी-किनारे जाना छोड़ दिया है। एक मुठभेड़ के बाद उसकी रूह-सी काँपने लगी है। उस शाम...सब ओर सुरमई उजाला फैला था। दिन-भर की तपन

को नदी और नदी-किनारे की हरियाली अपनी ठण्डी फुहार से बुझाने में जुटी थी। हवा को माध्यम बना लिया था उन्होंने। सूरज पूरी तरह डूबा नहीं था और दूसरे छोर पर शीतल चाँद उग आया था। वातावरण में जैसे जादू भर उठा था। तभी अकस्मात् भालू को रमेशा ने अपने सीने से चपेट लिया। एक विस्फोट-सा हुआ और सारी देह झनझना गयी उसकी। डर के मारे साँस धौंकनी हो गयी। आँखें भयभीत हिरणी की तरह काँप उठीं। वह धक्का-मुक्की कर उठी। चेहरे का रंग पीला पड़ गया। प्यार का सारा नशा उतर गया।

रमेशा ने छोड़ दिया उसे। आहत स्वर में पूछा, "मैं तुम्हारे लायक नहीं क्या?"

उसने कोई उत्तर नहीं दिया। जड़ हो रही।

धीरे-धीरे रमेशा ने फुसलाया, "प्यार में छोटा-बड़ा नहीं होता..."

वह फिर भी मौन रही। रमेशा ने हाथ पकड़ लिया, "एक बार..." उसका स्वर टूट रहा था, "सिरफ एक बार..."

"एक बार में ही सरबनाश है जागो!" उसने कातर स्वर में कहा।

विवशता उसकी आँखों में, चेहरे और ज़ुबान पर भी थी।

रमेशा दिल मसोसकर रह गया...और मरे हुए-से वे लोग घर लौट आये।

बस, तभी से वह जेब में निरोध डालकर घूमने लगा है। उसने सुना है—इससे किसी तरह का कोई नाश नहीं होता। सर्वनाश का तो प्रश्न ही नहीं उठता। यह बात उसने भलुआ को इशारे में समझा दी है।

लेकिन भालू जानती है कि स्त्री का शीलभंग तो पहले संसर्ग में हो जाता है। जो कौमार्य है, वही तो शील है...बल्कि पर-पुरुष का सम्पर्क तो ब्याहता का भी शील और सतीत्व भंग कर देता है।

वह दिशा-मैदान के लिए भी अब नदी-किनारे जाने से डरने लगी है।

जिस रमेशा के साथ वह बीहड़ों में भी निडर घूमा करती थी, उस अल्पायु में जब बच्चे भूत-प्रेत तक से डरते हैं! वही रमेशा अब उसके डर का कारण बन गया है...कि जिस प्यार ने उसे निर्भय किया था, उल्लसित और आनन्दित किया था, वही प्यार आज डरा रहा है! निराश और दुखी बना रहा है। आज इसी रमेशा की बदौलत वह हर वक्त क्लेश में ओर-छोर डूबी रहती है।

रमेशा ने गाँव के स्कूल से हाईस्कूल करने के बाद शहर के इण्टर कॉलेज में दाखिला ले लिया है। सुखलाल ने उसे नयी साइकिल कसवा दी है। सहपाठी उसे रमेशा शाक्य के नाम से जानते हैं। वह एक रफ कॉपी साइकिल के कैरियर में दबाकर अलस्सुबह शहर के लिए निकल जाता है। साढ़े नौ बजे रेसिस में पोटली खोलकर अचार-पराँठे खाता है और घण्टे-दो घण्टे और पढ़कर तथा मटरगश्ती करके गाँव लौट आता है।

जेब खर्च के लिए सुखलाल कभी-कभार पाँच-दस का नोट दे देता है तो वह लगे हाथ मैटिनी शो सिनेमा भी देख लेता है। मैटिनी शो में—ज्यादातर नौ बजेवाले मार्निंग शो में सेक्स फिल्में चलायी जाती हैं। और जिस दिन भी रमेशा यह फिल्म देखकर आता है, चारपाई पर पड़कर भालू की कल्पना करता है।

रमेशा अपनी निकर अब माँ को धोने के लिए नहीं छोड़ता। बेचारी माँ सोचती है, रमेशा अब बड़ा हो गया है। उसे अपने कपड़े मुझसे धुलवाने में लाज लगने लगी है!

हरीसिंह और अमरसिंह दो सगे भाई हैं। हरीसिंह के पास लायसेंसी एनपीबोर (बन्दूक) है। और वह ट्यबवेल पर ही सोता है। घर में चूल्हा अलग-अलग जलता है, पर खेती नहीं बँटी है। दोनों भाई मिलकर काश्त करते हैं।

इन दिनों हरीसिंह से महेन्द्रसिह की अच्छी साँठ-गाँठ है। वैसे भी महेन्द्र की मौसेरी बहन हरीसिंह को ब्याही थी। इसलिए रिश्ता भी था और गाँव नाते भाईबन्दी भी। और सबसे बड़ी भाईबन्दी यह कि दोनों के पास बन्दूकें हैं और दोनों दारू-मीट पीने-खाने वाले हैं। अक्सर हरीसिंह के ट्यबवेल पर ही पार्टी जमती। महेन्द्र बोतल-बकरे या बोतल-मुर्गे का इन्तजाम कर देता। हरीसिंह गोश्त पकाने में बड़ा माहिर था। उसके हाथ के टिक्कर तो और भी स्वादिष्ट होते। घर का घी था। फ्री की दारू। चुनावी माहौल ने महेन्द्र का हाथ भी खूब खोल दिया था। न जाने कहाँ-कहाँ के गुर्गे इकट्ठे हो गये थे। ट्यूबवेल पर अक्सर धुआँ हुआ करता। अमरसिंह जानकर भी अनजान बना रहता। चूँकि इस जमावड़े में कोई प्रत्यक्ष हानि नहीं थी, इसलिए वह परवाह न करता। अपनी खेतीबाड़ी में लगा रहता।

उस चुनावी समर में महेन्द्रसिंह ने जो गोटियाँ फिट की थीं, उनमें एक फड़ सुखलाल पर भी रख दिया गया था। हालाँकि सुखलाल पहले से फूलसिंह का आदमी था। कहने को फूलसिंह भी लोध राजपूत है। पर जरा खुले विचार का है। पहले से ही राजनीति में और एक धर्मनिरपेक्ष राष्ट्रीय दल का मेम्बर होने के कारण चमार-कोरियों में सरेआम उठता-बैठता है। उनके यहाँ शादी-बोहार में आवाजाही उसके तईं राजनीतिक आचरण था। बिरादरी के लोग इसका विलग न मानते।

पर इस बार अमरसिंह को मोहरा बनाकर महेन्द्रसिंह के गुर्गे हरीसिंह ने सुखलाल को फोड़ लिया था। कोई डेढ़ हजार रुपयों के लालच में सुखलाल ने हामी भर ली। हालाँकि उसे खुद खाद-बीज के लिए रुपयों की सख्त जरूरत थी। और भविष्य में इन्द्रा आवास से लोन भी चाहिए था...चूँकि जीत महेन्द्र ही रहा था इस बार, ऐसा लग रहा था, इसलिए फिसल गया सुखलाल। कुल दो ही वोट तो थे उसकी गाँठ में। कई बार फूलसिंह को दिये। एक बार महेन्द्र

को दे देगा, तो क्या बादल फट जाएगा। फिर वोट की अच्छी-खासी कीमत भी मिल रही थी। उसने डेढ़ हजार रुपये जेब में धरकर हामी भर ली।

दुनिया में कई कहावतें मनुष्य के अनुभव की उपज हैं। वर्षों के अनुभव ही कहावतों का रूप लेते हैं। कहावत है कि दीवारों के भी कान होते हैं! जाने कैसे फूलसिंह को पता चल गया कि सुखलाल फूट गया है!...रात को दरवाजे पर अचानक मोटरसाइकिल की गड़गड़ाहट सुनाई दी। सुबह मतदान था।

छप्पर पारकर फूलसिंह और उसका बन्दूकिया सुखलाल की कोठरी में आ खड़े हुए। सुखलाल के पेट में एकदम जाड़ा घुस गया। वह लिथड़ते हुए उठा और आवभगत की। तभी रमेशा की माँ दिखी तो फूलसिंह ने झपटकर उसके पाँव छू लिये और बोला, "भौजी, ददा तो दगा दे गये हैं, तुम्हीं लाज रखियो!"

रमेशा की माँ एक साफ दिल की औरत। जो भीतर वही बाहर। हँसकर बोली, "लल्लू, ददा तो तुम्हारे बिक गये पन्द्रह सौ में...पर मेरो वोट पक्को ए, हारौ-चाहि जीतौ! अपईं तो सूधी-साँची बात रहित ए।"

सुखलाल को मुँह छिपाने का अब कोई कोना नहीं बचा था। वह गिड़गिड़ाने लगा, "बातन में आइगओ भई मैं तो! पर वोट तुम्हन्येंई जागो...पेटी दिखबाइ लियो, नईं तो कुत्ता खाइ तामें खबाइ दिओ...मूँड़ काटि लिओ मेरो!"

यद्यपि फूलसिंह आश्वस्त नहीं था। वोटर यों ही सबको झाँसा देता है। पर कोई चारा भी तो नहीं था। उसने जाते-जाते फिर एक बार रमेशा की माँ के पाँव छू लिये। वह गद्‌गद हो गयी। सम्मान से उसकी छाती फटी जा रही थी।

भालू की देह इन दिनों गुलाबी हो उठी थी। यह निखार वयसन्धि के चरमोत्कर्ष का था या प्यार के बुखार का! कह पाना मुश्किल है। रमेशा जब भी उसे सपने में या साक्षात् दिख जाता, वह लगभग बेकरार हो जाती। सुबकती-सी सोचती, ये जातियाँ किसने बनायीं...!

अच्छा होता—वह होते ही मर जाती! न दद्दा-अम्मा को धोखा दे सकती है न रमेशा को...पहले से उसे खबर होती कि ऐसी आफत मचेगी जी को, तो इस चक्कर में क्यों पड़ती?..."सब लिखा-बदा होता है!" वह आह भरकर हाथों की लकीरें निरख उठती, "इन सपाट रेखों में क्या छपा है! कोई-क्या जाने?"

रमेशा की माँ। पचास साल से ऊपर की एक प्रौढ़ स्त्री। जीवन के सारे कडुवे-मीठे अनुभवों से लैस। आते-जाते दूर से ही देखती भालू को, उसके कुम्हलाये चेहरे को, सजल नेत्रों को....और प्यासे से रमेशा को! तो मन-ही-मन आशंकाग्रस्त हो उठती। वह रमेशा के स्वभाव की एक-एक करवट से वाकिफ थी। गोकि

उसकी बुनावट उसने बहुत करीब से देखी है।

बचपन से ही उसमें धीरज नाम की चीज न थी।

उसने कहा—सुस्सू आयी! और कहने के साथ ही चड्डी भिगा ली। उतारने का मौका ही न दिया कभी।

माँगा—अम्मा का दूधू! और आँचल भी न खुलने दिया कि मचल गया।

छुटपन से ही गुड़ियों से बड़ा लगाव था उसे। गुड़िया, रबर, प्लास्टिक या फुग्गे की। कैसी भी हो—घण्टों अकेला खेलता रहता उससे.....उसे दूध पिलाता रहता। उसके काजल, बिन्दी करता, बाल सँवारता झूठमूठ के! नहलाता, साड़ी पहनाता झूठमूठ की! उसके साथ घर-घर खेला करता, ब्याह रचाता झूठमूठ का!

"ये—तो भैया, उड़ा के लाएगा कोई परी!..." सुखलाल गर्व से इतराकर कहता घरवाली से।

वह भी मन्द-मन्द मुस्कराती। बेटे की हरकतें भली लगतीं। अकेला जो था। दोनों बहनों और माँ-बाप की आँखों का तारा जो था। वह जो कहे, उस पर सब घर निछावर...उसके एक-एक इशारे पर घर नाचे पंख पसार। उसकी हर हरकत पर बलिहारी जाएँ माँ-बहनें! बाप सदा उसे छाती पे धरे-फिरे।

ऐसे लाड़ की औलाद को भला धीरज कहाँ?

चुनाव निबट गये। गोली चलते-चलते रह गयी। शक्ति-सन्तुलन जो था। लोध से लोध टकरा रहे थे। नमक से नमक कहीं खवा है? जीत महेन्द्र की हुई। पुरखे यही चाहते थे। फूलसिंह पहले भी रह चुका है। उसकी बपौती है क्या? समाज के आगे ऐसी वानें नहीं चला करतीं...पर सुखलाल और उसकी मेहरिया ने अपना वोट फूलसिंह को ही दिया था। और यह गिनती सबकी नजर में आ गयी थी। कारण यह कि पंचायती चुनाव में एक-एक वोट का खुलाव खुल जाता है। किसका वोट किधर गया, पेटी देखने की जरूरत नहीं पड़ती। सारा हिसाब जुबानी—उँगलियों पर लग जाता है...तब महेन्द्रसिंह और हरीसिंह ने तिरछी नजर से घूरा था सुखलाल को। पर जीत के जश्न में कोई अप्रिय वार्तालाप नहीं हुआ।

एक हारे हुए जुआरी की तरह उठकर चला गया, फूलसिंह गाँव छोड़कर। शहर में उसका पक्का मकान और दूध की डेयरी है! हजार-बारह सौ लीटर दूध गलता है रोज...गाँव की खेती बँटाई पर उठी है। कमी क्या है! पर गम हार का है...अब किसी को क्या मुख दिखलाए गाँव आकर?...असल मुसीबत तो सुखलाल की है। वह कहाँ जाए अब गाँव और घर-बार छोड़कर! उसे तो आये दिन मुँछमुण्डे महेन्द्रसिंह की कड़वी मुस्की का सामना करना ही है। क्योंकि—महेन्द्रसिंह अब स्थायी रूप से गाँव में ही मिलता है। हालाँकि शहर में एक घर उसने भी

बना लिया है, पर वहाँ रहे गाँव की राजनीति नहीं चल पाती ठीक से। पटवारी, चौकीदार, सेक्रेटरी से रोज काम रहता है। बैठकें और निर्माण-कार्यों की ठेकेदारी तो गाँव की जमीन पर ही करनी होती है। फिर वह नया-नया भी था।

देश में जब से लोकतन्त्र आया है, चुनावों के दौरान ही लगता है कि परिवर्तन की आँधी आ रही है। जनता की बड़ी बकत है। अब की बार इंकलाब जरूर आ जाएगा!...लेकिन चुनावों के निबटते ही जन-समुद्र फिर किसी कुएँ में निष्क्रिय होकर जा पड़ता है। नये चेहरे गद्दियों पर आसीन होकर फिर वही पुरानी शतरंज खेल उठते हैं। भ्रष्टाचार, अपराध, अत्याचार का ग्राफ और ऊपर उठने लगता है। और हम फिर से पाँच साल के लिए गहरी नींद सो जाते हैं।

रमेशा को शहर की हवा लग गयी थी। फिल्में और यारों की सोहबतें उसके सेक्स को भड़का रही थीं। वह सपनों में भलुआ के साथ हमबिस्तर होता रहता। उसके ख्वाबों-ख्यालों में भी हर वक्त यही मंजर छाया रहता। वह मौके की ताक में था। और उसके इस खतरनाक इरादे से भालू अनभिज्ञ थी..

हरीसिंह के ट्यूबवेल पर महेन्द्र की बैठक जमती थी। फसल कट चुकी थी। खेत नंगे थे। लाँक थ्रेसरों पर रखा था। अगले दिन ग्रामसभा होनी थी। उसी की तैयारी में पटवारी आया हुआ था गाँव में। चौकीदार बुलाने आया। महेन्द्रसिंह ट्यूबवेल से उठकर गाँव में अपने घर की तरफ चला गया, जो कि ग्राम पंचायत के कार्यालय के रूप में भी इस्तेमाल होता है। यह देख हरीसिंह भी गाँव की तरफ टहल गया। बड़ा भाई अमरसिंह थ्रेसर पर मजदूरों के साथ गल्ला कटवा रहा था। ट्यूबवेल की कोठरी सूनी पड़ी रह गयी थी।

मरते-मरते भलुआ उसी वक्त कलेवा लेकर आ पहुँची। और दबे-पाँव उसके पीछे-पीछे रमेशा भी। कोठरी में घुसते ही रमेशा ने किवाड़ भेड़े तो वह चिहुँक गयी। पर चीख पाती इससे पहले ही रमेश ने हाँफते हुए दो-तीन बार "ईलू-ईलू" कहा और धड़कते दिल से गाने लगा, "ईलू का मतलब आई लव यू! आई लव यू!"

दहशत के मारे भालू का चेहरा पसीने से भीग गया था। वह घबराकर बोली, "अभी! चाचा आग गया तो गोली पड़ेगी कनपटी में..."

"चाचा गाँव में टहल गया है बावली...ददा भी तुम्हारे थ्रेसर पर हैं। कोई नहीं आएगा रामकसम...ये घड़ियाँ भी फिर लौटकर नहीं आएँगी। मेरी जनम-जनम की साध पूरी होने दो..." वह बड़ी बेसब्री और अकुलाहट में बोल रहा था। मानो धरती ने अपना गुरुत्वाकर्षण खो दिया हो, और वह लाचार टूटकर अन्तरिक्ष में बहा जाता हो!

विवश भालू के आँसू छलक उठे। फँस जाने के भय से उसका दिल बुरी तरह धड़क रहा था। वह प्यार की कीमत पर भी यह बुरा काम करना नहीं

चाहती थी...और एक कोने में सिमटती जा रही थी। फिर भी रमेशा ने उसे अपने शरीर से चपेटना चाहा तो उसकी रुलाई छूट पड़ी।

वह रुक गया। काम की उत्तेजना से हाँफता हुआ बोला, "इसका मतलब, तुम मुझे प्यार नहीं करतीं?"

भालू बेपनाह रोती रही।

कुछ देर बाद बदहवास-सा रमेशा फिर बोला, "मैं तो समझा था हमारे बीच प्यार है। वह निर्मल प्यार, जिसमें गरीबी-अमीरी और ऊँच-नीच नहीं होता, लेकिन..."

"प्यार का मतलब...ये ही कुकरम होता है क्या?..." सुबकते हुए उसकी बात को काट दिया भालू ने।

रमेशा चुप रह गया। थोड़ी देर में सोचकर बोला, "अगर तुम हिजड़ी होती या मैं ही हिजड़ा होता तो हमारे बीच प्यार-ब्यार कुछ नहीं होता। लड़के-लड़की के बीच जो खिंचाव होता है, उसी को प्यार कहते हैं, पगली!"

उसने फिर उसे चपेटकर इस बार उसके होठों को भी चूम लिया और बाँहों में कसमसाती भालू के कान पर मुँह रखकर फुसफुसाया, "एक चीज माँगते हैं...हम तुमसे पहली बार!"

भालू की देह में एक सनसनी-सी दौड़ रही थी, पर रमेशा का यह कृत्य उसे अजीब घिनौना टाइप का लग रहा था। हठात् उसने एक धक्का-सा दिया और उसकी गिरफ्त से छूटकर बाहर भाग खड़ी हुई। इस हुज्जत में उसके बालों की रबर और नाक की कील खुल गयी। वह एक सहमी हुई हिरणी की तरह कुलाँचे भरती हुई दद्दा के पास थ्रेसर की तरफ दौड़ पड़ी...तभी उधर से खूँखार चाचा आता हुआ दिखा, जो इस वक्त रक्षक-सा लगा! भालू उससे लिपटकर फूट-फूटकर रो पड़ी। उसने समझा बलात्कार हो गया लड़की के साथ। बन्दूक कन्धे पर टँगी थी, पर रमेशा उसकी रेंज से बाहर भाग खड़ा हुआ था।

हरीसिंह की आँखों से वहशत टपक रही थी। वह गाँव-हार-कछार सब दूर ढूँढ़ आया—फिरते-फिरते उसके तलुवे दुःख उठे, रमेशा नहीं मिला! "हरामी, चील का मूत हो गया! अगर मिल जाता तो आज उसे छलनी कर देता!"

इस अनपेक्षित घटना से रमेशा इतना डर गया कि भागकर जंगल में जा छिपा। अब भालू उसे मुहब्बत की देवी नहीं, फाँसी का फन्दा नजर आ रही थी! बड़ी मुश्किल से छुप-छुपाकर दिन गुजारा उसने...और रात जानवरों के डर से नीम के पेड़ पर चढ़कर गुजारी। अब न नदी में सम्मोहन बचा था, न सितारों में चमक! जंगल भाँय-भाँय कर रहा था। नदी एक कुँआरी लड़की की तरह कुएँ से अरअरा कर बह रही थी। माँ ने कहा था—"लड़की पर एक रोज किसी पापी की नजर पड़ गयी, और उसने जैसे ही छुआ, वह कुएँ में कूदकर नदी बन गयी!"

नदी से अब दहशत हो रही थी उसे।

"उस पापी का क्या हुआ?" रमेशा का चित्त बड़ा अशान्त था।

कुँवारी के भरखों में दर-ब-दर भटकता वह भूखा-प्यासा तीसरे दिन शहर पहुँचा—अपने एक यार के पास। सोच रखा था, उससे छुपा लेगा यह राज...लेकिन जैसे ही यार ने उसे देखा तो वह उसी दिन का अखबार उठा लाया। रमेशा का दिल धड़क उठा। अखबार की ताजा गन्ध नथुनों में भर गयी। और नीम बेहोशी में उसके हाथों से पलटकर जैसे ही आंचलिक पृष्ठ उघाड़ा, किस्सा अनावृत हो उठा :

'हरिजन महिला को निर्वस्त्र कर सरेआम घसीटा।'

'महिला को निर्वस्त्र करके घसीटा और बेरहमी से पीटा।'

'डीआईजी एवं कमिशनर मौका-ए-वारदात पर पहुँचे।'

अखबार रँगा रखा था।

बेहोश अशर्फीबाई की कई मुद्राओं में तस्वीरें छपी थीं।

"ये अशर्फीबाई कौन है!" अपने मौन में रमेशा ने जैसे खुद से पूछा। और एकाएक अपने स्वगत कथन से चौंक गया, "उस पापी की माँ, जिसने कुँआरी लड़की को छूकर नदी में बदल..."

वह फफककर रो पड़ा।

इस मामले में उसका यार क्या करता?

छूत

झुग्गी नाले के किनारे थी। नाला बरसात में चढ़ आता तो उसका मैल-मक्कर रोज-रोज घर में घुस आता। ज्वार उतर जाने के बाद वे घिनाते हुए मैला बाहर उलीच देते और फिर से साफ-पाक हो जाते। पिता शाम को दारू जरूर पीते थे, पर उनका जनेऊ नहीं टूटा था। माँ नित्य ही दूसरों के जूठे बर्तन और गन्दे कपड़े जरूर धोतीं, पर उनका पूजा-पाठ नहीं छूटा था। व्रत-त्यौहार नहीं छूटे थे। बलात्कार के बावजूद करवाचौथ और सन्तान सातें जस की तस थीं। अनीता काम की तलाश में एक स्कूल संचालक को इण्टरव्यू दे रही थी :

"कास्ट क्या है, तुम्हारी!"

"ब्राह्मन हैं!" उसने दाँत निपोरे।

"कहाँ रहती हो?"

"सरस्वती नगर..."

"वो नाले किनारेवाली गन्दी बस्ती?"

"गन्दी बस्ती नहीं, भाई साब! वह झुग्गी बस्ती है..." उसने प्रतिवाद किया।

"हाँ—वो एक ही बात है," उसने ऐंठकर कहा, फिर उसे नख से शिख तक निरखकर बोला, "शादी-वादी हुई, बच्चे-वच्चे हैं!"

"हो चुकी," उसने निर्विकार कहा, "बच्चे-कुच्चे कोई नहीं हैं।"

आश्वस्त हुआ संचालक, विधवा या परित्यक्ता है। बोला, "तुम मीडियम पढ़ी-लिखी होगी! टीचरी तो खाली नहीं और स्कूल की रेपुटेशन के हिसाब से ट्रेण्ड और सीनियर लोगों को रखना पड़ता है...बाई का काम मिल जाएगा।" कहकर आँखें मूँद लीं।

उसे घरों का चौका-बर्तन नहीं भाता था। स्कूल में बाई का काम मुँह-माँगी मुराद थी। जमील की मौत के बाद वह पहली बार खुश हुई।

...अभी कुछ बरस पहले ही अनीता और जमील का 'लव' हुआ था। उसकी रेखें फूट रही थीं और ट्रक ड्राइवर बन गया था, जैसे भाग्य चमक उठा था। पहली तनख्वाह पर सूट का कपड़ा खरीदा, दूसरी पर सिला लिया। फिर वह

थ्री पीस सूट पहनकर ठसक से अनीता की झुग्गी के आगे से गुजरता गिलौरी चबाता हुआ। उसकी आँखें चमकतीं और बूट भी।

अनीता खत लिखती, "खान! तुम औरत का दिल नहीं जानत। हम तुम्हें प्यार करत हैं, खान! हमारे दिल ने सदा तुम्हें चाहो है, तुम्हारी ही बाट देखी है ...पर हम तुम्हें पा नहीं सकत। जा जनम में नहीं पा सकत!"

"—क्यों? आखिर क्यों!..." ट्रक चलाते जमील के जेहन में अन्तर्द्वन्द्व चलता...झुग्गी का नल एक और सण्डास एक है, बिजली का तार एक है, जिस पर सब अण्टी डाले हुए हैं, बल्ब बीड़ी पीते रहते हैं। मेरा बाप दारू-बीड़ी पीनेवाला मजूर है और तेरा भी। मेरी माँ कॉलोनी के घरों में काम करने जाती है और तेरी भी...हम दोनों पाँचवीं-आठवीं तक एक ही सरकारी स्कूल में पढ़े हैं! फिर क्यों इस जनम में नहीं मिल सकते?...

वह डेक पर पुरानी फिल्मों के गीत सुनता हुआ ट्रक चलाता रहता, सारी-सारी रात। क्योंकि उसका मालिक चोरी का माल लादता था, सो रात में ही ट्रक लदता एक शहर से और दूसरे शहर जा उतरता। ये दोनों सीमान्त के शहर थे, दोनों के बीच में तीन नदियाँ। रास्ता जंगली और दुरूह। सड़क गड्ढों से भरी हुई सिंगल रोड, किन्तु असंख्य वाहनों के बोझ से लदी हुई। दिन में उतनी न चलती, जितनी रात में दौड़ पड़ती।...और जब सामने से आते वाहन की हेडलाइट का चौंधा पड़ता तो जमील की आँखें चौंधिया जातीं। जैसे, बैल, अकबकाकर खड़ा रह जाता है और उसकी आँखों का रेडियम चमक उठता है, ऐसे ही जमील भी घबराकर खड़ा रह जाता। उसे न सड़क दिखती, न सामने का वाहन! सिर्फ आँखों में रोशनी का चौंधा नाचता रहता। गोकि उसे बचपन से ही रतौंधी भी आती थी! ऐसे में प्राण हमेशा संकट में फँस जाते। एक बार रेलिंग विहीन पुल पर से ट्रक का अगला बायाँ पहिया उतर गया था। क्लीनर घबराकर नदी में कूद पड़ा। मर गया। पर जमील बाल-बाल बच गया। उसका ट्रक सामने से आते ट्रक में भिड़कर और उसी में फँसकर पुल पर तीन टाँगों से खड़ा रह गया था। डेक चालू था—प्रेम न बाड़ी ऊपजै, प्रेम न हाट बिकाय...प्रेम गली अति साँकरी, यामें दो न समायऽऽहो! चली आना तूँ पान की दुकान पेऽ...साढ़े तीन बऽजे...

लेकिन ये सब झूठी बातें हैं। पैसे वालों की जिन्दगी में ही उनकी मोहब्बत परवान चढ़ती है। वहाँ हिन्दू-मुसलमान नहीं देखा जाता। वहाँ सारा असम्भव सम्भव में बदल जाता है। वहाँ नर्म गद्दों पर मौसम सदैव वातानुकूलित होता है। वहाँ कहकहे, सुरूर, मस्तियाँ और तीन सौ छियासठ दिन वाला साल तथा एक सौ सालों वाली औसत जिन्दगियाँ होती हैं। जबकि यहाँ अनीता और जमील के बालदैन के आगे तो मजहब का अजगर ही अपने उच्छ्वास में उन्हें निगले जा रहा था। ...और अनीता उसे हर बार यही लिखती, "खान! तुम औरत का

दिल नहीं जानत ...हम तुम्हारे बिना मर तो सकत हैं पर जियत-जियत तुम्हारे नहीं बन सकत।''

''क्यों? आखिर क्यों...'' जमील के हाथ से स्टियरिंग छूट जाता। कसकर चौंधा पड़ता आँखों पर, तिलमिला जातीं वे। झटके से ब्रेक लगता और वह पसीना-पसीना हो आता।

फिर एक दिन वह सुनियोजित मृत्यु आखिर अपने क्लाइमेक्स पर पहुँच ही गयी। ...उस रात बेमौसम बरसात हो रही थी। सड़क के गड्ढे गँदले पानी से भर गये थे और आसमान में प्राकृतिक बिजली के कारण आग-सी लग रही थी। राम-राम कहकर नदी एक निकली और श्याम-श्याम कहकर दूसरी। घड़ी बार-बार घबराकर देख रहा था जमील। ...सुबह तक पहुँचेगा ट्रक! वह पकड़ा जाएगा माल समेत। ...फिर मुहब्बत छूट जाएगी। वह जेल में सड़ जाएगा। सड़क पर मरे कुत्ते सड़ने और मिट्टी होते देखे हैं उसने ; उसकी आँखों में जितनी खूबसूरत चमक है, उतना ही गहरा अँधेरा! और वह चमक सामने से आते वाहन की हैडलाइट पड़ते ही मौत के अँधेरे में बदल जाती है। फिर पानी से भरा गड्ढा नहीं दिखता। अपनी साइड नहीं दिखती। और वह...राँग साइड होकर सामने से आते दैत्याकार टैंकर से भिड़ जाता है। पल-भर में दोनों वाहनों के इंजन आग पकड़ लेते हैं।...फिर टैंकर का ज्वलनशील पदार्थ भी आग पकड़ लेता है। दोनों वाहन खाक हो जाते हैं। उसमें फँसे, जीते-जागते मनुष्य, पुतलों से धू-धू कर जल उठते हैं। एक चिड़िया नहीं बचती। सुबह तक आसमान का पानी भी उनकी आग नहीं बुझा पाता।

बाईस की थी अनीता। कुपोषण और दुःख ने स्वास्थ्य छीन लिया था पर देह में जवानी की गन्ध मौजूद थी। मेहनत करने लगी। स्कूल टीनशैड में लगता था। ऑफिस का कमरा पक्का था, जिसमें संचालक बैठता। संचालक बहुत मेहनती और तेज आदमी। कलाप्रेमी भी था। मास्टर-मास्टरनियों पर कड़ी नजर रखता। सब क्लास में घूम-घूमकर पढ़ाते। उनके बैठने के लिए क्लास में कुरसी या स्टूल भी न होता। थक जाते तो दीवार से टिक लेते, बहाने से बस्ते-बस्ते पर बैठ लेते। पूरे छह घण्टे पढ़ाई होती। घण्टा बजता, क्लास बदलते पढ़ाने वाले, पर हर क्लास में स्टूल-कुर्सी नदारद होते। यह रोज का क्रम था। कोई चुपके से ऑफिस से स्टूल खिसका भी ले जाता तो वह यानी संचालक बाई यानी अनीता से उठवा लेता। पिछले जनम का खटीक। इंच-इंच खाल खींचकर पैसा वसूलनेवाला। अनीता की कमर टेढ़ी हो जाती। जो बच्चे रिक्शे से न आयें—उन्हें लेने और छोड़ने जाओ। स्कूल में उनकी टट्टी-पेशाब कराओ। सबसे पहले आकर झाड़ू-पोंछा लगाओ। बीच-बीच में चाय-पानी कराओ। सबसे बाद में जाओ—टाट-पट्टी समेटकर। पर तनखा ठीक थी, पूरे तीन सौ! जिस जमाने में सोना तीन हजार,

तनखा तीन सौ! मास्टर, मास्टरनियों का भी यही रेट था। वह कहता, हमारे यहाँ समाजवाद लागू है। मैं भी इतना ही ले जाता हूँ। हिसाब-किताब देख लो!...पर किसकी हिम्मत थी, शेर के दाँत गिनने की? उसके सामने तो स्टाफ बैठता तक न था। यदि रेस्ट में सब इकट्ठे बैठे चाय-पानी करते बतिया भी रहे हैं और उसकी छाया भी पड़ गयी है तो सबको साँप सूँघ गया है। चित्रलिखे-से रह गये हैं, स्थिर! बेआवाज! सबकी अदृश्य दुमें हिलने लगी हैं, खीसें कढ़ गयी हैं।

जिन्दगी आसान नहीं है किसी की भी। पर वह कलाकार है। स्टाफ की तकलीफ भुलाये रखता है। नाटकों के रिहर्सल पे रिहर्सल चलते हैं। स्कूल का कलामण्डल हर साल प्रगति की सीढ़ियाँ चढ़ता चला जाता है। उसके कलाप्रेमी यार—गायक, वादक और ऐक्टर लोग रोज नियमित शाम सात बजे से आ बैठते हैं। रिहर्सल करते रहते हैं। नृत्य, गायन और वादन सीखनेवाले छात्र-छात्राएँ भी आते हैं और वे छात्रगण भी जो नाट्य-प्रदर्शन में भाग ले रहे होते हैं।...कारोबार बढ़ता ही चला जाता है...शुरू-शुरू में कभी-कभार शाम को ड्यूटी लगी थी बाई की, बाद में नियमित लगने लगी। तनख्वाह दो सौ रुपये और बढ़ गयी। सबकी बढ़ गयी, संचालक समाजवादी थे। कह रखा था कि ज्यों-ज्यों इनकम बढ़ेगी, तनख्वाह बढ़ेगी...किसी दिन पाँच-पाँच हजार होगी। गवर्नमेण्ट सर्वेण्ट सरीखे फण्ड, पेन्शन पाओगे। मेहनत करो, तरक्की करो स्कूल की...हमें देखो? उनकी वाणी में आत्मविश्वास होता और आँखों में दर्प! और उस शाम जब रिहर्सल के बाद सब चले गये थे और संचालक ने ऑफिस में ही रुकने का इरादा कर लिया था, उसे कैशबुक लिखनी थी। अनीता जाने लगी तो उसने हाथ पकड़ लिया। साँड़ जैसे चाटता है गाय को, वह नजरों से चाटने लगा उसका चेहरा। घबराहट में पसीना छूटने लगा अनीता को। कि जिसे वह पिता-तुल्य समझती थी, उसकी नजरें बदल जाएँगी और वह पिता उसके आगे नंगा होगा! उसे घिन छूटी, चेहरे का भाव बदला। सख़्ती को देख लिया संचालक ने और हाथ छोड़ दिया। वह लटपटायी-सी झुग्गी बस्ती में लौट आयी। लेकिन रात-भर नींद नहीं आयी। सुबह थकान और हल्का बुखार था। महीने-भर तक निकाले जाने की आशंका में काँपती रही। फिर और ज्यादा काम करने लगी। उसके घर भी चली जाती, चौका-बर्तन करवा लेती। बच्चों को नहला-धुला देती। सब्जी-भाजी ले आती। संचालक की बीवी के दिल में जगह बना रही थी। मेहनत के बल पर जीने की ख्वाहिशमन्द।

जमील के रहते उसे बड़ा बल था। अपनी मुहब्बत का बल! उसके मरते ही वह ढह गयी। जैसे वृक्ष जड़ कटते ही भहरा जाता है। सूख जाता है। फिर उसका उपयोग इमारती लकड़ी के रूप में हो या जलाऊ लकड़ी के रूप में...सो सामाजिक नियमों के मुताबिक पहले-पहल उसका उपयोग इमारती लकड़ी के

रूप में किया गया। अम्मा और बापू ने जिन्दगी-भर हाड़-तोड़ मेहनत से जो जोड़ा था उसे देकर बड़ी धूमधाम से उसका ब्याह रचाया गया। और वह एक झुग्गी से निकलकर कस्बे में पहुँच गयी...यह इज्जत-आबरूवाला घर था। यहाँ उसकी आवभगत बड़ी शानोशौकत से हुई। पर वह चार दिन की चाँदनी थी, जिसकी चमक में कुछ दिनों के लिए जमील को जरूर भूल गयी थी वह...और उसकी देह के साथ आत्मा भी सुखी हो गयी थी स्यात्! पर आखिरकार खोजबीन हो ही गयी कि वह एक बलात्कार की औलाद है, अपने बाप की नहीं है। इसलिए उसे बाकायदा अपने बाप के घर उसी झुग्गी में जीने-मरने के लिए छोड़ दिया गया, जहाँ जन्म एक एक्सीडेण्ट होता है...

यह सब उसे भी पहली बार पता चला। तब उसने आत्मग्लानिवश जहर खाकर मर जाने की पूरी कोशिश की थी, कि मैं इस नाजायज शरीर को अब एक पल भी नहीं जिलाना चाहती, पर बच गयी। प्राण बड़े प्यारे होते हैं। सल्फास ने अँतड़ियाँ ऐंठीं तो वह चुप न लेटी रह सकी। चीख-चीखकर माँ को जगा दिया। और मरने से पहले अस्पताल पहुँच गयी, इसलिए बच गयी!

''तुमने जनमत ही हमें काए न मार डारे...'' उसने हिचकियों के मध्य अपनी माँ से कहा। माँ का चेहरा ठूँठ हो गया था। न हँसी, न खुशी। जहाँ अपमान, पिटना और बलात्कार आम बात हो, वहाँ उस पर क्या विचार किया जाए! माँ को इसकी आदत हो गयी थी। उसने जवाब देना जरूरी नहीं समझा। जैसे वह बलात्कार को न रोक सकी, वैसे ही उसके आने को भी कहाँ रोक पायी! न तो गोलियों से गर्भ गिरा और न सफाई के लिए पैसे जुड़े। दारू के नशे में आदमी उन दिनों उसकी मार धरता था, सो अलग। और फिर एक बार औलाद का मुँह देख लेने के बाद तो मोह जकड़ लेता है। शिशु की भोली मुस्कान पर आप न्यौछावर हो जाते हैं। उस निर्दोष की आँखों में झाँककर कोई भी उसे मौत की नींद नहीं सुला सकता। माँ तो आखिर माँ थी!

तब अनीता ने बाप से पूछा कि ''फिर आखिर जमील में क्या बुराई थी? जब मैं नाजायज थी! तुम्हारा क्या घट रहा था मुझे उसे सौंपने में...! माना कि मेरा जन्म एक एक्सीडेण्ट था और उसकी मृत्यु सुनियोजित, पर एक बीच का स्वर्ण युग था; जिस पर हम अपने हस्ताक्षर कर सकते थे...हरेक जिन्दगी में यों भी खुशी के चार क्षण ही होते हैं। आपने वह भी छीन लिये। आपका क्या घट जाता जो मुहब्बत की यह नेमत हमें मिल जाती!''

पर घट जाता। अनीता को क्या पता कि बहुत-कुछ घट जाता। उसकी सामाजिक हैसियत घट जाती। कहीं मुँह दिखाने काबिल न रहता। गरीबी, यह नारकीय जिन्दगी और वह दुर्घटना (बलात्कार) तो अपने हाथ की बात नहीं, पर इज्जत बचाना और अपनी बिरादरी में ही बेटी ब्याहना तो उसका धर्म था, इसे

कैसे छोड़ता!

संचालक की बीवी उस जैसी शोषक न थी। वह अनीता के साथ बैठकर बर्तन धुलवाती, कपड़े और झाड़ू-पानी भी। और ज्यादातर स्नेहभाव से झिड़कती रहती कि 'जा! जा-ना! तुझे स्कूल में ही कम कमाई है—क्या!' वह बार-बार अपने पति से भी उसकी पगार बढ़ाने की सिफारिश करती रहती।...

तब उसकी निकटता ही उसे ले डूबी।...कि उसे पता ही नहीं चला कि आज वह अपने बच्चों को लेकर अचानक एक-दो दिन के लिए कहीं चली गयी है! और वह मरते-मरते रोज की तरह शाम को उसके घर पहुँच गयी थी। अब संचालक की आज्ञा के बिना जाना आसान न था, कि शिकार को पंजे में देखकर जिसकी आँखें लट्टुओं की तरह चमक उठी थीं। बड़ी सहजता से उसने उसे किचेन में भेज दिया और पीछे से खुद भी आ गया मटरगश्ती करने...। सूना घर भड़िया (चोर) का राज! भड़िया यानी भड़ियाई करनेवाला। अब उसकी छाती हिल रही थी, दुबली-पतली काया। जमील ने तो कभी छुआ भी नहीं। इशारों ही इशारों में था सब-कुछ।...और ससुराल में पहुँची तो साथ ही नाजायज होने का कलेश भी पहुँच गया था। कोई खास अनुभव नहीं पुरुष का। भय उसके सिर चढ़कर बोलने लगा। और बिना छुए ही वह जार-जार रोने लगी। तो भी संचालक ने उसे पीछे से बाँहों में कस लिया और हाँफता हुआ बोला, "घबराती क्यों है? तमाम उपाय चल रहे हैं आजकल तो!..."

अनीता ने झटकना चाहा, पर सिर पर तलवार लटक रही थी। वह नर्वस होने लगी। वह धूर्त पुचकारता हुआ बोला, "हम समझ रहे हैं—तूने अभी तलक आदमी का स्वाद नहीं चख पाया!...कैसा होता है—खट्टा, मीठा, नुनखरा...क्या बताएगी ऊपर जाके? ये भोग-भूमि है, यहाँ नहीं भोगा तो कहाँ भोगेगी!"

किचेन में उसके ठीक आगे ही एक आला था पूजा का, जिसमें कोई मूर्ति अपने दोनों हाथ जोड़े सिंहासन पर शान्त मुद्रा में बैठी थी। उसने आँखें मूँद लीं और संचालक गैस बुझाकर उसे गुड़िया की तरह गोदी में उठा लाया सोनेवाले कमरे में, बिस्तर पर डाल दिया, उस पर झुक गया।

...फिर जैसे कोई नाविक विहीन किश्ती मँझधार में लहरों के सुपुर्द हो जाती है, वह संचालक के हवाले हो गयी। सो रिहर्सल के दिनों में उसकी जब भी इच्छा होती, वह स्कूल-ऑफिस में कैशबुक लिखने के बहाने रुक जाता और सबसे अन्त में जानेवाली अनीता को भी आँख के इशारे से रोक लेता। वहाँ उसने एक अस्थायी बिस्तर का इन्तजाम कर रखा था।

लेकिन दो-तीन साल बाद अनीता को गर्भ ठहर गया और वह बहुत घबरायी। यह बात उसने अपने संचालक को भी बता दी। सोचती थी, वह हैरान हो जाएगा, पर इस खबर से उसके माथे पर कोई बल भी न पड़ा। उसने उँगली का इशारा

किया कि फलाँ जगह जाना और तिजोरी से हजार रुपये निकालकर दे दिये।

...पर गर्भ एक बार क्या ठहरा, गोया प्रेत ने ठौर देख लिया! फिर तो हर साल-छह महीने में यह किस्सा होने लगा। और हर सफाई के बाद अनीता पहले से अधिक सूखने लगी। तब चार-छह साल और भोगकर संचालक ने उसे छोड़ दिया और स्कूल की प्रिन्सिपल से काण्टैक्ट कर लिया, जो ऑपरेशनशुदा थी!

शहर में स्कूल की ख्याति दिन-दुगुनी, रात-चौगुनी बढ़ रही थी, पर संचालक जी स्तर नहीं गिराते, छात्र संख्या नहीं बढ़ने देते। फीस और डोनेशन बढ़ाते जाते और टेस्ट हर साल और कड़ा करते जाते...सो एक दिन वह भी आया कि जब वहाँ सेठों, अफसरों, नेताओं, ठेकेदारों-दलालों और बैंकरों के ही बच्चे रह गये। टीचर्स को भी हर साल टेस्ट के कोड़े से गुजरना पड़ता था, सो पुराने अधिकांश बदल गये थे। उनका पाँच हजार का सपना धूल-धूसरित हो चुका था, जबकि सोना अब छह हजार की गड्डी को छू रहा था।

इस तरह प्रगति की सीढ़ियाँ चढ़ता जो स्कूल कभी टीन शेड में लगता था, अब उसकी एक आलीशान बिल्डिंग थी। ऑफिस के शो-केस में ताँबे, पीतल, चाँदी और सोने की तमाम शील्डें थीं—जो स्कूल के कलामण्डल ने इतने वर्षों में जीती थीं। उसका अपना ऑडोटोरियम और ग्रन्थालय था। और संचालक ने बिल्डिंग के कॉर्नर पर एक सर्वधर्म मन्दिर भी बनवा दिया था, जिसमें मन्दिर, मस्जिद, गुरुद्वारा और चर्च के मॉडल थे।

आज अनीता की तनखा चार हजार। पर उसे टी. बी. हो गयी है। बाप मर गया है और माँ मरणासन्न है। अठारह साल हो गये, रहने की जगह नहीं बदली। झुग्गी वही, नाला वही है। बदला था सिर्फ शरीर। खंखड़ हो गयी थी वह। मन में आशंका की छाया प्रेत-सी डोलती कि कहीं निकाल न दी जाए! यह इतनी बड़ी पगार ही न ले डूबे कहीं! हर साल टेस्ट में हार-हारकर अधिकांश साथी निकल गये। अब उसकी भी बारी आयी लगती है! उतनी मेहनत नहीं कर पाती। चेहरा हड़ियल हो गया था। चालीस की उम्र और टी. बी.। कभी-कभी स्कूल में भी खाँसी उठती है। संचालक को शक होता है...वह भीतर-ही-भीतर घोंटकर रह जाती है। देह पत्ते-सी हिलती है। छाती में कोई भट्ठी खुल गयी है बारूद की। सो आज वह जी भरकर खाँसती, खँखारती और बलगम उगलती है, लेकिन घर पर। स्कूल में तो वह आँचल के भीतर हाथ छुपाये छाती मसलती रहती है। बीमारी इतनी जानलेवा नहीं है, जितनी जानलेवा यहाँ से निकाले जाने की आशंका है। इलाज का खर्चा कहाँ से आएगा—माँ का और उसका! पेट की भट्ठी में झोंकने के लिए ईंधन का जुगाड़ कहाँ से होगा दोनों का! माना कि अन्य सारी जरूरतें मन की हैं—कपड़ा, मकान, घोड़ा-गाड़ी, ऐशोआराम, नाम-नामा

इत्यादि, पर भूख तो तन की जरूरत है, भूख तो शाश्वत प्रश्न है! कि मनुष्य है, तो भूख भी है? तभी तो उसके सिर पर निकाले जाने की तलवार लटकी है! जो उस पर निरन्तर प्रहार कर रही है, उसका गला रेत रही है किसी आरी की भाँति। और इस कारण वह शरीर से ही नहीं मन से भी टूट गयी है। चेहरे पर झाइयाँ हैं, आँखों में गड्ढे। कहीं रखती है कदम, कहीं पड़ते हैं—टेढ़े-मेढ़े। शरीर कमजोर तने की तरह जिधर झुकता है, झुकता चला जाता है। सहारा लेना पड़ता है दीवार का, मेज, स्टूल, अलमारी का या फिर किसी का भी। ...बच्चों, मास्टर, मास्टरनियों या पालक, संचालक का। संचालक घूरता है, जैसे—कुछ सोचता है। एक दिन अकेले में समझा देता है :

"देख! तेरा-मेरा कुछ पिछला संजोग था, वह मेरे ख्याल से अब पूरा हुआ। यहाँ देश के नौनिहाल पढ़ते हैं, इन्हें तेरी बीमारी लग जाएगी! अब तू कोई और रास्ता देख ले..."

उसकी आँखों में तलैयाँ भर उठीं। सीने की खड़खड़ाहट खाँसी की हूक में बदलनेवाली थी, सो जल्दी से पलट पड़ी और असावधानी में गैलरी में फिसल पड़ी। तब खाँसी भी बेकाबू हो गयी, जैसे किसी नदी में भयानक बाढ़ आ गयी हो। अब ऊँट की चोरी नोहरे-नोहरे (झुके-झुके) न होगी। रहस्य खुल गया। उसकी खाँसी नहीं थम रही। साफ चिकने फर्श पर ढेर सारा बलगम पसर गया है! ललछौंही बलगम। जैसे, किसी ने भीतर से लाल छींटे मार-मारकर निकाला हो!

फिर थोड़ी देर बाद ऑफिस का चपरासी उसे उसकी झुग्गी तक छोड़ आया। माँ की पीली और निस्तेज आँखों ने उसे घोर निराशा से देखा और पहले से अधिक काँखने लगी, "रामऽ मोहि काल नई देत...वे चले गये और अब बिटिया हू जैवे कों है..." बूढ़ी रोने लगी। बुढ़ापे में गुस्सा और दीनता बढ़ जाती है। उसे अरसे से दमा है। कोई इलाज नहीं। फेफड़े सिकुड़ गये हैं। आँतें इकट्ठी हो गयी हैं, एक-एक श्वास मौत के समान आता-जाता है। जीना अगर आसान होता, जीना अगर खेल होता, जीना अगर मस्ती से भरपूर और अभावमुक्त होता तो हर कोई जीना चाहता। पर यहाँ तो जीना मौत से भी बदतर है।

रात इसी कोलाधमना में बीत गयी कि सुबह जाने नौकरी रहेगी कि नहीं! सुबह किसने देखी, अगर यह बात होती तो बड़ी आश्वस्ति मिलती। पर सुबह तो सुनिश्चित थी।...और सुबह वह रोज की तरह तैयार होकर समय पर स्कूल पहुँच गयी। सबने उसे हैरानी से देखा, पर किसी ने कहा कुछ नहीं। तो एक-एक पीरियड वह ऐसे काट उठी, जैसे : सध-सधकर किसी दुरूह पर्वत पर चढ़ रही हो! कि आज का दिन सही-सलामत कट जाए, कोई गाज न गिरे तो समझो शिखर पर पहुँच गये! शाम को रिहर्सल के बाद अकेले में कुछ आरजू-मिन्नत करूँगी, शायद पिघल जाएँ!

लेकिन वक्त के उस छोर को छूने से पहले ही रेसिस में संचालक ने उसे बुलाकर कहा, ''बाई, अब तुम्हारी जरूरत नहीं है, समझीं!'' उसने मेज पर रखे हाथ का पंजा साँप के फन की तरह उचकाया। चार उँगलियाँ और एक अँगूठा।

''भाई साहब!'' कण्ठ काँप गया। सब भाई साहब ही कहते हैं, उसने भी कहा, ''हमने अपनी ज्वानी में जो कछू बनी, सो सब सेवा करी। और हमाई-तुमाई और सबकी मेहनत से, आज राम कृपा ते...आज कितनी बड़ी छत्रछाया है तुमपे,'' उसकी आँखों में कोठी का विस्तार समा गया। उसकी आँखों में वह दृश्य भी घूम गया जिसमें कि भाई साब, भाभी साब और सब बच्चे सोने के सींग मढ़े हाथी पे बैठे थे। उनकी सवारी निकल रही थी बाजार-भर से। उस त्यौहार में हाथी पर बैठने की बोली उन्होंने ही जीती थी। तब सारा स्टाफ कितना हर्षित और पुलकित हुआ था! और बाई तो हाथी के आगे झूम-झूमकर नाची थी।...

उसने भरसक गुहार की, ''भाई साहब, तुम हमाए ईसुर-परमेसुर...अब जा बुढ़ापे में, जा बीमारी में हमें धोबी को कुत्ता न करो। भाई साब...'' गला भर आया तो आवाज रुक गयी और आँखें भर आयीं तो भाई साहब उसे विराट दिखाई पड़ने लगे, जिनमें कि सारा अग-जग समाया हुआ था!

फिर जब उसका आवेग थम गया तो एक अत्यन्त कुशल डायरेक्टर ने कहा, ''अनीता बाई, इस संस्था के भविष्य के लिए तुमने, हमने, सबने जो परिश्रम उठाया, उसे मिट्टी में मत मिलाओ। इसकी ख्याति धूल में मिल जाएगी जो पता चलेगा कि इसके कर्मचारियों को कोई छूत की बीमारी है! समझीं!!'' उसने फिर फन-सा पंजा उचकाया। रेखाएँ स्पष्ट दिखीं अनीता को...।

'बैरी, तेरे हाथ में सोने की लकीर है! हम हारे!...'—उसने निराशा में दाँत पीसे, पर प्रत्यक्ष में बोली, ''भाई साब! तुम जो कहात ते कि फण्ड देइंगे, पेंसिन देइंगे...तो कर देउ हमाओ हिसाब, जैसे होइगी—काटेंगे अपई जिन्दगी...''

वह हँसा, उसकी मूर्खता पर। और यथार्थ वचन बोला, ''कहिबे और करिबे में फरक है, बाई! सरकार पीछूँ हटि रही है फण्ड-पेंसिन ते, जे तो वैसे भी प्राइवेट संस्था है! आज कितना खर्च बढ़ गया है संस्थाओं का, कोई बैलेंससीट देखे तो पता चले...तनखा के लाले पड़ेंगे थोड़े दिन बाद। सब सरकारी एड बन्द हो गयी! पता है तुम्हें कछू?''

अब क्या कहे! रास्ता बन्द कर दिया दुष्ट ने। वह आँसू पोंछकर बाहर निकल आयी। पर आँसू तो थम नहीं रहे...तो वह फाटक से बाहर निकलकर बिल्डिंग के कॉर्नर पर बने सर्वधर्म मन्दिर में चली आयी। और मुँह में पल्लू ठूँसकर रोने लगी। रोते-रोते ही बोली, ''एऽ मेरे शंकर भोले, हनुमान बाबा, जो तुम साँचे होउऽऽ तो जाको राजकाज धूरि करि देउऽऽ'' उसकी हिलकी थम नहीं

रही। वह दूसरी ओर घूमी—मस्जिद, गुरुद्वारे, चर्च के मॉडल की ओर, और कलप उठी, "ऐऽ मेरे अल्ला! नानक बाबा! ईसू महाराज...तुम कहूँ होउऽ तो जा पापी की देह में कीरा भर देउ, जाको नास मेटि देउ मेरे म-ह-राज..." उसकी डिडकार छूट पड़ी।

और जब वह रो-रोकर हलकान हो गयी और छाती और सिर पीट-पीटकर बावली तो फिर से पागलों की तरह दौड़ती हुई फाटक खोलकर भीतर घुस आयी। लेकिन इस बार ऑफिस में एक और जवान बाई खड़ी संचालक को अपना इण्टरव्यू दे रही थी, वह पूछ रहा था, "तुम्हें कोई छूत की बीमारी तो नहीं है—क्योंकि हमने पिछली बाई को इसी कारण से निकाला है।"

अनीता की आँखों में अँधेरा छाने लगा। वह आँधरों की तरह दीवार और फाटक टटोलकर सड़क पर निकल आयी। अब कुछ नहीं सूझ रहा था कि कहाँ जाकर मरे। प्राण क्लेश के अथाह सागर में ओर-छोर डूब गये थे।

तबाही

कन्नोबाई का नाम सुनते ही उनके कान खड़े हो गये।

शब्द ने जैसे शंखनाद कर दिया था। शब्द कान के रास्ते दिमाग में किसी घोड़ा-पछाड़ साँप की तरह घुस आया था। और परत-दर-परत अपना अर्थ खोल रहा था। पर जिसने भी उसे उचारा था, वह भीड़ में कहीं छुप गया था।

यह छली कौन है?...वे हलकान हो गये। बूढ़ी पलकें काँपकर स्थिर खड़ी रह गयीं ताकि आँखें उसे खोज सकें। किन्तु सामने कन्नोबाई की गली के सिवा कुछ नहीं था।

वह जब भी गुजरे हैं इधर से, कभी-कभी कन्नोबाई की गली के मुहाने पर कोई उन्हें लक्ष्य कर कन्नोबाई कहता है। स्वर कतई अपरिचित होता है, जैसे भीड़ का ही कोई स्वर उभरता हो...और उनके बढ़े कदम खोज में ठिठक जाते हैं। पर देर तक कोई नहीं दीखता। वे विक्षुब्ध-से उँगलियों से अपना माथा टटोलते आगे बढ़ जाते हैं। उनके आसपास अतीत का अछोर साया अपने बृहद् पंख पसारकर खड़ा हो जाता है—जिसमें कन्नोबाई की हँसी की खनक, उनके घुँघरुओं की छनक, उनकी कोमल स्वर लहरी की कुहुक, पेटी की लय और तबले की गुमक साक्षात् तैर उठती है। दृश्य और ध्वनि घटित को एक बार फिर लौटा देते हैं, गोया, काल पीछे लौट आता है, जैसे कोई ट्रेन बैक होकर लौट आये। खाली पड़ा प्लेटफॉर्म एक बार फिर भर जाए हड़कम्प रहित हलचल से...

'हे राम! किसी इनसान की उमर इतनी भी न बढ़ जाए कि वह आगत के बजाय अतीत की सोच में रह-रह के डूब जाए। बुढ़ापा क्या फ्लैश-बैक के लिए ही बनाया गया है? उन्हें खुद पर दया आयी।

बेतरतीब दाढ़ी और सिर के बालों पर हाथ फिराकर वे बिस्तर पर ढह गये। कुछ पल खूँटी पर टँगे बेंत को अपलक ताकते रहे, जो अब एकमात्र हमराह है। फिर सोच उठे, कितनी विचित्र है मनुष्य की यह यात्रा! दृश्य एक, दृश्य दो, दृश्य तीन...फिर खेल खत्म! जैसे, पहले दृश्य में कोई हवाई जहाज अपनी पटरी पर तीर-सा दौड़े और दूसरे में सारस की तरह आसमान में तैरे पर तीसरे में पतंग की

तरह कटकर झाड़ी-वनखण्डी में बिखर जाए...

वे विस्मय से भरे, अपना झुर्रियों-भरा चेहरा हाथों में थामे किसी बच्चे की तरह नमूदार हैं। जो एक बाँस पर चढ़े नट का खेल देखने में मशगूल हो। इस तीसरे दृश्य का पटापेक्ष पीछे होता है, वे काँप पहले उठते हैं। क्योंकि पतंग को उड़ाया उन्होंने, बढ़ाया उन्होंने और काटा भी उन्होंने...काटना तो उड़ाने से पहले ही तय हो चुका था। बल्कि काटने के लिए ही उसे उड़ाया और बढ़ाया गया था। क्या यह भी मुकद्दर में लिखा था? चौंककर जैसे खुद से पूछते हैं, फिर नकारते हैं—यह तो एक खेल था जो हमी ने खेला। जैसे कोई सर्वशक्तिमान सृजन और विध्वंस का खेल खेले!

वे फिर काँप गये। अब तो बात-बात पर काँप जाते हैं।

फिर सोचने लगे—जिनके लिए सब-कुछ किया वे सब-कुछ होकर भी अपनी-अपनी दुनिया में रम गये हैं। बेटियाँ दिल्ली, लखनऊ में हैं। ए. सी. चेयरकार या फ्लाइट से आती-जाती हैं। और बेटे कलकत्ता, बम्बई में हैं। यहाँ का बिजनेस छोटा पड़ गया है उनके लिए। धर्मपरायण पत्नी चौथेपन में साध्वी होकर आश्रम-वासिनी हो गयी है। तीर्थ-स्थल में निवास है अब उसका, बेटे-बेटी वहीं दर्शनार्थ जाते हैं माताजी के। उसमें उन्हें देवदर्शन मिलता है।

...और हम? वे खुद से पूछते हैं, हमने क्या कमाया अपने लिए! उपकार में ही लगे रहे...स्वार्थ नहीं साधा कभी। जिसे स्वार्थ जानते रहे, सन्तुष्टि पाते रहे जिसमें, वे तो रेल के डिब्बों की तरह कट-कटकर अलग हो गये! अपने-अपने जंक्शन से अपने-अपने रूट से चले गये...

वे हताश से उकड़ूँ बैठकर फिर लेट गये। उन्हें पता है, इस कनफेशन का भी कोई खास मतलब नहीं है। न उन्हें किसी अधोगति का डर है और न किसी ऊर्ध्वगति की चाह है। उनका पुनर्जन्म तो सन्तानों के रूप में पहले ही हो चुका है। अब तो सिर्फ ठूँठ की तरह किसी रोज जड़ से उखड़कर धूल में मिल जाना है। ऐसा कुछ भी शेष नहीं रह जाना है जो जले नहीं, गले नहीं, सूखे नहीं, मिटे नहीं। इन सारे भ्रमों से तो कब के ऊपर उठ गये हैं वे। अब किसी भविष्य की बाट नहीं जोह रहे। न किसी नव्य के प्रति उम्मीद जगाये बैठे हैं। उनकी निजता, उनका अस्तित्व यहीं तक है। वे किसी अमरत्व के स्वप्नजीवी नहीं हैं।

पलटकर देखते हैं तो जीवन-संग्राम के परिदृश्य में कोई ऐसी याद नहीं बचती जो हींड़ने को विवश करे। फिर से बुला लेने की आशंका से भरे। तभी अब दूध-का-दूध, जल-का-जल हुआ है। तभी तो अब यह संज्ञान हुआ है कि जिनसे चिपके रहे, जिन्हें चिपकाये रहे, जिनके निमित्त दर-बदर मारे-मारे फिरे, जिनके हेतु सारी दुनिया को लूटा किये, छल-फरेब किये, वही अपने न रहे। अपना शरीर भी नहीं रहता एक दिन अपना...। उनकी आँखें मुँद गयीं।

उन्हें अरसे से मधुमेह है। एहतियातन कभी-कभार इतनी ज्यादा मात्रा में दवा ले लेते हैं कि शरीर से शुगर का परसेण्टेज़ उन्हें बेहोश कर डालने की हद तक कम हो जाता है...पर इस जगत में कोई भी उन्हें अपनी दया का पात्र नहीं बना सकता। इतना स्वाभिमान तो बचा के रखा है अभी। इतनी अशक्तता के बावजूद किसी रिश्तेदार या बिरादरी-भाई पर बोझ न बनकर एक पड़ोसी गरीब परिवार को खाना-सफाई और देख-रेख का आजीवन ठेका दे रखा है। उनकी पेंशन का हिसाब लेनेवाला अब और कोई है भी तो नहीं।

...पहले दृश्य में कन्नोबाई का दरवाजा एक बार फिर खुलता है। यह दरवाजा बड़ा चिर-परिचित है। इसे पहले तो गली के नुक्कड़ से ही दिखलाया था विद्या भैया ने...तब एक ऊँचे चबूतरे पर बन्द काले किवाड़ दूर से ही दिखे थे उन्हें। जब भी गुजरते मेन रोड से, नुक्कड़ पर ठहरकर वह दरवाजा ताकते अवश्य। कि जैसे उसी के भीतर एक हसीन दुनिया कैद है...शेष सब सहरा-ही-सहरा है। कि अब वो शायद, खुले तो उनका दीदार हो जाए...

पर हफ्तों ऐसा नहीं हुआ तो गली में होकर आर-पार गुजर उठे। एक दरवाजे पर चढ़ने के लिए चबूतरे पर दोनों ओर से सीढ़ियाँ थीं जो उनकी पदचाप की राह ताक रही थीं। पर विद्या भैया ने कहा था कि जिस दिन महफिल सजी होगी, उसी दिन ले चलेंगे!

गोकि विद्या की साख जरा बिगड़ चुकी थी। वे पहुँच तो बड़ी आसानी से गये थे कन्नो के निकट, पर उन्हें छू नहीं पाये थे। छू पाने का मतलब फोड़ लेने से था। फोड़ लेने का मतलब किसी खिलती कली की चटक सुन लेने से था।

...विद्या भैया जरा रसिक मिजाज आदमी थे। भूतपूर्व जमींदार के जवान बेटे। अपने साले की शादी में कन्नो को ले गये थे। उस शादी में कन्नो पर ऐसे लट्टू हुए कि अण्टी के सारे नोट न्यौछावर कर बैठे।

उनकी दिलकश आवाज़ और पतले-पतले होठों की एक-एक जुम्बिश पर वे बलि-बलि गये। रात तो कन्नो के साथ गुजरती महफिल में, दिन भी उन्हीं के तम्बू में गुजार देते। उन्होंने नहीं जाना कि घुड़चढ़ी कब हुई, कब अंकमाला, कुँवर-कलेवा हुआ।

सब कहते, विद्या तुम तो गंगा नहा लिये। पर ये विद्या ही जानते थे कि खाला ने उन्हें अब तक तो कन्नो की लट भी नहीं सूँघने दी थी...हरदम बड़ी कड़ी चौकसी रखतीं। हद हो गयी चौकसी की भी। खाला जागने में बड़ी पक्की थीं। उनकी मजबूरी देखो कि सैलाब की तरह बढ़ते विद्या को न उलीच सकती थीं, न कन्नो को पर्वत पर बिठा सकती थीं। बस, खुद एक दीवार की तरह उनसे लिपटी हुई थीं कि कहीं अपनी कामोत्तेजना में विद्या उन्हें फोड़ न डालें...गोकि उनकी अभी नथ भी नहीं उतरी थी। और विद्या ठहरे सेंठा भैया। उनपे जो हजार-पाँच

सौ था, यहीं गँवा बैठे। अब तो रस्म-अदायगी के लिए साड़ी-मिठाई और जुटा सकते थे बस! छह महीने का खर्च उठाना और नथ की रकम भरने की कुव्वत उनमें कहाँ थी...इसलिए खाला बीच में अड़ी थीं।

एक रात-दिन और एक पूरी रात और दो आधे-अधूरे दिनों का बड़ा टिकट समर था वह जिसे खाला ने अन्ततः जीत लिया। अब फुल पेमेण्ट के बाद घर आकर तो खाला का विद्या खैर बिगाड़ ही क्या पाते?

...और कन्नो तो बेवफा थीं ही!

वे मन मारकर रह गये।

मगर विद्या की यह बौखलाहट उनके लँगोटिया यारों में भी भर गयी थी। वे तीन थे। विद्या, वे और श्रीकिशन। तब एक स्ट्रेटजी बनी कि अब ऐसी चोट देना है कन्नो को कि वह जिन्दगी-भर याद रक्खे...और खाला की सारी होशियारी भी उनके...

उसी प्लानिंग के तहत विद्या ने उन्हें पहले मेन रोड से कन्नो का दरवाजा दिखलाया...फिर एक रोज गली के अन्दर धँसकर दरवाजे के रूबरू गुजरकर दिखलाया....फिर जब वे अच्छी तरह आशिक हो गये उस दरवाजे को ताकने के, तो एक रोज कसदन दरवाजा खुलवाकर वे उन्हें भीतर लिवा ले गये।

पौल के बाद आँगन, टीन और फिर एक कोठा था। टीन में तख्त पड़ा था। वे वहीं बैठ गये। आँगन से अटारी को सीढ़ियाँ जाती थीं। पौल के ऊपर थी कन्नो की अटारी। उसी की खिड़की से कोई साँवला चेहरा इधर झाँक रहा था। खाला नीचे के कोठे से निकलकर टीन में आ गयीं। सूखे मुँह से बोलीं, "वे तो हैं नहीं, फूफी के हिंया दावत में गयी हैं।"

"हम तो तुम्हीं से मिलने आये हैं खाला!" विद्या भैया ने दहला मारा, "जे हमारे मुलाकाती जेमिनी साहब हैं। सरकारी ठेकेदारी करत हैं। लाखों-करोड़ों के काम चलत रहत हैं इनके...वैसे, शाइर मिजाज आदमी हैंगे!"

इस तरह सेन से जेमिनी बने वे मुँह बन्द कर पलकें झपझपाते हुए कभी विद्या को कभी खाला को निरखते रहे। खाला के नाक-नक्श, कलर, शऊर बताते रहे कि कभी बड़ी बिजलियाँ गिरायी होंगी उन्होंने भी।

वहीं तय हुआ कि किसी रोज महफिल सजवाई जाय। तब कन्नो और जेमिनी साहब का परिचय करवाया जाय एक-दूसरे से...यही सलीके की बात रहेगी। है—ना। और वे दोनों उठ के चले आये। खाला ने किवाड़ बन्द कर लिये।

खाला ने अपने हाथ से जो गिलौरी बना के दी थी उसे अपने कल्ले में देर तक दाब के रखा था उन्होंने और तसव्वुर में कन्नो के मुलायम हाथों की छुअन

पानदान से होकर अपने कण्ठ तक गिलौरी के पिपरमेण्ट में साँस के जरिये कलेजे में उतारते रहे थे।...तीस बरस की भरी जवानी, जिसमें पत्नी चार बच्चों को जन के ढीली पड़ गयी थी, उन्हें रातों में जगा देती और कन्नो के ख्यालों में डुबो देती।

उन्हीं दिनों में हथियारबन्द शेर आने शुरू हुए। तब से पहले तो खूब सोच-सोच के लिखते रहे थे वे...अब रदीफ-काफिए को बखूनी पानी करना सीख लिये थे।

विद्या ने जब जान लिया कि तीर निशाने पर बैठ रहा है...इधर ये सेन साब से जेमिनी बनते नजर आ रहे हैं और उधर खालाजान मोटी मुरगी के फँसने के झाँसे में झँसती जा रही हैं तो उन्होंने एक रोज महफिल का जुगाड़ बैठा लिया ...इस बाबत उन्होंने अपने दूसरे यार श्रीकिशन तक से बात कर ली थी कि तुम भी ऐन मौके पर आ जाना और आखिर में जब परिचय हो उठे तो कह देना कि उधर बम्बी रोड पे छोटे-मोटे ईंट भट्ठे हैं अपने तो...!

पर उस रोज महफिल में श्रीकिशन आ नहीं पाये। विद्या भैया और जेमिनी साहब कद्रदान-द्वय ही रहे, महफिल के सिरमौर। विद्या भैया की न्यौछावर तो साजिन्दों के लिए थी। खुल्लम-खुल्ला, पर जेमिनी की उँगलियों में फँसे कड़क नोट हर बार कन्नो की उँगलियों से होकर खालाजान के पानदान में धरे जाते रहे।

खूब गोरे-चिट्टे कसरती बदन के जेमिनी पर उस रोज ब्लैक सफारी ऐसा फब रहा था कि खालाजान लट्टू हुई जाती थीं। कन्नो ने पहली बार गोया दिल से गाया था। आवाज जो काँप रही थी उनकी। कमर की लचक घुँघरुओं की छनन-छन, हाथों और उँगलियों का कलात्मक संचालन और आँखों-होठों की भंगिमा जेमिनी पे तारी होकर रह गयी। और उस गजल के अनोखे बोल तो वे कभी भुला नहीं सकेंगे, जैसे कि खुद उन्हीं का कलाम हो!

"आय-हाय क्या बात थी श्रीकिशन!" उन्होंने अँगूठे-तर्जनी के किनारों को मिला के सुपरिचित गोला बनाया, मस्ती में आँखें मूँदकर गोया खुद से बतियाये, "तुम होते तो महसूसते कि क्या मुकम्मल शेर थे...अगर खुद के हैं तो बड़ी बढ़िया शाइरा हैं वे..." वे तारीफ में अघाए नहीं थे।

फिर जब कन्नो की बाँकी चितवन आँगन की सीढ़ियों के मार्फत अटारी पर चढ़ गयी तो तबला-पेटी भी सुस्त पड़ गये। तभी चारों तरफ का मुआयना कर दाँव फेंका उन्होंने, "भई...ये टीन-वीन और कोठे की बनावट तो नापसन्द है हमें!"

विद्या के कान चौकस हुए। खाला का मुँह उतरा, "अब जैसा भी है जनाब! टूटा-फूटा गरीब-खाना, बरा-ए-मेहरबानी आते-जाते रहिए। कमाई को कोई और

जरिया तो है नहीं। गुज़र-बसर है नाचे-गाने में, बस!''

''सो-खाला के यहाँ धन्धा नहीं होता!'' विद्या चहके, आँखें लट्टुओं-सी घूमीं और मानो पलकें उघाड़कर सो गयीं।

उन्हें बड़ी अश्लीलता लगी।

जैसे, विद्या कह रहे हों कि पेशा नहीं होता यहाँ...पेशा कितना गलीज शब्द है! पैसा देकर हवस मिटाना, शरीर देकर पेट भरना।...उन्हें घिन-सी लगी।

तभी कन्नो कपड़े बदलकर बड़ी मासूमियत से नीचे आयीं, जैसे इण्टर की कोई कमसिन छात्रा हो। भोली-भाली, हसीन और नादान। लगता ही नहीं कि यह कोई पतुरिया भी है...नाच-गाना करनेवाली बाई जी है। लाल गुलाब की पंखुड़ियों से पतले होठ अलग से चिपके दिख रहे थे। स्याह खमदार लम्बी जुल्फें, तोतापरी नाक और इमली के चिया-सी आँखें, कमानी-सी झुकी-झुकी भौंहें! वे ताकते ही रह गये—कि एक सादा से लिबास सलवार कुर्ते में नमूदार घरेलू-सी उस मासूम लड़की को। जिसने कुछ कहा भी था शायद, कि पसन्द आया जनाब? वे सुन नहीं पाये। खास अन्दाज में बोले, ''माफ करना, मैं सुन नहीं पाया। फिर से फरमाइए क्या फरमाया।''

उनके इस अन्दाज पर कन्नो तो जैसे बिन मोल बिक गयीं। इतनी मुकम्मल गुफ्तगू, बातचीत का ऐसा अनोखा लहजा तो उन्होंने पहली बार सुना था...

और वो वाकिया श्रीकिशन को बताते वक्त वे कहीं गहरे खो गये थे।

जो सिलसिला हकीकत में शुरू होना था वह खयालों में बहुत पहले से पल रहा होगा। उनके तसव्वुर में इक इमेज-सी थी अपनी माशूका की, किस्मत से अब वह हकीकत में आ मिली थी। भला हो विद्या के इन्तकाम का और शुक्रिया इस इन्तखाब का कि किस्मत से उन्हें ही चुना गया...इस काण्ड में वे मोहरा बनकर बड़े हर्षित थे। वे अपने स्वर्गीय पिताश्री के भी बड़े आभारी रहेंगे, जिन्होंने शेरो-शायरी का चस्का लगाया उन्हें। अगर वे शाइरी का कलेक्शन न करते रहे होते तो आज न इस तहजीब से पेश आ पाते न खुद शाइरी कर पाते...अल्लामियाँ हर-एक की जिन्दगी की हसरतों का कितना ख्याल रखते हैं। उनका सिर श्रद्धा से झुक जाता।

उन्हीं दिनों श्रीकिशन के यहाँ विद्या भैया ने गुप्त मीटिंग बुलायी। उसमें वे तीनों अपनी तमाम चालाकियों और हाजिर-दिमागी के साथ इकट्ठे हुए थे।

...वे सोच रहे थे कि क्या वे—खाला, और कन्नो भी, इतनी आसानी से उनका ग्रास बन जाएँगी?

शब्द पहली बार अपना अर्थ खोल रहा था; निर्मम यानी ममतारहित। जिसके सिरे से ममता न हो।

गोकि शब्द चंगुल चिड़िया की भाँति अपने विशाल डैने फैलाये खड़ा था। नितान्त भयावह, दुर्दान्त निस्पृह और कठोर। जो प्रेम की खोज में नहीं, उसके मक्तल की ओर जा रहा था...

और वे महावीर वाणी और सुन्दरकाण्ड रटकर, उसके निरन्तर पारायण से भी इस तथ्य तक नहीं पहुँचे, इसका बड़ा जबर्दस्त अफसोस है उन्हें।

...किसी ने दरवाजे पर दस्तक दी है। कान खड़के उनके।

"कौन...?"

"हम।"

स्वर ने कहा, श्रीकिशन!

"आ जाइए..."

वाक्य बैठक से निकलकर गैलरी में घिसटता हुआ किवाड़ों की सन्धि से गुजरकर श्रीकिशन को कानों के परदों पर काँप उठा तो दरवाजा ठेलकर वे भीतर घुस आये।

श्रीकिशन उनसे ज्यादा बूढ़े हो गये थे। इतनी झुर्रियाँ भर आयी थीं कि उनका चेहरा अँधेरे में देखकर बच्चे डर सकते हैं।

"क्या हो रहा है साहब। जेमिनी साहब!" उन्होंने पुराना मजाक अपने बूढ़े स्वर से नवीन किया। जैसे, क्षणांश के लिए शरीर की व्यथा भुलाई हो।

"वही सिलसिला है, जनाब। वो ही पुरानी मेमोरी री-कलेक्ट किया करते हैं। ये सब बुढ़ापे की अलामतें हैं—खाँसी, खुर्रा, गैस्टिकट्रबल...कभी पेशाब रुकता है तो कभी पाचनतन्त्र बिगड़ जाता है।" उन्होंने मुट्ठियाँ खोलीं और आध-पौन घण्टे तक स्यापा करते रहे। फिर श्रीकिशन ने अपना तलवा सहलाया कि—वह मूर्ख बहेलिया न जाने कब आकर निशाना साधेगा? जबकि हम अब खुद बाट जोह रहे हैं उसकी! मौत उनकी आँखों में उतर आयी थी, जैसे नींद उतर आती है। यह वक्त भी आ जाता है इनसान की जिन्दगी में, जब वह खुद इसके स्वागत के लिए तैयार हो जाता है, और कभी-कभी कोई-कोई इतना भी जी चुका होता है कि न कोई चाह बचती है, न पुनर्जन्म की कामना।

योजनाबद्ध ढंग से सजवायी गयी उस दूसरी महफिल में वे तीनों अपनी मचानों से उतरकर एक साथ नहीं पहुँच रहे थे वहाँ! उनके अदृश्य हाथ टीन के कनस्तरों को पूरी ताकत से पीट रहे थे। वे 'हुवाँ हुवाँ हूँ ऽ ऊँ ऊँ ऊँ' की भयानक ध्वनि-रहित आवाजें निकालते अँधेरे का नीम फन्दा कसते चले आ रहे थे और अब महफिल में उनकी आँखें लकड़बग्घों-सी चमक रही थीं।

वह हाँका जीतबहादुर सिंह के मुँह से लगवाया था। उसके पास फ्रीडमफाइटर

का सर्टिफिकेट था। लेकिन सबको खबर थी कि अँग्रेजों की जेलों का वह कैदी एक नामी तस्कर था, जो सन् '47 के बाद अचानक स्वतन्त्रता-संग्राम सेनानी घोषित हो गया था। इस ताज को पाक-साफ रखने के लिए बाद के दिनों में उसने तस्करी तो नहीं की, पर रण्डीबाजी नहीं छोड़ी। वह कम-से-कम बीस लड़कियों की नथें उतार चुका था। अब बूढ़ा, खूसट और घिनौना हो गया, मगर शौक बरकरार था।

यारों की योजना इस महफिल में उसे डाउन कर जेमिनी साहब को क्लोजप में ले आने की थी। कन्नो अपनी दिलकश आवाज में राग मालकोश में जैसे उन्हीं को पुकार रही थी...और ठीक उसी वक्त कि जब अँधेरा भीगे हुए काले कौवों के पैरों की तरह चमक उठा और उन्होंने अपने पेट टहनियों से चिपकाकर अपनी बेहद कर्कश आवाजों में चीखना शुरू किया, तो उस चीख से डरकर कन्नो ने तुम्हारी उँगलियों में फँसा एक सौ का कड़क नोट उँगलियों सहित थाम लिया। जीत खिसिया कर उठकर चला गया।

बाद में आये और अब तक अपरिचित-से बैठे अपने यार श्रीकिशन से पहली बार मुखातिब होकर तुमने बड़ी आजिजी से पूछा, "अपनी तारीफ कहिए, जनाब! कहाँ से तशरीफ ला रहे हैं?"

"अरे-साब, अपन तो देहाती आदमी हैंगे! ऐसा ही मोटा-झोंटा काम करत हैंगे। उधर बम्बी रोड पे अपने दो-तीन ईंट-भट्ठे हैंगे..."

श्रीकिशन बना-बना के बोल रहे थे और विद्या भैया की आँखें उल्लू की तरह घूम रही थीं। जेमिनी साहब बड़ी नफासत से गर्दन हिलाते और गम्भीर 'अच्छा-अच्छा...जी-जी, जी-हाँ' निकालते हुए तहजीब से उन्हें सुन रहे थे। कन्नो कपड़े बदलने चली गयी थीं...फिर कुछ सोच-समझ लेने के बाद जेमिनी साहब ने उठकर कदमों से ही टीनशेड को आड़ा-तिरछा नापा और आँगन का भली-भाँति मुआयना कर बोले, "अपने यहाँ नम्बर एक का क्या रेट है?"

"भाव तो सब लग जाएगा साब, आप तो बस हुक्म दीजिए।" ईंट-भट्ठे मालिक बने श्रीकिशन उदारता से बोले।

"तो ऐसा कीजिए," उन्होंने पंजे को मुँह के आकार में खोला और मुँह को बटुए की तरह गोल किये रहे, आँखें किसी अदृश्य योजना पर टिकाये, "दो ट्राली माल यहाँ भिजवा दीजिएगा...और बिल्डिंग मेटेरियल भी रखते हैं क्या?"

"हाँ-जी वो भी एक छोटी-मोटी फर्म डाल रखी हैगी।"

"लो...फिर हमें कहीं और भटकने की जरूरत ही क्यूँ पड़ेगी," वे यूँ चहके, गोया माथे से चिन्ता की सबरी लकीरें पुँछ गयी हों, "कल आपको माल का ऐस्टीमेट बनाके देंगे...कि इतना-इतना सरिया, गिट्टी, सीमेण्ट, रेत वगैरह चाहिए, ठीक...!"

"ठीक है, साब!" श्रीकिशन की आँखें भी ऐसे चमकीं, जैसे वाकई मोटा खरीददार मिल गया हो।

फिर वे अपने आप से बातें करते हुए बुदबुदाये, "हाल, लैट्रीन-बाथ, टुल्लू पम्प, लाइन और वाटर टैंक...फिलहाल इतने से काम चल जाएगा।"

अम्मी ने उनकी बुदबुदाहट अच्छी तरह मन की कैसेट में रिकार्ड कर ली, तो अटारी की ओर मुँह उठाकर कन्नो को बुलाया। "बेटी—ईईई। अब आके खुदा हाफिज तो कहो, ये जा रहे हैं...जेमिनी साहब!"

कन्नो को उन्हें जेमिनी कहना अच्छा नहीं लगता। वो कुछ और कहना चाहती हैं। वो उनसे अकेले में मिलना चाहती हैं। महफिल सजाना अच्छा नहीं लगता। जो काम छुप के किये जाते हैं किसी एक से, वो उजागर और सबसे करने में कोफ्त होती है उन्हें। और उनका जी चाहने लगा है कि गाएँ तो उन्हीं के लिए, नाचें-इतराएँ-इठलाएँ तो उन्हीं के लिए।

...और वे बिजलियाँ गिराएँ तो उन्हीं पर गिराएँ सब पर क्यूँ?

वे नीचे उतरकर नहीं आयीं...सब चले गये।

फिर दो-चार दिन में विद्या भैया ने एक नौवा को फिट कर दिया। नौवा यानी नाई। उसे छत्तीसा भी कहा जाता है। यानी पूरे छत्तीस गुणों से लैस। जो बिगड़ी हुई बात को बना दे, जहाँ बाल न खड़ा हो सके वहाँ मूसल अड़ा दे। तिल का ताड़ कर दे। राई को पर्वत बना डाले।

उसका नाम कृपालु शंकर था। उसे अच्छी तरह भरकर भेजा था विद्या भैया ने। वह किसी कुशल बहेलिये की भाँति दबे-पाँव आ निकला था इधर। उसके अदृश्य धनुष-बाण को न अम्मी ने और न कन्नो ने ही देख पाया था—कि थोड़ी देर में ही उसकी घनाक्षरी बातों से बड़ी सम्मोहक आँखोंवाले साँप भी अन्धे होते चले गये थे।

जो उसने कहा कि वह जेमिनी साहब का मेट है और उन्हीं के ऑर्डर से आपसे यह पूछने आया है कि, वह सौ कट्टे सीमेण्ट कहाँ धरवा दे जो एक अन्य निर्माण-कार्य से बच गया है...क्योंकि अब तो आपके यहाँ काम लगना ही है, आज नहीं तो कल। पहले एक हाल और लैट्रीन-बाथ वगैरह बनेंगे, फिर यह अटारी और पौल गिरा के आगे कोठी तनवा देंगे। भीतर का कोठा बाद में लेंगे ताकि आप लोगों को असुविधा न होने पाए।

...यों कहिए कि जेमिनी साहब की मोहब्बत अब पिलर सिस्टम में ढलने जा रही थी। जिसकी जड़ें इतनी मजबूत होंगी कि कोई जलजला भी न उखाड़ सकेगा कभी। उसकी ढलवाँ छत और जीने अम्मी-कन्नो और उनकी सात पीढ़ियों तक के लिए काफी होंगे। अल्लाह सचमुच छप्पड़ फाड़कर ही देता है...

आमतौर पर यही माना जाता है कि व्यक्ति का स्वभाव और नाड़ी आनुवंशिक आधार

लिये होती है।

...सो अम्मी यकीनी तौर पर ये जानती रहीं कि कन्नो एक खेल खेलेंगी जेमिनी साहब से, दिल थोड़े दे बैठेंगी। इसी अनुभवजन्य अनुमान के आधार पर उन्होंने ढीला छोड़ दिया था उन्हें; और कन्नो पर भी अब ताजा-ताजा शबाब आया था। पराग उमड़ पड़ा था। प्यास जाग रही थी और सीने से तकिया दबाने के बाद भी हृदय का स्पन्दन थमता न था; दीर्घ श्वास आते-जाते रहते, आँखों में कोई हरदम ही छाया रहता, कानों में वही मीठा स्वर गूँजा करता...सो वे सदैव एकान्त तलाशा करतीं।

कहने को तो कृपालु शंकर से अम्मी ने यही कह दिया था कि "न बाबा ना, हिंया इतना ठौर ही कहाँ धरा है जो हम सौ-डेढ़ सौ बोरी सीमेण्ट, रेता अनाप-शनाप लोहा-लंगड़ और ईंटा धराती फिरें। पहले तो तुम उन्हें ही भेज देना।" पर वे मेन रोड से गुजरनेवाले हर ट्रैक्टर की आवाज को मुड़कर गली में आता हुआ सुनतीं और अपनी आँखों के परदों पर साक्षात् वो ट्रैक्टर उन्हें दरवाजे पर लगता दिखाई देता। दिन में यह बीसियों बार होता। उनकी कल्पना के घोड़े बेलगाम दौड़ा करते। कभी मिक्सर की धड़-धड़ाहट सुनाई पड़ती, कभी शटरिंग की ठुकठुक सुनाई पड़ती, कभी पिलर के पिलर ऊपर तक तनते दिखाई पड़ते और कभी छतें और जीने ढलते दिखाई पड़ते। गरज कि वे कभी फर्शों की मुजाइक की घिसावट में अपना मुँह देख लेतीं और कभी बाथरूम में फिसल पड़तीं, टॉयलेट में चिपके टाइल्स की रंगत और डिजायन में खो जातीं। अपनी कोख सराहतीं कि क्या नायाब हीरा उपजा हिंया से—सब दलिद्दर धुल गया।

...और इन्हीं सुखद उड़ानों में वे अक्सर मर्माहत हो उठतीं कि अय मेरे मौला, रण्डी का जनम न दे किसी को...जिन्दगी मैला धोते-धोते कट जाती है। एक पेट भरने, तन ढँकने की खातिर कितनी खट्टी डकारें, शराब से भभकती साँसें और अनचाहा बोझ झेलना पड़ता है। ऐसी दुर्गति तो गधों की भी नहीं होती, जो हरदम लदे रहते हैं और सुअरों की भी नहीं, जो पालतू होकर भी परिवार के ही कारज में हलाल कर दिये जाते हैं।

वे कन्नो की ओर गीली आँखों से देखतीं और करुणा-भरे हृदय से मन-ही-मन दुआ माँगतीं कि, "ए-खुदा, मेरे जिगर के टुकड़े को इस दल-दल से बचाना। इसे इज्जत की रोटी बख्शना मेरे मौला।"

कन्नो से छोटे दो भाई और थे, जो अभी पढ़ रहे थे। अम्मी का नसीब ही था कि कन्नो बड़ी थी सब सन्तानों में और अब कन्नो के नसीब से उन सबका नसीब खुला जा रहा है। बारम्बार उसके हाथ खुदा की इबादत में उठे रह जाते हैं। इन दिनों दिल को बड़ा सुकून मिल गया है।

सेनं से जेमिनी बने सेन साहब ने अब अपनी हरारत मिटाने के लिए धर्मपत्नी

का मुँह जोहना छोड़ दिया है। वे अक्सर कन्नो के ख्यालों में गुमसुम बने रहने के आदी हो चले हैं। कृपालु शंकर ने एक तरह से कन्नो की सेज उनके लिए सजा ही दी है। लेकिन वे फिर भी लोहे के ठीक-ठाक गर्म होने का धैर्यपूर्वक इन्तजार कर रहे हैं, ताकि वार खाली न जा पाए और मन-माफिक आकार में ढल जाए।

रात हमेशा ही अब तारों जड़ी होती है...और इन मोतियों की झिलमिल में चाँद का उतर आना कन्नो के अथाह सागर में ज्वार भर देता है। लकदक लिबास में विहँसते से जेमिनी साहब ने उन्हें आगोश में लेकर हौले से कहा, ''तुम मुखातिब भी हो और करीब भी हो, तुमको देखें कि तुम्हें प्यार करें।'' तो उनके तपते जिस्म में बिजली-सी भर गयी। और हठात् उन्होंने खुद ही धड़कते दिल से उनके होठ चूम लिये हैं।

जब जैसे करण्ट दौड़ गया हो जेमिनी की साँसों में भी, पर वे लोहे को और तपा लेने पे अमादा हैं अभी, आज वे खासतौर पर कन्नो की अटारी के मेहमान हैं। नथ अभी नहीं उतरी है, पर अम्मी पूरे होशो-हवास में नीचे टीन में तख्त पर लेटी हुई हैं और दोनों भाई भीतर के कोठे में पढ़ रहे हैं।

कन्नो का कलेजा काँप रहा है और जेमिनी का स्वर। वो पलकें उठाती हैं, गिराती भी हैं—मानो दिल में रह-रहकर उठने-फूटनेवाले बुलबुलों को इशारे से बताती भी हैं।

लेकिन बड़े निष्ठुर हैं जेमिनी साहब, अभी और तपा रहे हैं—और!

इधर अम्मी के जेहन में चींटियाँ रेंग रही हैं—कहीं धोखा न हो जाए...बन्द है मुट्ठी तो लाख की। और इसी ख्याल से कुछ उखड़ी-सी खटपट अटारी पर आकर अधपर ही खींच लेती हैं उन्हें, जो कन्नो को तपा-तपाकर झील में खुद उतर जाने का मंसूबा बाँध रहे थे।

अब धरती छिटककर सूरज से दूर आ पड़ी थी और एक तयशुदा दूरी के साथ निरन्तर चक्कर लगा रही थी।

विद्या भैया ने और यारों के यार श्रीकिशन ने उस नीम वाली गली के घर-घर में एक झूठी सत्यकथा जरूरी सबूतों के साथ पहुँचा दी थी। इधर-उधर की चिमगोइयों से खाला के कान खड़े होने लगे थे। अब उन्हें किसी ट्रैक्टर के इंजन की बजाय जेमिनी के जूतों की खौफनाक ठक्-ठक् सुनाई पड़ने लगी थी।

हालाँकि जेमिनी को अब फिलहाल आना नहीं था पर अम्मी के कान बेवजह बजते-से रहते। अब क्या करें! उनके हाथों के तोते उड़ रहे थे। सयानी लड़की और ये बवाल! नथ उतर नहीं पायी और मुट्ठी खुल गयी...

रण्डी की इज्जत-आबरू तो नथ से ही है—ना! कायदे से यह रस्म हो जाती

तो शोहरत फैल जाती खुद ही और ग्राहक आने-जाने लगते। इस अफवाह के चलते तो कोई नथ के लिए छुई न धरेगा। गली के रण्डी-भँडुए जनम के दुश्मन, सदा से ही हाथ-धोकर पीछे पड़े हैं उनके। इस अड्डे पे कोई कबूतर मँडराने को भी होगा तो ये कनस्तर बजा-बजा के दूर से ही उड़ा देंगे।

वे निहायत एक मानवीय वेदना से भर गयी थीं।

और इधर कन्नो का दिल बात-बात पर बैठा जा रहा था। कि हाय, ये क्या हो गया। हो भी सकता है, अगरचे ऐसा हो सकता नहीं! गोकि उन्हें खुद से ज्यादा यकीन था उन आँखों पर उस जिन्दादिल शाइर पर, दिल के उस खास मेहमान पर, जिसने उन्हें खिलना सिखाया, अपनी महबूबा और हृदय-सम्राज्ञी बनाया। जो पहली नजर में फकत एक मंजर से लगे थे, पर आँख लड़ते ही दिल बने...अब जान हो गये थे।

उनकी उठती-गिरती साँसों में हरदम उनका नाम, आँखों में सूरत, कानों में उन्हीं के बोल गूँजा करते।

अम्मी उनका दर्द जानती थीं। लोग समझते कि रण्डी सिर्फ पेशा करती है, उसके सीने में दिल नहीं होता...वे संग-दिल शैतान की औलाद हैं। खुदा का बन्दा तो इंच-दर-इंच मुहब्बत से लबरेज होता है...

हालाँकि ये खबर लग चुकी थी कि जेमिनी साहिब सेन साब हैं और वे ठेकेदार न होकर महज एक सरकारी मुलाजिम हैं। उनके बीवी-बच्चे हैं और वे कोई मोटे आसामी भी नहीं हैं। वे तो विद्या के षड्यन्त्र में फँस गयी थीं। उसी नाखुदा ने उनकी कश्ती मँझधार में डुबोयी है। तो भी वे कन्नो के दिल का ख्याल कर उनके आगे किसी को भला-बुरा न कहतीं। कोई ऐसा-वैसी बात न निकालतीं मुँह से कि उसे धक्का लगे। अपने दिल पर सब बोझ धरे एक आरी-सी चलती रहने देतीं...और मन-ही-मन नथ उतरवाने का जुगाड़ भिड़ातीं।

पतझड़ का उजड्ड मौसम शुरू हो गया था। उस गली में नीम के दरख्त बहुत थे। कन्नो की अटारी की खिड़की से भी एक पेड़ की कुछ टहनियाँ टकराती थीं। गाहे-बगाहे खिड़की खुली रह जाती तो बिना पूछे सूखी पत्तियाँ फर्श पर आकर बिछ जातीं और सर्द हवा सीने में तीर-सी चुभ जाती।

भाई के जरिये उन्होंने भी सेन साहब के घर और दफ्तर का पता पा लिया था। पर खुद जाने से कतराती थीं, सो एक रोज उसी को एक परचा पकड़ा दिया उन्होंने और चलते-चलते बार-बार समझा दिया कि "खास उन्हीं के हाथों में देना है। मौका न मिले तो लौट आना।"

गोया हर एहतियात उन्हें किसी अजानी मुसीबत से बचा लेने की थी। क्योंकि

वे नहीं जानती थीं कि उनकी पोजीशन क्या है और कैसी है परिस्थिति बेचारों की ...'दफ्तर में साहब हैं कि आबू-बाबू हैं बच्चे कितने बड़े हैं, घरवाली कैसी है इनकी, चचा-ताऊ, भाई-बन्दों का शिकंजा तो नहीं है कहीं। बदनाम न हो जाएँ हमारी खातिर?'

...और नसीब से कन्नो के मौलवी साहब कासिद को राह चलते मिल गये थे। उसने ऐन आगे आकर सलाम ठोंका और जेब से वो पुर्जा निकालकर उन्हें बम की तरह थमा दिया, बोला "बाजी रोती रहती हैं साहिब।"

उनके रोंगटे खड़े हो गये। दिल में लहर-सी तो उठी, पर सकपका गये। चौकस निगाह से देखा, इधर-उधर...पुर्जा जेब के हवाले किया, फुर्ती से दम साधे तीर से आगे बढ़ गये।

दिल की धड़कन पर अब अख्तियार कहाँ था। कुछ कदम चले कि पुर्जा चोरी से निकाला और पढ़ा तो धक से रह गये। कन्नो ने उन्हीं के अल्फाज उन्हीं को लौटा दिये थे, वे कहीं जा रहे थे और पहुँच कहीं गये। वह सलोनी सूरत फिर आँखों पर चस्पाँ हो के रह गयी। उसके उलाहने का दर्द उनके दिल में उतर आया था और तब अकस्मात् ही खुद को श्रीकिशन के दर पर खड़ा पाया उन्होंने।

हाल-ए-दिल जस का तस कह सुनाया।

वह लँगोटिया यार उनकी तकलीफ को महसूसता रहा। कह कुछ नहीं पाया। मिलकर सोचा दोनों ने कि अब विद्या भैया की सलाह के बिना कुछ नहीं किया जा सकता।

किया भी क्या जा सकता है बीवी-बच्चे हैं...

वे बेदम हो रहे।

शाम की गुप्त बैठक में एक बार फिर वे तीनों अपने-अपने राइडिंग शूज़ और शिकारियों वाली वर्दी में लैस थे। उनके सिर पर हैट थी और कन्धे पर नायलॉन की मजबूत रस्सियों का गुच्छा लटक रहा था। हाथों में टीन के खाली कनस्तर थे...उनकी आँखों में शिकारियों सरीखी चमक थी और चेहरे ऐसे खिंच उठे थे कि अब शिकार को हाथ से नहीं जाने देंगे।

विद्या भैया का इन्तकाम उनके सिरों पर चढ़कर बोल रहा था।

ले-देकर एक जीत बहादुर ही थे, जिन्हें ये रिकॉर्ड बनाना था कि हमें इतनी रण्डियों की नथ उतारनी है कि भविष्य में कोई इस शहर में तोड़ न पाए। और हम जिला केसरी तो कम-से-कम बन ही जाएँ। इसी धुन में खाला के प्रस्ताव को उन्होंने सिर आँखों पर लिया और ढाई हजार रुपयों में मामला तय पाया। रस्म की साड़ी-मिठाई और रखैल के छः महीने का खर्च अलग।

सबको पता था कि उनकी उमर ढल गयी थी, फिर भी हवस तो हवस है। उन्हें यही हवस थी कि इसी क्षेत्र में झण्डा गड़ जाए हमारा। तस्करी का पुराना

पैसा और हवेली थी ही, फ्रीडमफाइटर की पेंशन की लगुन-सी भी चढ़ जाती हर महीने, सो अलग। आगे नाथ न पीछे पगहा। सो वे ठहरे निरे अपुनमुरादू। कोई सामाजिक विचार, नैतिकता और मानवीय सोच तो उन्हें छूकर भी नहीं गुजरी थी। कन्नो के दिल की हालत क्या जान पाते वे...

पर उस रोज कन्नो ने अपनी अटारी की साँकल भीतर से लगा ली थी।

अम्मी के आँगन में उतर आया उत्सव का माहौल उपहास में बदल गया। गली के रण्डी-भड़ुवे उन बेचारी का मजाक-दर-मजाक उड़ाने लगे। गनीमत तो यह रही कि जीतबहादुर ने बड़े सब्र से काम लिया और नोटों की गड्डी और साड़ी-मिठाई वापस नहीं उठायी। मूँछ पर हाथ धरकर यही कहकर चले गये कि "खाला कल्ल तलक दरवज्जा खुला लियो कन्नो का...मर्द की जुबान एक होत है!"

सब के जाते ही अम्मी ने घर में कोहराम मचा दिया और लेकर एक टूटी खटिया की पाटी उन्होंने कन्नो की अटारी के दरवाजे को इतना पीटा, इतना फिफियायी, चिंचियायी कि उन्हें खुद ही बुखार चढ़ बैठा। उधर कन्नो अपनी किस्मत पर जार-जार रोती रहीं। उनके दिल में दर्द के बगूले उठ रहे थे सो अलग, पर उन्होंने न फाँसी का फन्दा डाला अपने गले, न साँकल खोली। उन्हें अपने मौलवी साब पर अभी भी पूरा यकीन था। वे उन्हीं की होकर, इसी तरह तनहा अपनी जिन्दगी तबाह कर सकती हैं, पर किसी गैर को ये अमानत नहीं सौंप सकतीं। इस अस्मत की हिफाजत करना ही उनका दीन है, जो अल्ला-ताला ने खुद उन्हें सौंपी है।

यह खबर पाते ही कि नथ की रस्म हो गयी, विद्या भैया बाकायदा शिकारियों की तरह सक्रिय हो गये। उन्होंने सुबह ही जेमिनी साहब का टेलीफोन खटखटाया। "यार! देखो स्साला खूसट जीतबहादुरा हमारी पगड़ी उछाल दे रहा है...तुम एनी हाऊ आज ही कन्नो से मिलो, आगे हम देखते हैं..."

इस सुखद सूचना से मौलवी साहब के दिल में एक बार फिर खासे अरमान मचल उठे। कन्नो आँखों से ओझल नहीं हो रही थीं। उन्हें दीवार पर भी वही चेहरा दिख रहा था और बच्ची चाय लेकर आयी तो उसके चेहरे में भी वही चेहरा दिख उठा।

ये हालत अक्सर तो रोज ही होती, पर आज तो इन्तहा थी।

वे झटपट उठे। फ्रेश हुए गुनगुना उठे। दाढ़ी खींची, तुरत-फुरत थोड़ा उबटन किया चेहरे का। नहाने के पानी में सेण्ट की चन्द बूँदें मिक्स कीं और बालों में शैम्पू करके बाहर निकल आये। वार्डरोब से मनपसन्द ड्रेस उतारी—वही जमुनिया कलर का सफारी सूट कि जिसमें देवानन्द को मात करते नजर आते हैं वे। और क्रीम, सुर्खी, कंघी करके दर्पण में जैसे खुद पर रीझते हुए घर से बाहर निकल आये।

पंख लग गये थे और वे उड़ रहे थे जैसे।

किस्मत का खेल देखो कि खाला बीच में ही पोस्ट ऑफिस पर मिल गयीं उनको। साथ में कन्नो का भाई भी था। उन्होंने चतुराई से खुद को बचा लिया उनकी नजर से...और ये पता करके कि खाला को यहाँ थोड़ा टाइम लगेगा, सरपट दौड़ लिये नीम वाली गली की तरफ...

नीम में नयी कोंपलें आनी शुरू हो गयी थीं और अब हवा में खासी ताजगी भर गयी थी।

कन्नो के जेहन में जैसे घण्टी-सी बजी और उन्होंने अकस्मात् ही खिड़की का पट खोला तो गली में देखा—चाँद निकला!

"हाय!" वह धक् से रह गयीं।

काँपते हाथ से साँकल उतार दी और धड़कते दिल से पदचाप सुनी। आहट से लगा कि अब पौल में आये, अब आँगन में, अब जीने पर...तो आँखों से मुसलसल आँसू झर उठे। अब खुद पर काबू नहीं रहा था, भीतर की नदी उफनकर बाहर आ रही थी। और एक बेहद मर्मान्तक पीड़ा में छटपटाती वे हौले-हौले सिसक उठी थीं।

किवाड़ों की सन्धि पर आँख और फिर कान रखकर भीतर का कुछ जायज़ा लिया मौलवी साहब ने और हल्की-सी जुम्बिश के साथ पट खोल दिये तो कन्नो छिटककर दूर कोने में जा खड़ी हुईं। उनके होठों से अब बाकायदा रुलाई फूट पड़ी थी, जिसमें इतनी वेदना थी कि सेन खुद भीग गये...फिर उन्होंने हिम्मत से किवाड़ उढ़का के साँकल चढ़ायी और करीब आकर कन्नो को बाँहों में भर लिया तो वे उनके सीने से चिपटकर ऐसे रोयीं, जैसे-पति की मृत्यु पर भाई आ गया हो और वे चुप कराने की चेष्टा में बारहा उनके आँसू पीते रहे। पुचकारते-पुचकारते कभी पेशानी, तो कभी रुखसार और कभी होठों के गहरे चुम्बन लेते रहे।

फूट-फूटकर रोने से कन्नो का चेहरा धुलकर और भी खिल उठा था। होठों की लुनाई से लग रहा था मानो शहद का लेप कर दिया हो किसी ने...वे एकटक निरखते रहे। फिर साँस खींचकर बोले, "दुआ कीजे मुझे हासिल मेरा अंजाम हो जाए, धड़कना बन्द हो दिल का तो कुछ आराम हो जाए..." कन्नो ने पलकें उठायीं। स्मित की एक क्षीण-सी रेखा उभरी कपोलों पर और जवाब में सेन के होठों में अपने होठ देकर एक गहरा चुम्बन उन्होंने भी ले लिया। तृप्ति में डूबकर दो आत्माएँ एकाकार हुईं और फिर शरीर सो गये।...

वे छत को ताकते हुए होठों-ही-होठों में बुदबुदाये, "मुहब्बत बड़ी चीज है मौलवी साहब...मुहब्बत बड़ी चीज है।"

फिर देर तक खाँसते रहे और बदरंग आँखों को मुलमुलाते रहे। महसूस करते रहे कि पेशाब आज फिर रुक रहा है।

उस दिन थोड़ी देर बाद अचानक जागकर नीचे आकर पेशाब करते वक्त ही पौल में जीतबहादुर की दहाड़ सुन पड़ी थी।

वे हाथ धोकर हेंकड़ी से बाहर आये और अत्यन्त सख्त लहजे में तर्जनी दिखाते हुए बोले, "अये—एए! बेकार की बकवास नहीं...जो कुछ कहना-सुनना है, जाके खाला से कहो, चल-भाग...नहीं तो," उन्होंने धक्का-सा दिया उसे, जो देर से बड़बड़ा रहा था कि इस नथ उतराई का क्या मतलब है—जो सरेआम यहाँ रण्डीबाजी हो रही है। फिर हमारे ढाई हजार क्यों धर लिये।

थप्पड़ दे दिया होता उन्होंने...वो तो भाग गया साला, बदतमीज! फसाद सुनकर कन्नो नीचे आ गयी थीं। और मौलवी साब के इस ऐक्शन पर गोया मर मिटी थीं। उनसे ऐसे सटकर खड़ी हो गयी थीं, उनके कन्धे की ओर गर्दन झुका के, जैसे—राधा-किशन की जोड़ी बनाकर बड़ी अनोखी अदा में किसी स्टूडियो में पोज देनेवाली हों।

मगर खूसट जीतबहादुर के जाते ही उनके दिमाग में तुरन्त एक बिजली-सी कौंधी कि इसे मुखबिरी कौन दे रहा है?..."कहीं यह भी विद्या भैया की ही चाल तो नहीं है?"

और तुरन्त उन्हें जम गया कि विद्या अपना बदला लेने के लिए कोई-सा भी हथकण्डा अपना सकते हैं। फिर चाहे उसमें किसी की भी गर्दन फँस जाए।

...और किसी भयानक खतरे की गन्ध पाते ही वे भयभीत हो उस गली से सदा के लिए बाहर निकल आये।

बाद में श्रीकिशन ने बताया कि गली के सारे रण्डी-भँड़ओं को जोड़कर जीत बहादुर ने खाला की बड़ी बेइज्जती करायी। अपनी रकम तो वापस ली ही, उन्हें जाजम बाहर भी करा दिया।

अब वह परिवार यहाँ से कहीं और चला गया..?

उस धक्के से आज तक उबर नहीं पाये। न इतनी हिम्मत थी न कुव्वत कि कन्नो को खोजकर अपने साथ रख लेते। एक इज्जत की जिन्दगी दे पाते।

आँखें सूखी हैं, पर दिल जैसे खून के आँसू बहा रहा है। इस बुढ़ापे में भी किसी करवट चैन नहीं है उन्हें, नाम सुनते ही चौंकते हैं...इधर-उधर देखते हैं...।

●●●